LA VENGEANCE DU SOIR

LES MONSTRES ET MOI

TOME 3

EVA CHASE

La Vengeance du soir

Livre 3 de la série *"Les Monstres et moi "*.

Première édition numérique, 2020

Copyright © 2024 Eva Chase

Traduction française : Valentin Translation and Isabelle Wurth

Conception de la couverture : Open World Cover Designs

Ebook ISBN : 978-1-998752-65-2

Broché ISBN : 978-1-998752-66-9

✵ Réalisé avec Vellum

UN

Sorsha

J e n'aurais pas pensé que mon voyage vers la fin du monde impliquerait un camping-car magique et couvert d'une grande quantité de paillettes, mais bon, on ne peut pas toujours choisir son destin.

Au moins, les paillettes étaient à l'intérieur – pour autant que je le sache, en tout cas. Jusqu'à présent, je n'avais vu que l'extérieur dans ses différents états. Il suffisait d'appuyer sur un bouton du tableau de bord pour que le luxueux véhicule prenne l'apparence d'un bus scolaire ou d'un sous-marin militaire.

Nous n'avions pas encore essayé ce dernier, dommage.

Pour l'instant, le camping-car était sous sa forme de bus de tourisme – une excellente façade polyvalente qui pouvait passer inaperçue à peu près partout. Comme, par exemple, le parking à l'extérieur de la maison de la nature d'un parc national. Le bâtiment, avec toutes ses expositions sur la flore et la faune locales, était fermé pour la nuit, mais nous n'étions pas là pour rafraîchir nos connaissances en environnement. À environ huit cents mètres de l'un des sentiers de la forêt se trouvait une faille qui reliait le monde des mortels au royaume des ombres.

Les sept créatures qui se tenaient autour de moi – ou dans le cas de mon petit dragon Pickle, sur moi, son perchoir préféré étant mon épaule – appartenaient toutes à cet autre royaume. Seuls trois d'entre eux y retourneraient cette nuit-là.

Gisèle ajusta sa position à côté de son partenaire, Bow, qui avait passé son bras autour de son buste pour l'aider à garder l'équilibre. Quelques jours plus tôt, la métamorphe licorne avait été presque mortellement blessée lors d'une bataille avec la Compagnie de la Lumière, une organisation secrète que nous avions découverte et qui avait pour but de débarrasser l'univers de l'humanité de l'ombre par tous les moyens nécessaires. Gisele, Bow et leur ami Cori retournaient vers leur foyer naturel pour qu'elle puisse accélérer son rétablissement.

Elle jeta un dernier coup d'œil attristé au camping-car.

— Vous prendrez bien soin de la Toutemobile, d'accord ?

Ils nous avaient tous les trois prêté leur véhicule, y compris les paillettes et tout le reste, pour que nous puissions poursuivre notre quête contre la Compagnie. En guise de remerciements et d'excuses, nous avions réparé les vitres brisées et les autres éléments qui avaient été endommagés lors de la récente escarmouche.

Ruse adressa l'un de ses sourires habituels à la métamorphe licorne, ce qui rendit son magnifique visage encore plus malicieux, et il tapota le flanc du camping-car.

— Nous la traiterons comme un membre de la famille – tout ce qu'il y a de mieux.

J'intervins avant qu'Omen, le chef de notre petit groupe, ne puisse évoquer le fait que j'avais soi-disant détruit deux de nos précédents véhicules – comme si c'était ma faute en quelque sorte si les mercenaires de la Compagnie avaient décidé de s'en prendre à nos moyens de transport.

— Tu as guéri si vite, dis-je. Je parie que tu seras de retour pour la récupérer en un rien de temps.

— De retour pour t'aider à écraser ces connards, marmonna Gisèle, d'une voix qui parvenait à garder son éclat même lorsqu'elle grommelait. Il y a des conséquences quand on se frotte à une licorne.

Omen inclina la tête vers elle, avec ses cheveux fauves gominés – juste un peu, mais c'était une grande preuve de respect de la part du métamorphe chien de l'enfer, l'être de l'ombre le plus puissant que j'aie jamais rencontré. Une autorité menaçante émanait de lui, aussi constante que son souffle.

— Nous continuerons à en payer les conséquences jusqu'à ce que tu reviennes. Nous avons beaucoup de comptes à régler avec la Compagnie.

— J'ai hâte d'en écraser plein d'autres, annonça Bow.

Il en avait déjà écrasé beaucoup avec ses hanches et ses énormes sabots sous sa forme d'homme de l'ombre. Après l'avoir vu en centaure, je n'arrivais pas vraiment à accepter l'apparence humaine qu'il avait prise pour se fondre dans la masse des mortels. Comme tous les hommes de l'ombre qui avaient voyagé ici, il avait gardé l'une de ses caractéristiques monstrueuses, même s'il essayait de se faire passer pour un humain : dans son cas, une flamboyante crinière de cheveux châtains en forme d'iroquoise.

Thorn, le troisième de mes compagnons actuels, redressa sa taille déjà considérable et fit jouer ses biceps saillants. Le clair de lune faisait scintiller la seule caractéristique de l'humanité de l'ombre qu'il ne pouvait pas cacher : ses jointures cristallines, également très utiles pour frapper nos ennemis. Sa voix grave et profonde sortit aussi sombre que jamais.

— Les méchants ont beaucoup de comptes à nous rendre.

C'était vrai. Le simple fait de me rappeler la forme recroquevillée de Gisèle après l'embuscade, la fumée s'échappant de son corps comme le sang aurait coulé d'un mortel, fit monter un picotement bouillant de colère dans ma poitrine. La sensation s'enflamma encore plus à l'idée de ce que les meurtriers de la Compagnie pouvaient faire au quatrième membre de mon monstrueux quatuor à l'heure actuelle.

Snap était l'être le plus doux et le plus gentil que j'aie jamais rencontré, humains compris – même si, certes, il était aussi capable d'infliger une douleur indicible en dévorant des âmes mortelles. Il avait eu tellement honte d'utiliser ce pouvoir pour me sauver qu'il était parti seul et avait été capturé par la Compagnie. Leurs scientifiques menaient des expériences sur les hommes de l'ombre qu'ils emprisonnaient et torturaient. Imaginer le dévoreur sur l'une de leurs tables de laboratoire en acier fit monter la chaleur brûlante au fond de ma gorge.

La semaine précédente, j'avais découvert en moi un pouvoir surnaturel qu'aucun mortel ne devrait posséder. Peut-être n'étais-je donc pas tout à fait mortelle, même si ni les hommes de l'ombre qui m'accompagnaient ni moi ne savions que c'était possible. Je ne savais pas ce que j'étais, mais je savais que je réduirais volontiers en flammes quiconque poserait la main sur Snap. Je ne pensais pas qu'il serait difficile d'invoquer le feu en moi à cet instant. La Compagnie s'était moquée de la fille qu'il ne fallait pas.

Comme s'il avait perçu mon humeur, Pickle se dandina d'une épaule à l'autre et pressa son cou plein d'écailles contre ma joue. Alors que nous faisions nos adieux aux équidés et à leur ami, je tendis la main pour gratter le ventre du dragon. Il laissa échapper un grognement de satisfaction.

J'aurais peut-être dû le renvoyer chez lui avec les autres. Il n'était pas équipé pour se battre dans ce qui était devenu une véritable guerre. Mais il y avait une raison pour laquelle je l'avais gardé après l'avoir sauvé des griffes d'un collectionneur de surnaturel dont je m'étais amusée à libérer les ménageries de bestioles. Son geôlier avait coupé les ailes de Pickle, si bien qu'il pouvait à peine voler. Je me doutais que de l'autre côté du fossé, il deviendrait rapidement la proie d'autres sortes de prédateurs.

Pouvais-je même qualifier le royaume des ombres de « chez lui » maintenant qu'il avait passé les deux dernières années à vivre ici avec moi ?

Gisele se retourna une dernière fois vers nous et nous envoya un baiser qui, je l'aurais juré, scintilla dans le crépuscule qui s'épaississait. Puis ses compagnons et elle disparurent dans les ombres entre les arbres. La brise de fin d'été s'enroula autour de nous, suffisamment fraîche pour me donner la chair de poule. Nous retournâmes vers notre bagnole.

Omen croisa les bras sur sa poitrine et jeta au camping-car un regard approbateur, chose rare.

— Nous avons une longue route devant nous, Darlene.

Je me mordis la lèvre et échangeai un regard avec Ruse, retenant de justesse un ricanement. Omen aimait donner des noms à ses véhicules, qu'il s'agisse de Betsy, son break, désormais à la casse, paix à son âme, ou de la moto qu'il appelait Charlotte et qui était actuellement accrochée à l'arrière de la Toutemobile. Bien sûr, cette fois-ci, il y avait un petit problème que je ne pus m'empêcher de soulever.

— Tu sais, je ne pense pas que tu devrais vraiment donner un nom à des choses qui ne t'appartiennent pas.

Omen laissa échapper un soupir.

— Elle m'appartient pour l'instant. OK, les gars, montons sur cette chose et dirigeons-la vers Chicago.

Un homme de l'ombre qui s'y connaissait en informatique avait pu déterminer, à partir des fichiers de la compagnie, que Snap avait été envoyé dans la ville du vent. Avant de nous attaquer au chef de l'organisation meurtrière, qui, d'après ce qu'il avait pu déterminer, opérait à partir de San Francisco, nous allions récupérer notre dévoreur.

Bien sûr, c'était plus facile à dire qu'à faire.

Tandis que Ruse prenait le siège du conducteur en faisant tournoyer les paillettes d'argent accrochées au rétroviseur, je m'enfonçai dans le canapé en cuir blanc qui entourait une table de salle à manger élégante. Omen s'appuya sur le plan de travail en marbre de la cuisine. Le chien de l'enfer semblait être plus à l'aise debout.

— Tu penses qu'il nous sera difficile de trouver le centre où ils détiennent Snap une fois que nous serons dans la ville ? demandai-je. Dans ma ville natale, je m'étais appuyée sur les relations que j'avais mis plus d'une décennie à développer, et Omen avait pu demander une faveur à un gang local de l'ombre qui lui devait de l'argent. Je ne connaissais personne à Chicago.

Il y avait probablement une branche du Fonds de Défense des Ombres là-bas, mais je ne m'attendais pas à ce que les gens de chez moi me présentent à ce groupe. J'avais brûlé beaucoup de ponts – métaphoriquement parlant, mais nous ne parlerons pas de ce que j'avais *littéralement* brûlé – au cours des derniers jours.

— C'est assez facile de repérer les êtres les plus influents si on sait ce que l'on cherche, dit Omen avec son habituelle assurance distante. S'ils n'ont pas eu vent de l'organisation malveillante qui rassemble les leurs, ils méritent à peine d'être appelés hommes de l'ombre.

Thorn était venu se placer à côté du canapé. Il serra mon épaule de l'une de ses grandes mains.

— Nous sauverons le dévoreur, Milady, et ferons regretter aux mécréants de l'avoir capturé. Quoi qu'il en coûte.

Oui, nous allions le faire. Nous avions réussi à prendre un chef des opérations locales de la Compagnie et à raser sa maison – et cela après avoir libéré toute l'humanité de l'ombre emprisonnée dans ma ville et téléchargé un virus qui décimerait également leurs systèmes informatiques. Mais mon estomac restait noué.

Il était possible que la capture de Snap soit un tout petit peu de ma faute. Nous étions devenus… proches au cours des semaines qui s'étaient écoulées depuis que lui et ses compagnons avaient débarqué dans mon appartement à l'improviste. Dans tous les sens du terme. Il était devenu aussi dévoué à ma personne qu'il l'était à goûter tous les produits comestibles qui lui tombaient sous la main. Je ne savais pas exactement pourquoi il était parti, mais je n'aurais pas été surprise que cela ait un léger rapport avec le fait que j'avais été horrifiée en le voyant pour la première fois sous sa forme de dévoreur. Et je n'avais probablement pas bien caché ma réaction.

Mon horreur passagère n'avait changé en rien la confiance que j'avais en Snap et l'affection que j'avais pour lui. J'avais essayé de lui montrer, mais dans le chaos qui avait suivi, il avait disparu avant d'en avoir eu l'occasion. S'il avait eu la moindre idée du manque que j'éprouvais pour sa beauté divinement dorée, pour la tendresse possessive avec laquelle il s'était attaché à moi, et de son émerveillement à chaque nouvelle découverte qu'il faisait dans le royaume des mortels…

Ma gorge se serra. Je n'avais pas non plus réalisé à quel point il me manquerait. Je n'avais pas l'habitude de m'attacher émotionnellement à mes amants depuis qu'un petit ami de longue date m'avait quittée sans crier gare, ne laissant rien d'autre qu'un mot et notre appartement à moitié vide. L'affection sincère de Snap avait été comme un baume sur les blessures qui n'avaient jamais tout à fait guéri dans mon cœur.

Mais nous serions sur la route toute la nuit avant d'arriver à Chicago et de pouvoir commencer à le chercher. Il y avait d'autres personnes auxquelles je tenais et que je pourrais peut-être aider maintenant. Alors que je m'enfonçais dans les confortables coussins de cuir, Pickle blotti contre ma cuisse, je sortis mon téléphone de mon sac à main.

— Je ferais mieux de contacter Vivi pour lui dire ce qui s'est passé.

Omen émit un petit rire moqueur quand je mentionnai ma meilleure amie mortelle et se détourna pour consulter son propre téléphone.

— Je vais surveiller la route derrière nous, dit Thorn, et il recula dans l'ombre pour me laisser un peu d'intimité.

Vivi répondit dès la première sonnerie. Je suppose qu'elle n'avait pas grand-chose à faire pour occuper son esprit énergique sur la péniche que nous avions transformée en une sorte de refuge pour elle, après l'attaque d'un groupe d'imbéciles de la Compagnie.

— Sorsha ! dit-elle. Je devenais folle ici à me demander ce qui se passait. Qu'est-ce qui est arrivé ? Tu as écrasé les méchants ?

Le coin de ma bouche se releva, mais les nœuds dans mon estomac se resserrèrent en même temps. Vivi était une partisane enthousiaste de notre cause, mais nous nous étions un peu disputées parce qu'elle considérait le conflit comme une aventure plutôt que comme un affrontement potentiellement mortel.

— Nous avons sorti de là toute l'humanité de l'ombre. Et nous avons détruit autant de biens de la Compagnie que possible. Mais… il s'avère que leur organisation s'étend bien au-delà de la ville. Ils ont d'autres bases dans tout le pays.

— Merde ! Je voyais pratiquement la grimace de ma meilleure copine à l'autre bout du téléphone. On dirait une sorte d'hydre-cafard, avec des pattes poilues et effrayantes qui surgissent chaque fois que l'on croit en avoir coupé une.

Vivi avait un don pour les métaphores. Je ne pouvais pas dire que celle-ci n'était pas bien vue.

— Oui.

Je grimaçai à mon tour en regardant les placards en face de moi, qui contenaient probablement encore les réserves d'herbe, de foin, de trèfle et… de l'autre sorte « d'herbe » des équidés.

— Cela signifie que tu peux a priori retourner sans risques à ta vie normale, mais je n'en suis pas sûre. Peut-être qu'ils vont se concentrer sur le renforcement de leur sécurité partout ailleurs, ou peut-être que les autres « pattes » vont envoyer plus de gens dans ta direction pour riposter de toutes les manières possibles.

Comme d'habitude, Vivi n'avait pas l'air particulièrement effrayée.

— Je reste en contact avec les gens du Fonds. Si personne ne vient fouiner – ou pire – dans les prochains jours, je prendrai le risque de me montrer à nouveau. J'ai assez de nourriture ici pour tenir tout ce temps, mais je ne peux pas me cacher éternellement. Elle marqua une pause. Ellen est sortie de l'hôpital, au fait. Ils disent qu'elle se rétablit rapidement.

Une bouffée de soulagement m'envahit.

— Ça fait vraiment plaisir à entendre. La cofondatrice de notre branche du Fonds avait failli être une autre victime de mon implication dans cette guerre. La Compagnie l'avait tabassée pour m'envoyer un avertissement – et avait retourné le reste des membres du Fonds contre moi dans la foulée.

— Quelles sont les prochaines étapes ? dit Vivi, interrompant ma désagréable rêverie. Comment allons-nous faire tomber ces connards ?

Le « nous » me fit grimacer. Ce qui était arrivé à Ellen – et qui avait failli arriver à Vivi – était exactement la raison pour laquelle je devais lui donner une réponse qui, je le savais, ne lui plairait pas.

— Je suis déjà sur la route avec mes amis de l'ombre pour m'occuper de ça. Concentre-toi sur ta sécurité. S'il y a quoi que ce soit que tu puisses faire pour m'aider, je te le ferai savoir.

— Quoi, tu me laisses en plan ? Sorsha... Vivi ne put dissimuler sa déception.

— Je ne pouvais pas te demander de chambouler toute ta vie alors que cette querelle t'a déjà obligée à te cacher deux fois, dis-je rapidement. Tu as un travail, tu as une famille et nous ne savons pas ce que ces psychopathes vont encore nous jeter à la figure.

— Hé, si toi tu peux leur tenir tête, il n'y a pas de raison que moi, la mortelle, je ne puisse en faire autant.

Mis à part que je ne savais pas exactement si j'étais mortelle ou non. Mais je n'avais pas parlé à Vivi de mes nouveaux pouvoirs. Soit elle en serait tout excitée, comme s'il s'agissait d'une nouvelle application cool que j'avais téléchargée dans mon système d'exploitation personnel, soit... soit quelque chose changerait dans son ton, comme c'était le cas lorsqu'elle parlait de l'humanité de l'ombre. Parce qu'elle me verrait aussi comme quelque chose de pas tout à fait humain.

Je gardai un ton décontracté.

— Aucune raison à part celles que je viens de te donner. Crois-moi, la meilleure chose que tu puisses faire pour la cause en ce moment, c'est de te tenir à l'écart des ennuis et d'être prête à intervenir quand une bonne occasion se présentera.

— D'accord, d'accord. Mais j'espère être tenue au courant régulièrement. Ne me cache rien, Sorsh.

— Bien sûr, répondis-je avec une pointe de culpabilité.

Lorsque nous nous quittâmes, je serrai les genoux contre ma poitrine et j'observai d'un air maussade le ciel qui s'assombrissait derrière la vitre. Je n'aimais pas ce poids d'inquiétude qui pesait sur moi. J'étais le Robin des Bois de l'émancipation des monstres – je devais rire face au danger.

C'était bien plus facile de le faire quand le danger ne s'attaquait qu'à vous et non à tous ceux qui vous étaient chers.

Je me redressai et pris une résolution. Tante Luna, la femme *fae* qui m'avait élevée – et qui était morte en échappant aux chasseurs de la Compagnie – m'avait donné beaucoup de choses, dont la moindre n'était pas un endoctrinement complet à la joie au sujet de tout ce qui avait trait aux années 80. Pour honorer sa contribution à ma vie et me remonter le moral, il n'y avait rien de tel que d'égrener les paroles d'une ou deux excellentes chansons.

« Je ne vais pas abandonner, je ne vais pas me tracasser et froncer les sourcils »[1], fredonnai-je dans le silence du camping-car, ignorant la tête que faisait Omen en me regardant. « Maintenant, on va t'écraser et te faire souffrir jusqu'au bout ! »

J'imaginai Snap debout à mes côtés tandis qu'un autre bâtiment brûlait devant nous. Encore une installation de la Compagnie détruite, encore un groupe de méchants massacré. Les méchants l'avaient bien cherché.

Sans même essayer, une vague de chaleur me traversa. Mes doigts se crispèrent sur le bord du siège. Je fermai les yeux, la sensation de chaleur en moi étant si intense que j'en perdis le souffle.

Brûler. Brûler tout cela comme ils le méritaient.

À ce moment-là, j'eus l'impression que j'aurais pu raser toute la ville de Chicago d'un seul coup de la rage qui m'habitait. Mon pouls eut des ratés. Les flammes montèrent plus haut, se glissèrent entre mes côtes et sortirent à travers mes pores, plus rapides et plus furieuses que je ne pouvais les contrôler…

Une vive piqûre me traversa les doigts. Je ramenai mes bras vers moi, retenant un cri. Mon regard tomba sur mes mains, et un frisson s'installa en moi, ce qui éteignit ce feu intérieur.

Sainte mère du magma ! Le bout de mes doigts brillait d'un éclat rouge, ils me piquaient encore avec le frôlement de l'air. Comme si je m'étais enflammée *toute seule*.

---

1. Paroles déformées d'une chanson de Rick Astley

DEUX

Sorsha

En entrant dans le club-house du premier syndicat criminel de l'ombre à Chicago, j'eus du mal à savoir si les membres du gang avaient choisi un décor inquiétant ou dur. Quoi qu'il en soit, on pouvait dire qu'ils avaient largement dépassé les attentes dans les deux cas.

Le bâtiment étroit de deux étages, situé entre un salon de tatouage et un concessionnaire moto, présentait un certain nombre de clichés. Mais la façade était entièrement peinte en noir – y compris la fenêtre du premier étage, car apparemment les rideaux ne suffisaient pas à ces mecs – à part des symboles de crânes d'un blanc immaculé de chaque côté de la porte et des fils d'un gris pâle qui se faufilaient dans l'obscurité comme une gigantesque toile d'araignée. Ils n'avaient pas pris la peine d'apposer une pancarte ou de faire croire qu'il s'agissait d'un lieu de travail classique.

Je pénétrai les lieux en m'attendant à trouver une collection d'accessoires d'Halloween, mais ce que je vis n'était pas beaucoup mieux. Les murs de la petite pièce d'entrée étaient peints du même noir que l'extérieur. Pas de toile d'araignée ici, mais l'unique ampoule au plafond jetait une lueur rouge sur les quelques meubles de la pièce, qui comprenaient un bureau en métal dont les coins étaient couverts de rouille, un banc assorti dont les supposés accoudoirs étaient hérissés de pointes, et un présentoir d'épées et de dagues ornées qui semblaient bien plus authentiques que tout ce que notre collègue super hackeuse possédait chez elle.

Une odeur aigre et légèrement métallique flottait dans l'air, comme si la pièce avait récemment accueilli un bain de sang. Ce n'était pas vraiment un endroit où l'on se sentait bien accueilli.

Omen n'avait pourtant pas l'air inquiet. Il se dirigea vers le milieu de la pièce et resta là, les yeux plissés. Il nous avait dit que les hommes de l'ombre qui dirigeaient ce syndicat nous attendaient, et je savais qu'il ne serait pas content s'ils nous faisaient attendre longtemps.

Avant qu'il ne sorte ses crocs de chien de l'enfer, trois silhouettes sortirent de l'ombre pour venir à notre rencontre.

Celui du milieu était manifestement le boss, presque aussi grand et large d'épaules que Thorn, bien que doté de muscles plus minces. Les cheveux ras et pâles sur son cuir chevelu brillaient dans la lumière cramoisie, et des écailles scintillaient sur le dos de ses mains, juste sous les poignets de sa veste de costume. De nature reptilienne, sans doute.

Il était flanqué de deux autres hommes. À gauche, le

plus mince et le plus pâle m'apparut immédiatement être un vampire – ce qui n'était pas difficile à comprendre lorsque ses lèvres s'étaient retroussées pour dévoiler ses crocs en signe de menace implicite. Cela expliquait la fenêtre peinte et l'éclairage bizarre. Le type de droite était plus difficile à cerner, littéralement. Ses yeux allaient et venaient, son corps râblé était agité de soubresauts et d'agitations incessantes, même lorsqu'il se tenait à côté de son patron.

Lorsque son regard se posait sur un point précis pendant quelques secondes ici et là, c'était sur moi qu'il se posait. Le vampire me reluquait aussi. Peut-être le boss aussi, mais il était impossible de le savoir à cause des épaisses lunettes de soleil qui cachaient ses yeux. J'étais presque sûre qu'Omen aurait prévenu ces gens de la présence de la mortelle avec laquelle il travaillait, mais j'étais habituée aux regards scrutateurs que ma présence provoquait. On ne voyait pas souvent les ombres et les humains devenir potes, si tant est qu'on puisse nous qualifier de « potes » Omen et moi.

Omen jaugea les membres du syndicat à tour de rôle.

— Serais-tu Talon, par hasard ? dit-il avec un signe de tête au boss et un ton tranchant qui suggérait que le gars avait intérêt à l'être ou qu'il y aurait des représailles.

— Comme tu l'as demandé, répondit le boss d'une voix sombre comme l'encre qui sembla effacer la faible lueur de l'ampoule au-dessus de sa tête. Qu'est-ce qui nous amène à attirer l'attention d'un chien de l'enfer et de ses acolytes ? Nous n'avons pas beaucoup de temps pour recevoir des visiteurs inattendus.

Malgré moi, un frisson me parcourut l'échine. Contrairement à l'autre chef de gang auquel nous avions eu affaire, celui-ci ne parlait pas à Omen avec une déférence notable. Pour qu'il ait accepté cette rencontre impromptue, Talon devait reconnaître que le chien de l'enfer représentait une puissance plus importante, mais il ne manifestait pas beaucoup de respect en dehors de cela.

Comme cela arrivait parfois, cela m'agaçait d'être intimidée, et quand j'étais en colère, je ne faisais pas toujours les choix les plus susceptibles de me laisser intacte. Je suis sûre que vous avez aussi vos défauts.

Je montrai du doigt la porte fermée derrière les gars du syndicat.

— Quoi, tu as un emploi du temps chargé à polir des appareils de torture et à poser quelques couches supplémentaires de peinture noire ? Tu sais, à force de vouloir montrer à quel point tu es un dur à cuire, on a l'impression que tu essaies de détourner l'attention des gens pour qu'ils ne mesurent pas ton pénis. Peut-être que si tu te préoccupais un peu plus de ce qui se passe dehors et non pas de l'air cool que tu as en portant des lunettes de soleil dans une pièce à peine éclairée, nous n'aurions pas eu besoin d'interrompre ta journée bien remplie pour commencer.

La tête du boss tourna dans un mouvement doux et serpentin. Il me regardait vraiment maintenant, globes oculaires visibles ou pas.

— Les lunettes de soleil, dit-il, tout aussi doucement, servent à m'assurer que je ne mette pas fin à ta vie d'un seul coup d'œil, à moins que je ne le veuille absolument. Mais je peux les enlever si tu préfères jouer à la roulette russe. Avec une telle attitude, je ne pense pas que tes chances soient grandes.

Fils de Shih tzu ! Tandis que Thorn s'approchait de moi en contractant ses muscles de manière menaçante, les détails s'accumulèrent dans ma tête, et je faillis me mordre la langue. Au fil des ans, Luna m'avait raconté de nombreuses histoires sur ses frères de l'ombre. Je n'avais pas oublié celles qu'elle m'avait racontées sur les basilics, ces lézards géants qui pouvaient vous tuer d'un simple regard, même si je n'en avais jamais rencontré un en chair et en os.

Il valait sans doute mieux éviter de jouer à celui qui pisserait le plus loin avec l'un d'entre eux. Je lui fis un petit sourire.

— Toutes mes excuses. Je ne voudrais pas qu'un jeu quelconque nous distraie de notre très importante mission.

Omen s'éclaircit la gorge, me jetant un regard avec lequel il aurait bien pu souhaiter pouvoir me tuer.

— Peut-être que tu pourrais la fermer pendant les cinq prochaines minutes ? Il se tourna de nouveau vers Talon. Si tu as autant d'emprise que je l'ai entendu dire sur les ombres et les mortels dans ce coin de pays, je suppose que tu auras compris qu'il y a des humains qui collectionnent les nôtres d'une manière bien plus organisée que les chasseurs habituels.

Le nerveux finit par céder à son agitation et se dirigea vers l'étalage d'armes. Il saisit une dague et fit tourner sa lame sur le bout de son doigt.

— C'est le genre avec les filets et les fouets. Des bâtards obsessionnels.

Thorn fronça les sourcils, ses muscles semblant gonfler encore plus.

— Ce sont eux que nous recherchons.

— Je suppose que tu n'as rien fait pour en débarrasser la ville, remarqua Omen.

Talon haussa les épaules.

— Ils attrapent de petits parasites qui ne me concernent pas. L'être supérieur qu'ils peuvent avoir soufflé cette fois aurait dû mieux surveiller ses arrières. Je protège ceux qui cherchent notre protection – ce qui se passe entre les mortels et les autres, c'est leur affaire.

C'était la ligne de conduite habituelle des ombres du côté des mortels. Pourquoi devraient-ils penser au bien commun – ou au bien de quiconque qui ne leur léchait pas les bottes ?

Pour être franche, il y avait beaucoup d'humains qui abordaient aussi la vie de cette façon.

Les mâchoires crispées d'Omen étaient le seul signe de son dégoût pour ce genre d'intérêt personnel.

— C'est compréhensible. Mais nous devons nous frotter à eux. Ils sont entrés en possession d'un de nos associés, et nous avons l'intention de le récupérer.

— Eh bien, je ne t'empêcherai certainement pas d'arracher quelques têtes si c'est ce qui te permet de prendre ton pied, dit le basilic.

Aucune proposition d'aide ne fut faite, bien que je n'en attende aucune. Ruse tira sur ma queue de cheval pour me taquiner et se pencha par-dessus mon épaule.

— Je suppose que vous, messieurs, avec toutes vos relations, ne pourriez pas nous diriger vers le centre d'opérations de ce groupe ? Cela permettrait d'accélérer le processus de destruction des têtes.

— Je suppose que cela ne poserait pas trop de problèmes. Talon se tourna vers son compagnon agité, qui faisait passer le poignard d'une main à l'autre. Jinx, un moment ?

L'homme à la silhouette trapue relança l'arme vers le présentoir – dans un arc de cercle parfait qui la fit retomber sur les chevilles métalliques qui l'avaient accueillie.

— Qu'est-ce que vous voulez, chef ?

— Regarde si tu peux aller chercher Grit – c'est lui qui garde un œil sur le musée. Peut-être qu'il pourra nous donner quelques détails supplémentaires sur ces « messieurs ».

Alors que Jinx se précipitait dans l'ombre pour suivre cet ordre, je n'arrivai plus à me taire.

— Le musée ? demandai-je. Nous cherchons des ombres vivantes, pas des ombres empaillées.

Le vampire laissa échapper un gloussement presque aussi sombre que la voix de son patron, mais il ne prit pas la peine de m'éclairer. J'eus la nette impression que Talon avait roulé des yeux derrière ses lunettes.

— Les humains travaillent de façon bizarre, comme tu devrais le savoir, mortelle, dit-il. Le musée leur sert de façade – un grand bâtiment pour travailler et sans doute une raison pour que l'argent change de mains. Je doute que beaucoup des bêtes qui y entrent en sortent vivantes, cependant.

Et j'aurais parié que j'avais libéré davantage d'êtres inférieurs de son espèce qu'il n'avait levé le petit doigt pour eux. Mais je réussis à garder cette pensée pour moi grâce au regard sévère qu'Omen me lança.

Une secousse dans l'air fit cliqueter les lames sur leurs supports, et Jinx réapparut.

— Grit est posté près du lac aujourd'hui. Je peux t'emmener jusqu'à lui si tu le fais vite.

À travers les ombres, il voulait dire. J'ouvris la bouche pour protester, mais Omen leva la main.

— Tu n'as pas besoin d'être impliquée dans tous les aspects de cette opération. Attends qu'on revienne à Darlene.

Oh, il recommençait avec ce nom ? J'aurais pu dire quelque chose à ce sujet, mais avant de pouvoir m'exprimer, Talon s'approcha de moi. Il me regarda à travers ses lunettes de soleil, en penchant la tête. Mes épaules se raidirent, mais vous pouvez croire que je tins bon.

— Je peux vous aider ? demandai-je en levant le menton.

Je ne voyais peut-être pas ses yeux, mais je crus sentir son attention passer sur moi comme un courant d'air frais effleurant ma peau. Sa bouche se crispa en un sourire du genre qui se nourrit des rires des enfants au petit déjeuner.

— Il y a une flamme en toi, me dit-il. Mais il se peut qu'elle ne reste pas longtemps à l'intérieur. Si tu ne fais pas attention, tu vas partir avec quand tu décideras de la laisser s'échapper.

TROIS

Sorsha

Le bâtiment principal de la Compagnie de la Lumière à Chicago ne ressemblait pas à autre chose qu'une boîte à chaussures, même s'il avait la taille d'un pâté de maisons. Cette ressemblance était peut-être intentionnelle, car il ne s'agissait pas de n'importe quel musée. Il s'agissait d'un musée de la chaussure.

Alors que nous passions devant, je louchai sur les murs gris pâle depuis la vitre située au-dessus du canapé du camping-car.

— Pourquoi ont-ils pensé qu'il fallait un bâtiment aussi grand juste pour exposer un tas de chaussures ?

Ruse s'esclaffa depuis le siège du conducteur.

— Tu oublies la multitude d'objets que les mortels ont portés à leurs pieds au cours des siècles, Miss Blaze.

Je roulai des yeux en regardant vaguement dans sa direction.

— Je suis sûre qu'il y a beaucoup de pantoufles, de sandales et de galoches intéressantes, mais qui voudrait passer une journée à les regarder toutes ?

— Suffisamment de gens pour que la façade de la Compagnie reste en activité, dit Omen, qui se tenait près de la portière, observant la rue à travers le pare-brise. Le nain a dit que pas mal d'humains d'apparence ordinaire entraient et sortaient chaque jour.

— Eh bien, il en faut pour tous les goûts, je suppose. Je ne vois pas beaucoup de personnel de sécurité à l'extérieur, du moins pour l'instant. Il n'y avait pas beaucoup de place pour que les gardiens se postent le long de l'étroite bande de pelouse entre le bâtiment et le trottoir. J'avais pourtant repéré une silhouette juste derrière les portes d'entrée en verre. S'ils s'en tiennent surtout aux ombres de moindre importance, ils n'ont peut-être pas ressenti le besoin de sécuriser l'endroit.

Thorn apparut en face de moi si soudainement que Pickle sursauta là où il était blotti sur mes genoux. Le guerrier avait dû sauter directement des ombres le long de la route au camping-car, puis prendre une forme physique si rapidement que même ses compagnons de l'ombre n'avaient pas été préparés.

— Le bâtiment semble avoir un sanctuaire intérieur, rapporta-t-il sans préambule. Les galeries forment un carré autour d'une zone à laquelle ne mène qu'une seule porte verrouillée. La porte et les murs autour de cette zone contiennent suffisamment de métaux nocifs pour que je ne puisse pas passer lorsque l'entrée est fermée. Je ne sais pas combien de mortels sont postés à l'intérieur, mais j'ai compté six gardes qui patrouillaient dans les pièces de devant.

Un mince sourire ourla les lèvres d'Omen.

— Ils ne s'attendent certainement pas à nous voir, alors. La Compagnie n'a pas dû se rendre compte à quel point nous étions entrés dans leur système informatique avant qu'on ait brûlé le dernier endroit. Ce sera assez simple de se frayer un chemin à travers cet endroit jusqu'à celui où ils retiennent Snap.

Ses mots suffirent à déclencher une bouffée de chaleur dans ma poitrine. Mes mains se resserrèrent autour de Pickle.

Quelques jours plus tôt, j'aurais apprécié la puissance brûlante qui accompagnait ma colère. Après m'être brûlé les doigts et avoir entendu l'avertissement du basilic, mon corps se crispa sous la sensation.

Je venais seulement de découvrir ce pouvoir – ou d'en prendre conscience, en tout cas – une semaine auparavant. J'en avais à peine effleuré la surface pour apprendre à l'utiliser. Autrement dit, je n'avais pas la moindre idée de ce dont j'étais capable, en bien ou en mal.

D'ailleurs, avais-je vraiment envie de foncer sur tous les ennemis que nous allions rencontrer jusqu'à la fin de cette quête, en les brûlant vifs en guise de coup d'envoi ? Les cris des personnes que j'avais transformées en torches vives dans la dernière installation résonnaient encore dans ma mémoire, me donnant légèrement la nausée. Omen et Thorn n'auraient pas sourcillé face à cette tactique – Ruse et Snap ne l'auraient peut-être pas fait non plus – mais le meurtre était un peu plus tabou chez les humains qu'il ne l'était chez les ombres.

Jusqu'à quel point allais-je devenir un monstre pendant que nous menions à bien cette mission ?

À cette question, un picotement dérangeant s'insinua sur ma peau, comme si une partie de mon feu intérieur remontait déjà à la surface. Je me mouillai les lèvres.

— Avant de tout enflammer, pourrions-nous trouver un endroit où je pourrais m'entraîner ? J'aimerais m'assurer que j'ai encore une bonne maîtrise de mes pouvoirs après ce temps d'arrêt.

Inutile de préciser que je me doutais déjà que je perdais le contrôle.

Omen fronça les sourcils comme s'il était mécontent du délai, puis il soupira.

— De toute façon, ce n'est pas comme si nous allions faire irruption là-dedans dans cinq minutes. Tu peux t'entraîner à lancer tes flammes pendant que nous discutons de notre plan d'action. Le nain a mentionné un endroit où nous devrions pouvoir garer Darlene sans être observés ou dérangés.

Il consulta la carte sur son téléphone et aboya quelques indications à Ruse, qui s'empressa de nous conduire à travers un quartier résidentiel tentaculaire jusqu'à un centre commercial où toutes les vitrines étaient barricadées. Elles formaient un C parfait autour du parking dans lequel Ruse s'était engouffré. Beaucoup de place et pas de témoins, c'était ce qu'on aimait.

Je sortis dans l'air frais de la nuit et je roulai les épaules, attendant que mes nerfs se calment. Le petit accident de l'autre jour n'était pas grave. Mes pouvoirs étaient donc encore un peu capricieux. Qu'est-ce qu'on pouvait attendre d'autre quand on était une sorte de mortelle bizarre qui, de temps en temps, perdait de la fumée en même temps que du sang ?

Il n'y avait pas de guide pour être... ce que j'étais. Je devais juste m'habituer à mes capacités inattendues. Quant à Talon et à ses lunettes de soleil, il avait probablement inventé toutes ces conneries en espérant me faire flipper pour se venger de m'être moqué de son sens de la décoration d'intérieur.

Il fut un temps, il y a quelques jours à peine, où je n'étais pas capable d'invoquer les flammes, si ce n'était sous la menace de la mort. Là, je fixai mon regard sur un sac en papier qui dérivait sur l'asphalte, et la montée de puissance se répandit en moi si rapidement que mon cœur commença à battre à cause de cette magie, et non l'inverse.

— Brûle, murmurai-je en claquant des doigts.

La chaleur traversa mon bras et le sac en papier partit en flammes. En quelques secondes, il n'était plus qu'un petit tas de flocons noirs carbonisés.

Ruse m'applaudit, de là où il s'entretenait avec Omen et Thorn à côté de la Toutemobile. Bravo !

Je lui rendis son sourire, mais mon visage était crispé. La sensation de picotement qui m'avait envahie tout à l'heure se répandait dans toute ma poitrine et jusqu'à mes tripes.

Tant qu'elle restait là, je n'avais rien à craindre. Pas d'autodafé aujourd'hui, pas de problème.

Je tournai autour de moi à la recherche d'autres cibles. Un prospectus en lambeaux pour une petite production théâtrale – d'un seul coup d'œil, il n'était plus que cendres. Une assiette en carton avec des taches de graisse ayant la forme d'une part de pizza – des cendres. Une canette de boisson gazeuse vide qui s'était mise à rouler sous l'effet d'une rafale – de vent, pourquoi pas ?

Je la fixai, plissant les yeux jusqu'à ce que mon regard devienne mauvais. La chaleur partit de ma poitrine, traversa ma gorge jusqu'au fond de mes yeux, et…

Une langue de feu jaillit non seulement de la canette elle-même, mais aussi sur plusieurs centimètres autour d'elle. La chaleur de ces flammes était si intense qu'elle me traversa le corps même à un mètre cinquante de distance.

Ou était-ce la chaleur à l'intérieur de mon corps qui s'enflammait en même temps ? La sensation se transforma en un tourbillon qui grésilla le long de ma colonne vertébrale et de mes omoplates, et la douleur me transperça le dos.

Je retins un cri dans ma gorge. Je grimaçai, ramenai les bras vers ma poitrine, et la douleur ainsi que le feu autour de la boîte de conserve s'atténuèrent.

Ou plutôt, autour de la tache de métal fondu qui marquait désormais le sol à l'endroit où se trouvait la canette de boisson gazeuse. Sacrés lézards liquéfiés, j'avais réduit l'aluminium à l'état de flaque en quelques instants. Avec un peu plus d'entraînement, je n'aurais même plus besoin de me passer de mon couteau à brûler en titane et de sa lame chauffée par magie.

Un petit rire hystérique me chatouilla la poitrine. Fais gaffe, Compagnie de la Lumière !

Alors que j'ajustais ma position, le tissu de ma chemise glissa contre mon dos et une nouvelle piqûre me traversa l'omoplate droite. Je me tendis instinctivement. Prudemment, je tâtai la chair juste en dessous du col de ma chemise.

Même ce contact timide provoqua une nouvelle piqûre. De petites bosses apparurent sous mes doigts, comme si la peau était couverte d'ampoules.

Je n'étais pas seulement en train de faire fondre des métaux, j'étais en train de me faire cuire au barbecue.

Cela ne s'était jamais produit lorsque j'avais utilisé mes pouvoirs au cours des premiers jours. Pourquoi le feu se retournait-il contre moi maintenant ? Une brûlure cuisante restait en moi-même si je n'essayais pas de l'invoquer, assez violente pour que mon estomac se crispe à l'idée que ce n'était peut-être pas seulement ma peau qui s'enflammait.

Peut-être était-ce comme ça que mon impossible pouvoir fonctionnait – plus je le maniais, plus il m'arrachait de l'énergie à son tour. Pourquoi pas, alors que les mortels n'étaient jamais censés faire de la magie ? Au moins, les brûlures sur mes doigts avaient guéri avec une rapidité digne des ombres. Je ne m'étais pas infligé de dommages permanents.

Bien sûr, cela ne signifiait pas que je ne pouvais pas le faire.

Lorsque je levai les yeux vers le centre commercial, la chaleur qui m'habitait se mit à bouillonner. J'eus l'impression que j'aurais pu brûler toute une rangée de bâtiments en y mettant un peu de volonté…

Je fermai les yeux. Et puis merde ! J'étais tout à fait d'accord pour botter des fesses et tabasser les connards qui traitaient l'humanité de l'ombre comme des rats de laboratoire et pire encore, mais une fille devait avoir des limites. Je ne comprenais pas ce qui se passait en moi, et plus mes pouvoirs grandissaient, plus cette ignorance devenait dangereuse. Jouer avec le feu n'était amusant que si l'on était vraiment le responsable des allumettes.

Nous avions d'autres options que de faire s'abattre un maelström complet sur le musée de la chaussure, n'est-ce pas ? Il devait y avoir de la place pour un peu de subtilité entre « rester en retrait et ne rien faire » et « réduire tout et tout le monde en cendres ».

En me dirigeant vers les hommes de l'ombre, je me préparai à la suite. Je savais comment au moins l'un des trois réagirait à la suggestion que j'allais faire.

Thorn était en train de dire quelque chose, mais il se tut

lorsque j'arrivai à leur hauteur, me regardant comme s'il avait compris que j'avais quelque chose à dire.

Omen me dévisagea de ses yeux bleu glacé.

— Tu as fini de t'entraîner à la flambée ?

— Pour l'instant. La secousse qui me traversa à ces mots ne fit que renforcer ma détermination. J'étais à la fois étourdie et ébranlée par l'idée de toutes les choses que je pourrais être en mesure d'incinérer à cet instant. Je pense qu'il serait préférable qu'on mette en place un plan qui n'implique pas que j'utilise mes pouvoirs.

Le chien de l'enfer grimaça avant que je ne puisse aller plus loin.

— Ne me dis pas que tu doutes de nouveau de tes capacités. Tu as brûlé un manoir entier il y a quelques jours. Je t'ai vu allumer une poubelle là-bas à l'instant. Le feu est en toi, tu sais t'en servir. Quel est le problème ?

La chaleur à l'intérieur de moi s'enflamma avec un picotement d'agacement. Je résistai à l'envie de serrer les bras autour de moi, comme si leur pression allait forcer les flammes intérieures à se calmer.

— Le problème, c'est que je sens que c'est… différent d'avant. Plus grand. Plus violent. Je sais comment le provoquer, ouais, mais je ne sais pas trop comment je peux le contrôler une fois qu'il est sorti.

Omen haussa les épaules.

— Il se peut donc que tu réduises en cendres quelques autres établissements autour du musée. Les mortels ne semblent jamais se soucier du nombre d'ombres qu'ils fauchent dans leurs croisades.

— Tu t'en soucierais peut-être si je te carbonisais, rétorquai-je.

— Je pense que je suis à l'abri de tes incroyables talents.

Je sais que tu as une haute opinion de toi-même, mais tu n'as vraiment pas besoin de me protéger de toi.

En serait-il si sûr s'il pouvait sentir comme moi le brasier de mon pouvoir ?

— Je pense que si, dis-je obstinément. Surtout que tu ne peux pas te donner la peine de m'écouter. Je ne pense pas que ce soit sûr pour nous tous – y compris pour moi – que je continue à pratiquer mes pouvoirs alors qu'aucun d'entre nous ne sait comment j'ai pu acquérir ces compétences surnaturelles.

Omen redressa les épaules.

— Écoute, Miss Catastrophe, dit-il, la voix blanche, mais tranchante. Je sais que le fait qu'il y ait quelque chose de pas tout à fait humain en toi t'inquiète. Le fait que le reste de ton corps soit humain me dérange. Je l'ai surmonté, alors tu vas trouver un moyen de l'accepter aussi. De préférence bientôt. Reste concentrée et engagée, même si je suis sûr que tu as peu d'entraînement avec ce genre de discipline, et tu te contrôleras très bien.

— Peut-être que si tu te concentrais sur autre chose que de me donner du fil à retordre, tu serais capable de penser à un plan meilleur que « réduire en miettes tous les méchants ». La force brute n'est pas notre seule compétence. Regarde… regarde jusqu'où Ruse nous a menés avec son charme d'incube. Pourquoi ne pas lui demander de séduire tous les gardes pour qu'ils soient de notre côté, et alors nous pourrons valser à travers l'endroit et ouvrir les cellules sans avoir à courir pour nos vies en même temps ?

Ruse cligna des yeux, apparemment surpris que je l'aie distingué des autres. Il passa une main dans ses cheveux brun chocolat ébouriffés, devant l'une des petites cornes recourbées qui en dépassaient.

— Même si j'apprécie ta confiance en moi, Miss Blaze, je ne peux pas facilement charmer plus de deux mortels à la fois, pas plus qu'il n'en faudrait pour vaincre leur dévotion à leur cause.

— Tu n'aurais pas à les charmer tous en même temps, dis-je. Ils ne s'attendent pas à ce que nous soyons là. Nous avons le temps. On surveille le musée, on suit les gardiens lorsqu'ils ne sont pas en service pour savoir où ils vivent, et tu pourras les amener de notre côté un par un. Si nous parvenons à convaincre quelques membres du syndicat de nous aider à les retrouver, nous pourrons probablement tous les faire danser à notre rythme d'ici demain soir.

L'incube se tapota les lèvres, mais un doux sourire commençait à les faire frémir.

— Tu sais, ça pourrait marcher. Et j'adorerais voir toute une bande d'hommes de main de la Compagnie suivre mes moindres ordres.

Omen avait toujours l'air sceptique.

— Nous ne savons rien sur la structure de leurs équipes ou du nombre d'employés qui travaillent dans les pièces de cet endroit. Si nous en manquons un, il y aura encore du grabuge à la seconde où nous y entrerons.

Nous aurions peut-être pu régler ce problème si nous avions eu des semaines pour étudier les allées et venues dans le musée, mais je n'allais pas laisser Snap se plaindre du manque de vigilance de la compagnie pendant si longtemps. J'écartai les mains.

— Et alors ? Thorn et toi pouvez vous occuper d'un ou deux retardataires s'ils se mettent en travers de notre chemin, n'est-ce pas ? Ou bien, on laisse les gardiens s'occuper des leurs. J'aimais mieux ça que d'être responsable de plusieurs morts par carbonisation et de je ne sais quels autres ravages en plus.

Thorn se racla la gorge et posa sa main sur le bas de mon dos, une pression solide et réconfortante qui compensa la légère piqûre qui irradiait encore mon omoplate.

— Tu sais que je suis plus à l'aise dans les combats physiques, Omen, mais je crois que le plan de Sorsha a ses mérites. L'incube a prouvé l'influence qu'il peut exercer. Nous aurons plus de temps pour découvrir les faiblesses et les pratiques de nos ennemis si nous entrons par des moyens non violents. Tous les documents que nous pourrons obtenir pourraient faire la différence entre notre succès et celui de l'organisation la plus importante.

Pour le guerrier, soutenir une stratégie qui impliquait qu'il se tienne en retrait pendant que quelqu'un d'autre prenait le rôle principal était aussi énorme que, eh bien, le guerrier lui-même. Je l'aurais bien embrassé si je n'avais pas soupçonné que cela ne ferait qu'affaiblir le point de vue de son chef. Je me contentai de serrer affectueusement son avant-bras musclé.

Les lèvres d'Omen devinrent aussi blanches que l'avait été sa voix. Je détestais qu'il exagère la façade froide et dure comme la glace qu'il arborait le plus souvent. Je détestais tellement ça que je n'avais jamais pu résister à l'envie de l'embêter jusqu'à ce que je trouve le bon angle pour faire remonter à la surface un peu de sa propre chaleur intérieure.

Pour être claire, faire face à un métamorphe chien de l'enfer en colère n'était pas une partie de plaisir. Mais je préférais de loin être terrifiée qu'être traitée avec condescendance.

Nous pouvions nous entendre, nous l'avions prouvé en élaborant nos précédents plans pour détruire les installations de la compagnie. Mais depuis le début, Omen s'était montré particulièrement chiant face à mes talents vaudous inattendus.

— Tu es sûre que ce n'est pas pour te donner encore des excuses pour cacher tes pouvoirs ? demanda-t-il. Parce que ça y ressemble beaucoup.

Je le regardai bien en face.

— J'ai tellement dépassé le stade de la dissimulation de mes pouvoirs que tout un tas d'ombres et au moins quelques humains encore en vie ont été témoins de mon lancer de flammes la dernière fois. Et j'ai passé toute ma vie à frôler la limite entre le risque et le suicide, alors tu dois me croire quand je pense être sur le point de la franchir.

— Peut-être que tu as simplement besoin d'un peu plus d'entraînement pour exercer cette discipline contre laquelle tu luttes.

Il se pencha brusquement sur moi, un éclair de lumière orange traversa ses yeux, et mon corps réagit à la fois par des à-coups de panique de mon pouls... et un picotement d'une autre sorte de chaleur au fond de mon ventre.

Nous devrions probablement mettre les choses au clair tout de suite – j'ai un goût unique en matière d'hommes. Il faut faire avec.

Je n'avais pourtant pas cédé à l'une de ces bouffées d'attirance que le chien de l'enfer déclenchait parfois, et je n'allais pas me mettre à minauder maintenant.

— Allons-y, dit-il en faisant un geste de la main vers le terrain vague derrière nous. On va voir ce que tu as dans le ventre.

Je lui plantai mon index dans la poitrine – il était très bien bâti, je devais l'admettre.

— Non, j'en ai eu assez pour aujourd'hui. J'ai besoin de mijoter un peu, pas d'attiser les flammes.

— C'est ce que tu dis. Il y a un moyen très simple de surmonter la peur de me réduire en cendres d'une manière ou d'une autre. Essaie donc – du mieux que tu peux.

Mon pouvoir s'agita en moi avec un crépitement désagréable. Je déglutis difficilement et jouai une carte dont je savais pertinemment qu'elle le mettrait mal à l'aise.

— Laisse tomber, Luce. N'as-tu jamais entendu dire qu'un non, c'est un non ?

Il y a quelque temps, Ruse avait mentionné qu'il y a longtemps, Omen avait prétendu être Lucifer – le diable lui-même, qui apparemment n'existait pas vraiment – pour effrayer les mortels d'antan. En général, lui donner ce surnom était un moyen infaillible de faire craquer sa propre autodiscipline.

Ce soir, quelques touffes de cheveux s'élevaient de sa chevelure gominée, mais ses yeux gardaient leur bleu glacial. Une note légèrement sèche s'insinua dans sa voix.

— C'est moi qui déciderai quand tu auras fini. Allez, finissons-en, Miss Catastrophe. Il n'y a rien que tu puisses…

— J'ai dit non ! l'interrompis-je, avec un élan de chaleur que je n'avais pas l'intention de déclencher. Des flammes apparurent à la surface, mais pas sur Omen. Mes mains crispées s'allumèrent comme des braises incandescentes – avec des élancements atroces comme si des braises enflammaient mes paumes.

— Merde !

Je les pressai contre mon corps comme pour éteindre un feu qui n'avait pas encore atteint la surface de ma peau et j'étouffai un souffle de douleur à ce contact. Celle-ci s'estompa avec la lueur, laissant mes mains légèrement roses et mon cœur battant de nouveau la chamade.

Omen observa mes mains avec une expression

indéchiffrable. Il leva les yeux pour rencontrer les miens. Il hésita un instant.

— D'accord, dit-il brusquement. Tu es assez fatiguée pour ce soir, on dirait. Nous nous occuperons de tes peurs et de tout le reste demain. Cela ne peut pas faire de mal que Ruse nous ouvre la voie vers l'installation, que tu apportes tes flammes ou non. Va te reposer.

Thorn et Ruse me regardaient tous deux avec une inquiétude évidente.

— Milady ? commença Thorn, mais je lui fis signe que non.

— Tout va bien. Mais j'irais bien dormir. Faites la chasse aux gardiens pendant que je vais réparer par le sommeil ma mortelle beauté.

J'avais gardé un ton décontracté, mais en montant dans le camping-car, mes poumons se resserrèrent. J'avais pensé que la nouvelle direction que prenaient mes pouvoirs était bizarre, bien sûr, mais tout cela était nouveau pour moi. Omen avait des centaines d'années d'exploits surnaturels à son actif… et ce qu'il avait vu en moi l'avait suffisamment effrayé pour qu'il se retire sans un mot de plus.

C'était si grave que ça ?

QUATRE

Ruse

— Deux en moins, il en reste trois, dis-je en observant la petite maison de briques dans laquelle notre prochaine cible s'est réfugiée après avoir quitté son poste de gardien au musée. C'est celui dont nous pensons qu'il travaillera dans les pièces du centre, n'est-ce pas ?

Sorsha hocha la tête, allongée sur le canapé du camping-car à côté de moi.

— C'est là qu'il se trouvait ce matin, en tout cas.

— Il faut que tu le pousses non seulement à nous laisser passer, mais aussi à faire sortir ses collègues pour que tu puisses également exercer ton charme sur eux, me rappela Omen en se penchant pour observer le bâtiment au-dessus de ma tête. Je n'arrive pas à croire qu'il n'y aura que lui dans le sanctuaire. Et puisque notre Miss Catastrophe veut épargner les pauvres petits mortels…

Sorsha lui jeta un regard noir par-dessus son épaule, mais ne prit pas la peine de commenter. Le mouvement envoya dans l'air une bouffée de son parfum ardent et sucré. Putain, c'était délicieux. Qu'est-ce que je n'aurais pas donné pour passer l'heure suivante dans la chambre au bout du couloir, à boire ce parfum sur sa peau, dans toutes les parties de son corps, plutôt que de bavarder avec une autre dupe de la Compagnie.

Mais nous devions libérer notre dévoreur. Et puis même si je m'étais laissé tenter par l'attrait de Sorsha aux côtés de Snap il n'y a pas si longtemps, je me doutais qu'en faire une aventure en solo n'était pas l'idée la plus judicieuse, si je voulais éradiquer le désir qui me tiraillait le cœur et qu'aucun incube n'avait le droit de ressentir – quelque chose dont j'aurais dû être doublement sûr après la dernière fois qu'une mortelle m'avait fait tourner la tête.

Je m'autorisai tout de même le luxe d'un sourire affectueux et fis semblant de ne pas ressentir un vertige ridicule lorsqu'elle me rendit la pareille. C'était parce qu'elle l'avait suggéré que j'avais fini par être le fer de lance de notre plan d'action actuel.

Je ne me voyais pas vraiment comme un leader. C'était certainement moins stressant d'être resté dans l'ombre lors de nos précédentes opérations et de n'être intervenu que pour les rares occasions où l'on avait eu besoin de mes talents. Mais il y avait une certaine excitation à savoir que lorsque nous prendrions d'assaut le musée le lendemain, ce serait mes talents de persuasion plutôt que la force brute de Thorn et la sauvagerie d'Omen qui ouvriraient la voie.

Et peut-être qu'il y avait aussi une certaine excitation à savoir que Sorsha avait suffisamment cru en ces compétences pour me désigner plutôt qu'eux dans son moment d'incertitude.

— Je me souviens de toute la stratégie dont nous avons discuté, dis-je à Omen, en le saluant d'un air malicieux. Je pars à la rencontre de mon destin.

Je sautai dans les ombres, jetai un coup d'œil à travers la vue légèrement brumeuse du monde qu'elles me donnaient jusqu'à ce que je sois sûr que personne n'est à proximité pour me voir, et émergeai en tant qu'être physique sur le pas de la porte de la maison. Comme nous connaissions déjà les sentiments de cet homme à l'égard des ombres, j'avais apporté avec moi ma casquette préférée. Tandis que Sorsha me rattrapait, prête à assumer son rôle de mortelle dans ce jeu de rôle, j'ajustai l'angle de la casquette sur mes cornes et frappai à la porte.

Le jeune homme musclé qui ouvrit fronça les sourcils en nous regardant tous les deux, ne s'attendant manifestement pas à voir débarquer de si belles personnes, du moins pas en plein milieu de l'après-midi. Son regard s'attarda sur moi. Je ne pouvais pas lire ses émotions pour le moment, mais son expression suggérait qu'il ne me trouvait pas tout à fait inintéressant, si jamais j'avais été de ce bord-là – et si je n'avais pas eu d'autres préoccupations plus urgentes.

Je ne pouvais pas encore lire ses émotions ou utiliser mes autres compétences sur lui, car il portait encore un badge de protection fait d'argent et de fer à l'endroit où se trouvait son cœur. Ce n'était pas le même modèle que celui que Sorsha avait l'habitude d'épingler sur son maillot de corps, mais c'était pour la même raison. C'était gentil de sa part de l'avoir laissé à découvert pour que nous puissions mener à bien cette partie de notre plan sans trop de difficultés.

— Vous avez quelque chose sur votre chemise, dit Sorsha comme si elle repérait une tache embarrassante, et elle enleva l'insigne d'un coup sec.

Le type avait à peine poussé un cri et je laissai toute la force de mon pouvoir de séduction s'infiltrer dans ma gorge et dans ma voix.

— Je suis désolé de vous interrompre, monsieur, mais il y a une affaire d'une importance capitale que je dois porter à votre attention. Des vies pourraient être en jeu.

Depuis la conversation avec un collègue que j'avais entendue en l'observant dans l'ombre, je savais déjà qu'il se voyait comme une sorte de sauveur du peuple. Faire appel à ses aspirations héroïques permit à ma magie de mieux pénétrer dans son esprit. Il avait toujours l'air mal à l'aise, mais il semblait avoir déjà oublié la manipulation de Sorsha. Une lueur avide apparut dans ses yeux.

— Qu'est-ce que vous racontez ? Comment me connaissez-vous ?

— Nous sommes nombreux à étudier la Compagnie de la Lumière et à tendre la main à ses membres les plus prometteurs, dis-je en laissant mon sourire prendre une tournure de conspiration. Êtes-vous prêt à passer au niveau supérieur dans la guerre contre le mal ?

Fringant et mauvais, voilà ce qu'il était. Le coup d'œil que je jetai dans sa tête ne fit que confirmer l'impatience qui illuminait son visage rougi.

— Absolument, dit-il. Entrez, peu importe ce dont vous avez besoin, je ferai ce que je peux pour vous aider.

Le rôle de Sorsha étant terminé, elle me serra affectueusement le bras et se précipita vers le camping-car. Je suivis notre cible dans un salon avec un canapé imprimé léopard, un tapis en peau de zèbre et un très gros chat – non, par les royaumes, c'était un petit tigre vivant qui bondissait sur le sol pour se jeter sur un jouet à mâcher déjà en lambeaux.

— Oh, ne faites pas attention à Elsa, dit mon hôte avec un signe de la main négligent. Elle ne mord jamais très fort.

Notre héros en herbe était également propriétaire d'animaux sauvages illégaux et peut-être un nouveau roi tigre en devenir. Merveilleux. Si Omen ne finissait pas par lui arracher la gorge, je parierais qu'Elsa le ferait une fois que ses crocs auraient poussé. Je regrettais seulement de ne pas être là pour le voir.

Je m'installai sur le canapé et pris mon air sérieux, principalement inspiré par Thorn et sa vaste gamme de sévérité. Un autre fil de magie se tissa dans ma voix.

— Il est particulièrement important que vous ne parliez à personne de notre rencontre. Tous les membres de la Compagnie de la Lumière ne sont pas dignes de notre confiance. C'est précisément pour cela que nous avons besoin de votre aide pour une affaire vitale…

Il me fallut plus d'une demi-heure de tentations et de cajoleries avant d'être sûr que le héros plein d'espoir s'engage à cent pour cent, mais j'aurais pu lui dire que la sécurité de la planète dépendait du fait qu'il saute du toit du musée, et il aurait volontiers pris ses jambes à son cou pour accomplir sa mission. Heureusement pour le gars, l'utilisation que je devais faire de lui était beaucoup moins dangereuse pour sa santé, du moins dans l'immédiat. Ce que le reste de sa Compagnie lui ferait s'il se rendait compte qu'il avait été compromis… eh bien, je m'attendais à ce qu'il reçoive ce qu'il méritait pour les horribles décisions qu'il avait prises dans sa vie.

Alors que je sortais de la maison, le soleil touchait à peine les toits des immeubles d'en face. Je continuai à marcher jusqu'à ce que je sois hors de vue, puis je fonçai à travers les ombres jusqu'au camping-car qu'Omen avait amené de l'autre côté du pâté de maisons.

Dès que je lui fis signe que tout allait bien, Omen fit tourner le moteur comme s'il s'agissait de sa moto et non d'un engin dans lequel les retraités partent pour la Floride. Le véhicule gronda sur la route et Sorsha sortit la tête de sa chambre.

— Ça s'est bien passé ? demanda-t-elle.

Je levai le pouce.

— Il m'a mangé dans la main en rien de temps. Il avait des infos importantes à nous communiquer aussi. Ils attendent que des gros bonnets viennent procéder à une inspection ce soir. Ils pratiquent leurs expériences de nuit quand il n'y a aucun chef, si jamais une créature venait à s'échapper. Il y a moins de personnel durant la journée. Sachant cela, je l'ai préparé à ce que nous entrions demain aux heures d'ouverture.

Je jetai un coup d'œil dans la direction d'Omen, craignant que le patron n'apprécie pas que je prenne cette initiative, mais son grognement approbateur fut suffisamment rassurant. Il était peut-être l'homme à concocter les plans, mais j'avais assez d'esprit pour contribuer à ce domaine aussi, n'est-ce pas ? Je n'étais pas qu'un joli visage et une voix douce, merci beaucoup.

Sorsha l'avait bien compris. Aucune surprise ne vint tempérer le soulagement qui traversa son visage.

— Moins de vingt-quatre heures avant la délivrance de Snap, dit-elle. Puis son exaltation s'estompa. En supposant qu'il soit toujours là-bas. En supposant qu'ils n'aient pas été encore plus horribles avec lui qu'avec les autres ombres.

Il y avait certainement quelque chose qui n'allait pas

avec mes penchants d'incube pour que son inquiétude me tiraille autant. Nos compagnons n'ayant pas besoin de moi jusqu'à ce que nous atteignions notre prochaine cible, je m'approchai d'elle.

Elle s'adossa à la porte fermée en inclinant la tête.

— Je sais, ça ne sert à rien de s'inquiéter alors qu'on ne le saura que demain de toute façon.

J'écartai quelques mèches de cheveux roux de sa joue et laissai ma main s'attarder sur sa peau chaude.

— C'est normal que tu t'inquiètes pour lui. Nous savons à quoi ressemblent ces monstres.

Et autant notre mortelle avait réveillé des passions que je n'aurais jamais attendues chez le dévoreur, autant il avait éveillé en elle une tendresse à laquelle je n'étais pas sûr qu'elle se soit attendue non plus. Quelque chose de plus doux que l'affection enjouée qu'elle m'avait offerte lorsqu'elle avait commencé à s'ouvrir à mes attentions, mais pourquoi pas ?

Elle retint son souffle et sembla se ressaisir, stabilisant sa posture. Elle n'était jamais aussi belle que lorsqu'elle se préparait au combat, et je n'avais pas eu l'occasion de m'en rendre compte ces dernières semaines.

— Ils ne savent ce qui les attend du fait de l'avoir capturé. Son regard se porta sur Omen sur le siège du conducteur. Peut-être littéralement l'enfer, si on en arrive là. Et ils en mériteront chaque parcelle. Elle reporta son attention sur moi. Tu sais que je n'ai pas suggéré un changement de tactique juste pour éviter d'avoir à me battre, n'est-ce pas ?

J'avais rarement autant souhaité pouvoir jeter un coup d'œil au contenu de sa tête sans briser sa confiance. Quelque chose à propos de ses pouvoirs l'avait troublée depuis notre arrivée à Chicago, mais je ne savais pas exactement pourquoi, ni ce qui lui passait par la tête.

Mais cela n'avait pas d'importance. Je pouvais toujours répondre franchement :

— Bien sûr. Je serais moins surpris que tu abandonnes tes chansons des années 80 que de te voir fuir une bagarre quand on a besoin de toi, Miss Blaze. Malheur à quiconque s'en prend à notre mortelle. Je caressai sa mâchoire du bout des doigts, résistant à l'envie de me pencher vers elle pour lui réclamer davantage qu'une simple caresse. Nous récupérerons Snap. Ces connards n'ont aucune chance. Et imagine à quel point il sera ravi de te revoir.

— Le sentiment sera réciproque, dit-elle. D'après la rêverie momentanée qui se dégageait de ses yeux, elle imaginait ces retrouvailles en ce moment même. Si Snap avait pu la voir ainsi, il n'aurait jamais douté de sa dévotion au point de s'enfuir.

Si elle pouvait accepter tous ses côtés monstrueux – les mâchoires, l'éviscération des âmes mortelles – était-il possible qu'elle puisse accepter tout ce que j'étais aussi, sans la peur persistante que je puisse pénétrer dans son esprit ou la faire basculer dans mes caprices ? La seule chose que je savais par-dessus tout, c'est que je ne voulais pas que cette femme vienne à moi sous d'autres conditions que les siennes. Cela n'aurait pas valu la peine de la conquérir par la magie, alors que j'avais goûté à un désir sans nuages.

Je me débarrassai de ce désir comme je l'avais fait tant de fois ces derniers jours. Ce n'était que du bruit et du désordre. Mais peut-être ne serait-ce pas une si mauvaise chose si je proposais une distraction dans ce moment que nous appréciions tous les deux beaucoup ?

La sonnerie de son téléphone calma mes ardeurs. Je

réussis à ne pas lui jeter un regard noir alors qu'elle le sortait de sa poche pour regarder le numéro. Sa mâchoire se crispa.

— Vivi, dit-elle, et à ma grande surprise, elle appuya sur le bouton rouge.

— Vous vous êtes encore disputées ? demandai-je.

— Non, pas du tout. Elle fit une grimace, comme si elle ne trouvait pas les mots pour exprimer son raisonnement. C'est alors que son téléphone vibra de nouveau, cette fois avec une notification.

En lisant le message, Sorsha laissa échapper un rire incrédule.

— Oh, mon Dieu, je n'arrive pas à croire que j'ai oublié. Elle secoua la tête, et leva les yeux vers moi en tordant la bouche. Elle me souhaite un joyeux anniversaire !

Mes sourcils se levèrent. Puis un sourire en coin franchit mes lèvres. Je pouvais lui offrir quelque chose d'encore mieux pour lui faire oublier tout ce qui la troublait.

— C'est ton anniversaire aujourd'hui ? Oh, Miss Blaze, ne va pas t'imaginer que je vais laisser passer ça sans le fêter.

CINQ

Sorsha

— Ce n'est vraiment pas nécessaire, dis-je tandis que Ruse me guidait dans la rue, sa main protégeant mes yeux.

— Oh, non, je crois que si, dit l'incube de sa voix chocolatée à mon oreille. Depuis que tu nous as rencontrés, nous t'avons fait perdre ton appartement, tes amis et pratiquement ta vie à plusieurs reprises. Le moins que l'on puisse faire, c'est de t'offrir une fête d'anniversaire digne de ce nom pour te dédommager.

Il avait dit « nous », mais d'après ce que je comprenais, c'est lui qui s'était occupé de l'organisation. Tandis qu'Omen était resté au volant de la Toutemobile, Ruse avait confisqué le téléphone du métamorphe pour faire quelques recherches sur la ville, Thorn se contentant de produire des grognements désagréables, penché sur son épaule. Une fois que l'incube avait eu fini d'exercer son charme sur les deux derniers gardiens que nous avions pu retrouver, il avait donné à Omen des indications que le métamorphe avait acceptées avec un long soupir de souffrance.

Je n'étais pas sûre de vouloir fêter mon anniversaire. Normalement, je serais sortie avec Vivi et peut-être quelques autres jeunes membres du Fonds pour manger et me défouler, mais la pensée des amis que j'avais laissés derrière moi me tordait les tripes. Il était cependant difficile de dire non à l'incube lorsqu'il fonçait à toute allure avec son charmant enthousiasme.

Nous étions maintenant arrivés à notre première destination, bien que je ne puisse pas dire où elle se trouvait puisque Ruse avait insisté pour m'y escorter à l'aveugle.

— Tu pourrais au moins me laisser voir où je vais, grommelai-je.

L'incube s'esclaffa.

— Mais c'est plus amusant d'en faire une surprise.

— Peut-être pour certains humains. Je préfère avoir une vue d'ensemble de ce qui m'entoure.

— Ne t'inquiète pas, Miss Blaze. Je suis sûr que le crétin ici présent scrute suffisamment les dangers pour nous protéger tous.

Le « crétin » laissa échapper un grognement.

— Tu as l'air ridicule, dit Thorn. Je ne vois vraiment pas pourquoi…

— Oh, les mortels qui nous entourent comprendront comment nous jouons. Tout va bien. Et… ta da !

Ruse écarta sa main de mes yeux. Pendant quelques secondes, je ne pus que cligner des paupières devant l'amas de lumières qui brillaient dans le soir naissant sur la façade d'un… petit palais ?

Non, pas un vrai palais, mais un restaurant en forme de palais. *Regal Thai,* disait l'enseigne qui se perdait presque dans la lueur au-dessus de la porte voûtée.

Un soupçon de curry me parvint aux narines et j'eus immédiatement l'eau à la bouche. Peut-être qu'une petite fête ne serait pas une si mauvaise chose si nous allions la faire ici.

Ruse me conduisit à l'intérieur tout en chantant les louanges du restaurant.

— Il vient d'ouvrir – avec un grand chef qui a passé dix ans à la tête d'un établissement quatre étoiles à Bangkok – et comme vous pouvez le voir, ils ont mis le paquet sur le décor.

Les odeurs étaient encore plus alléchantes lorsque nous pénétrâmes à l'intérieur. Je réussis à garder ma salive dans ma bouche, mais il s'en fallut de peu. Des colonnes peintes avec ce que je supposais être des motifs thaïlandais traditionnels d'or, de rouge, de bleu et de vert s'alignaient le long de la salle à manger, délimitant des sections remplies de box peints dans les mêmes tons.

L'hôtesse nous conduisit vers une alcôve où nous nous installâmes sur des sièges rembourrés de coussins de soie écarlate. Doux dollar des sables argentés ! Le tissu était si doux que s'y enfoncer semblait un crime.

Notre serveuse regarda un peu la casquette de Ruse de travers, mais il avait troqué sa casquette de baseball habituelle pour une noire, plus discrète, qui donnait l'impression d'avoir une signification religieuse. Je n'aurais pas pu vous dire de quelle religion il s'agissait ni si cette religion existait en dehors de l'imagination de l'incube, mais c'était suffisamment convaincant pour que la femme ne fasse pas de commentaire.

Thorn se frotta les mains, portant toujours les mitaines

en cuir qui cachaient ses articulations, tout en contemplant le menu. Ruse lui arracha des yeux.

— Je crois que c'est Sorsha qui devrait commander. C'est elle qui tirera le plus de satisfaction de ce repas, après tout.

Un simple coup d'œil sur les plats proposés me fit saliver à nouveau.

— Je peux nous commander un festin parfait, promis-je, et je commençai à faire une liste mentale de tous mes plats préférés.

Lorsque les plats arrivèrent, ils étaient délicieux, mais les meilleurs moments de mon dîner d'anniversaire n'eurent rien à voir avec le menu. Ce fut l'observation d'un ange guerrier – pardon, un ailé – tentant de manipuler la cuillère et la fourchette traditionnelles entre ses énormes doigts, et l'expression de contentement qu'Omen essaya rapidement de dissimuler lorsqu'il s'abaissa à goûter le riz frit à l'ananas. Et quoi de mieux que de laisser un incube m'offrir une bouchée de bananes frites pendant que ses yeux noisette aussi tendres que le dessert s'attardaient sur mon visage ?

Lorsque les derniers plats furent débarrassés, j'eus l'impression que mon estomac avait décuplé de volume, mais le mal était plus satisfaisant que douloureux. Je m'adossai sur les coussins soyeux et me tapotai le ventre.

— OK, tu t'es bien débrouillé, Ruse. Du moment qu'Omen ne se moque pas de moi maintenant que tu m'as gavée.

— Ne me tente pas, dit le métamorphe, mais ses lèvres formaient presque un sourire. Nous avions parcouru un long chemin depuis les premiers jours où il avait failli me faire rôtir le cul en faisant ses tests.

Ruse sourit et sortit une poignée de billets dont il valait mieux que je ne demande pas la provenance.

— Mieux vaut soutenir la bonne bouffe que le crétin qui a contribué à ça, me dit-il avec un clin d'œil en posant l'argent sur le plateau avec la facture. Et ce n'est pas fini. Tu vas te décoller de ce siège pour que je puisse ajouter encore plus de plaisir à cette soirée.

Je gémis.

— Je ne suis pas sûre de pouvoir marcher à ce stade.

Thorn leva les yeux avec une expression pleine d'espoir, semblant heureux d'avoir trouvé un moyen de contribuer à la fête. Il fit un geste pour me prendre dans ses bras.

— Je peux te ramener au véhicule, Milady, si cela te convient…

Finalement, je trouvai miraculeusement la motivation de me mettre debout.

— Non, non, tout va bien, merci quand même. Même si j'appréciais la sensation de ces muscles contre moi, je souhaitais garder un peu de ma dignité.

Je n'aurais pas pensé que la soirée pouvait être meilleure, peu importe ce que l'incube avait prévu ensuite, mais mon cœur fit un bond lorsque le camping-car s'arrêta à notre prochain arrêt : un bar karaoké orné de néons. Chanter n'était pas vraiment mon activité préférée, mais l'idée de regarder mes compagnons s'y essayer me fit sourire.

— Il faudra que chacun prenne son tour, annonçai-je en bondissant vers la porte de la Toutemobile. Personne ne doit rester à l'écart, sinon vous allez vous retrouver avec une reine de la soirée très triste.

— Nous ne voudrions pas cela, n'est-ce pas ? dit Ruse amusé.

Ma requête fonctionna sur les deux tiers de mon équipe de l'ombre. Omen s'installa dans un coin de la salle privée que Ruse avait réservée et refusa de faire quoi que ce soit d'autre avec sa bouche que de bouder. Mais il fut facile d'ignorer son manque de participation quand j'eus l'occasion de chanter « I Love Rock 'n' Roll » sous les huées enthousiastes de Ruse et les applaudissements de Thorn, suivi par l'incube qui se pavanait avec le micro en nous disant à tous : « Don't you forget about me ».

Le moment le plus fort, cependant, fut celui où Thorn à sa manière bourrue donna le meilleur de lui-même pour « Sexual Healing », tout en tenant le micro comme s'il s'attendait à devoir frapper quelqu'un à n'importe quel moment. Croyez-moi, vous n'avez jamais vu une telle performance !

Je faillis exploser de rire, mais la rougeur qui assombrissait le visage bronzé du guerrier me donna envie d'offrir une petite « guérison sexuelle » à son ego après qu'il a terminé. Comme je n'étais pas assez dévergondée pour faire des galipettes dans une cabine de karaoké, je me contentai de l'embrasser assez longtemps pour faire gronder sa poitrine avant d'aller choisir ma prochaine chanson.

Une fois notre heure écoulée, il s'avéra que Ruse n'en avait pas encore fini avec nous.

— Encore un arrêt, dit-il en me tapotant affectueusement le menton. Mais tu peux rester là aussi longtemps que tes pieds te porteront.

Je compris ce qu'il voulait dire quand Omen gara le camping-car en face d'une boîte de nuit dont la devanture annonçait joyeusement que ce soir, c'était une soirée années 80. Le sourire qui se dessina sur mes lèvres s'accompagna d'une douleur douce-amère.

Il m'était impossible de me laisser aller à mon amour des années 80 sans penser à la femme qui me l'avait transmis. Avant d'avoir vraiment des amis, lorsque nos déménagements constants ne me laissaient pas l'occasion de me rapprocher de qui que ce soit, je passais mes anniversaires à manger des gâteaux à la crème glacée sur lesquels Tante Luna faisait scintiller des paillettes et à organiser des soirées dansantes privées dans le salon de la maison ou de l'appartement qu'elle avait réussi à nous trouver dans la ville en question.

Elle aurait dû être là pour célébrer davantage d'anniversaires, pour voir la femme que j'étais devenue. La Compagnie me l'avait volée pour toujours.

Ruse n'avait manifestement pas réalisé le lien que j'avais fait avec elle. Son propre sourire faiblit lorsqu'il vit l'expression de mon visage, qui avait dû dévoiler un peu de mon sentiment de perte.

— C'est génial, lui dis-je avant qu'il ne puisse penser que j'étais déçue par son choix d'activité. C'est parfait. Ça me rappelle juste des souvenirs.

J'allais danser pour Luna et me préparer à porter le coup contre l'organisation qui avait causé sa mort.

Thorn étudia la façade du bâtiment avec une évidente hésitation.

— Je ne sais pas s'il serait plus sage pour moi de…

— Non, pas question de reculer maintenant, je veux tous vous voir sur la piste de danse. Je lui pris la main et le poussai vers la porte. Si tu n'es pas sûr de ce qu'il faut faire, tu n'as qu'à bouger un peu d'un pied sur l'autre. Personne n'osera émettre de jugement en te regardant, je te le promets.

Omen s'étira sur le siège du conducteur.

— Je viendrai, mais seulement pour surveiller les autres imbéciles.

— L'imbécile est souvent celui qui voit les choses le plus clairement, l'informa Ruse avec un sourire qui scintillait presque, et il ouvrit la voie en traversant la rue.

Il n'était pas encore très tard dans la soirée, mais l'endroit était déjà bondé. Je fis mon chemin à travers la foule jusqu'au centre de la piste de danse et laissai la musique familière s'enrouler autour de moi. Ruse suivait le rythme, ses mains effleurant ma taille, mes hanches et mes bras en suivant mes pas.

Thorn, eh bien… il se débrouillait très bien avec ses petits pas de côté. Il hochait même un peu la tête en suivant la ligne de basse. Je lui adressai un pouce levé quand je croisai son regard, il le méritait bien pour ses efforts, me dis-je.

Notre leader, le rebelle chien de l'enfer, ne faisait absolument aucun effort. Après quelques chansons, je me glissai jusqu'au mur où il s'était adossé entre le bar éclairé en rose et le vestiaire.

— OK, suis-moi sur la piste ! Tu vis depuis des siècles, tu dois bien savoir faire quelques pas de danse.

Omen ne bougea pas.

— Ça va peut-être te surprendre, mais le fait que ce soit ton anniversaire ne t'autorise pas davantage à tout commander.

— Peut-être que si ? Comment pourrais-tu le savoir ? Les ombres n'ont pas d'anniversaire, n'est-ce pas ? Peut-être que c'est une règle dont tu n'as jamais entendu parler. Je plantai mon index dans son bras puis dans un élan d'audace alimenté par le rythme de l'électro, j'empoignai le devant de sa chemise, m'efforçant de ne pas remarquer les muscles sculptés de son torse que mes doigts frôlaient, ni à quel point j'avais pénétré son aura de domination.

La chanson qui sortait des baffles m'offrit les paroles parfaites pour accéder à mon but.

— Allez, debout, entonnai-je avec une pointe de taquinerie, en tirant sur sa chemise. *Ouais, lève-toi, ne triche pas. De quoi t'as peur, mon garçon ?* [1]

Les yeux d'Omen s'illuminèrent, soit parce que je le traitais de « garçon » soit que je l'accusais de tourner les talons, ou simplement à cause de ma rudesse, je n'en étais pas sûre. Il me bouscula un peu à son tour, mais il me suivit dans la foule.

Satisfaite de cette victoire, je fis une pirouette et un pas de côté, le défiant du regard de me suivre. Ses yeux restèrent plissés, mais son corps se mit à osciller en rythme. Lorsque je me rapprochai de lui, il attrapa mon coude et ajouta un peu de force à mon tourbillon. Son contact laissa un picotement de chaleur sur ma peau.

Je jouais avec une tout autre sorte de feu, mais narguer les flammes avait été l'un de mes passe-temps favoris. Je tournai autour du métamorphe, en faisant glisser mes doigts sur son dos pour réveiller la passion qui l'habitait. Quant à savoir où il mettrait cette passion, il fallait attendre pour le découvrir, n'est-ce pas ?

— Tu aimes ce que tu vois ? demandai-je en agitant les sourcils et me tournant pour qu'il puisse voir l'ensemble. Mon regard glissa sur la piste bondée et s'arrêta sur un reflet de cheveux dorés alors que mon pouls s'accélérait.

La secousse émotionnelle ne me saisit qu'une seconde. Ce n'était pas Snap – comment cela aurait-il pu l'être – mais une jeune femme aux boucles brillantes deux fois plus longues que celles du dévoreur. Mais cette association momentanée m'avait déjà fait replonger dans mes souvenirs, jusqu'au soir, quelques semaines auparavant, où Ruse avait organisé une soirée dansante improvisée sur les années 80 dans le salon de mon appartement.

Snap s'était alors joint à nous, avec un style ondulatoire et sans complexes qui correspondait parfaitement à sa beauté divine, mais qui aurait été maladroit sur n'importe quelle autre personne à laquelle je pouvais penser. Personne autour de moi ne pouvait l'égaler aujourd'hui, c'était certain.

Tous ces gens qui dansaient sans se soucier des tourments infligés à toutes sortes d'êtres venus d'au-delà de ce royaume…

Une vague d'émotion bien plus vive me traversa, propulsée par mon feu intérieur. Elle surgit si soudainement que j'en perdis le souffle, ma peau sembla se craqueler, et un couple qui dansait à côté de moi se sépara d'un coup en poussant des cris de surprise, tandis que des flammes surgissaient sur leurs chemises respectives.

Mon cœur s'emballa et mes bras s'enflammèrent des poignets aux coudes. D'autres danseurs repérèrent l'incendie en poussant d'autres cris alarmants. Alors que la fille sanglotait de douleur, Omen m'entoura d'un bras solide autour de la taille.

— Allons te rafraîchir, marmonna-t-il en me chatouillant la joue de son souffle, et il me tira vers la sortie.

— Mais…, commençai-je à protester.

C'était ma faute. Je devais faire quelque chose. Quoi, je n'en avais pas la moindre idée – et un des videurs arrivait déjà en courant avec un extincteur, s'occupant déjà de la catastrophe que j'avais presque déclenchée. Alors que le sifflement de la mousse qui s'échappait se mêlait à la musique, Omen me traîna hors du club.

Le métamorphe ne me lâcha pas avant de m'avoir entraînée dans l'allée qui jouxtait l'immeuble. Il me lâcha si brusquement que je me cognai au mur. Alors que je me retournais pour lui faire face, il s'en prit à moi.

— Quel genre d'acrobatie démente as-tu essayé de faire là-dedans ?

Je le regardai bouche bée.

— Je ne l'ai pas fait exprès. Tu me prends pour une idiote ? Je… C'est venu comme ça, sans crier gare. Je ne sais même pas pourquoi. Je n'avais même pas eu conscience de ressentir la colère ou la panique qui avaient déjà fait exploser mes pouvoirs auparavant. C'est pour ça que j'hésite à utiliser mes pouvoirs. Ils n'arrêtent pas de faire des conneries de ce genre.

Omen se pencha vers moi, sa proximité et son odeur sulfureuse et sèche faisant de nouveau passer mon pouls à la vitesse supérieure. Alors qu'il me fixait, une lumière orange s'alluma dans ses yeux.

— Si c'est une manœuvre stupide pour me convaincre de ne pas te pousser à mettre de l'ordre dans tes affaires…

— Bien sûr que non, le coupai-je. Je ne voulais pas mettre le feu à ces pauvres gens, bon Dieu !

— Eh bien, peut-être que si nous n'avions pas passé toute la nuit à perdre du temps dans des activités ineptes de mortels, tu n'aurais pas eu à t'inquiéter de ça.

Il se moquait de moi ou quoi ?

— Rien de tout cela n'était mon idée. Si tu as un problème avec cette soirée, vois ça avec Ruse.

Omen laissa échapper un grognement qui fit frémir ma peau d'une manière à la fois excitante et dérangeante.

— Il se démenait pour te faire plaisir. Tu sembles

penser que tu peux tous nous mener par le bout du nez et faire ce que tu veux, mais ce que je dis s'applique toujours ici, et tu ne te déroberas pas à ta tâche.

Le frémissement avait ravivé la brûlure dans mes bras. Je les levai violemment pour les coincer entre nos deux visages.

— Je ne me dérobe à rien. J'essaie de ne pas être la miss catastrophe dont tu continues à me qualifier.

Même dans la pénombre, ma peau rougie et cloquée me donna des haut-le-cœur. Je n'avais pas réalisé que je m'étais brûlée à ce point cette fois-ci.

Cette vision sembla arrêter Omen dans son élan. Il se tut et observa les brûlures. Avec une douceur surprenante, il glissa ses doigts autour des miens pour abaisser et faire tourner un de mes bras, puis l'autre, et en étudier les deux côtés.

— Pourquoi t'es-tu infligé cela ? demanda-t-il, mais son ton accusateur avait quitté sa voix. Il avait l'air presque… inquiet. Pour moi ? Laissons les démons chanter « Hallelujah ».

— Je ne sais pas. C'est juste que ça arrive tout le temps maintenant. Peut-être… Peut-être que je n'étais pas censée réveiller ces pouvoirs après tout.

— Non. On ne reçoit pas un tel don si on n'est pas destiné à l'utiliser. Il leva la tête pour me regarder de nouveau dans les yeux. Je n'étais pas sûre de savoir ce qu'il cherchait. Il n'était peut-être pas aussi magnifique que mon trio d'origine, mais on ne pouvait pas nier qu'il était lui aussi très séduisant – et encore plus lorsque son masque glacial tombait.

— J'aurais aimé qu'il y ait un mode d'emploi, alors, m'entendis-je dire, et miracle sur miracle, quelque chose qui aurait pu être un sourire se dessina sur les lèvres du chien de l'enfer.

Il tenait toujours ma main. Son pouce caressait mes articulations de manière appuyée.

— Nous trouverons une solution, dit-il. Tu as de la chance, tu as l'expertise de trois hommes de l'ombre incroyablement doués pour te guider dans ces pouvoirs. Quatre, quand nous aurons récupéré notre dévoreur demain.

— En supposant que je ne nous incinère pas tous pendant qu'on essaie d'accomplir ça.

— Je ne pense pas que tu doives t'en inquiéter.

Je retins une grimace.

— Parce que tu ne crois pas que ça puisse devenir aussi grave ?

— Non, parce que je dis que tu n'as pas besoin d'essayer de les utiliser. En fait, considère cela comme un ordre direct. Nous adopterons ton approche « de charme » demain, et si quelqu'un a besoin d'être détruit, tu pourras nous laisser faire, Thorn et moi.

— Oh. Je ne m'attendais pas à ce qu'il cède à ce point, même après cet incident. Eh bien, euh, merci.

Sa lèvre tressaillit. C'était vraiment un sourire maintenant.

— Tu es tellement polie quand tu arrives à tes fins.

Cette fois je lui fis vraiment une grimace, mais cela n'atténua pas l'étrange sentiment d'affection qui montait en moi.

— Je ne plaisante pas. Je…

Je ne savais pas comment exprimer mon appréciation de ce côté « non con » de sa personne autrement qu'en m'écartant du mur et en effleurant ses lèvres.

Je ne saurais dire quel genre de réaction j'attendais. La

main d'Omen glissa dans mes cheveux et je me préparais à ce qu'il me repousse quand au contraire, il m'attira à lui, faisant passer mon baiser de simple bise à quelque chose de chaud bouillant.

Un feu qui ne me dérangeait pas du tout s'alluma dans tout mon corps sous l'effet de la chaleur de sa bouche. Je lui aurais bien rendu son baiser s'il ne s'était pas écarté une seconde plus tard.

La lueur orangée s'estompait dans ses yeux, mais ses cheveux fauves s'étaient complètement ébouriffés sans même que je les touche. Sa mâchoire se crispa, lui donnant un air sévère. Et voilà, M. Glaçon était de retour.

Il pivota sur ses talons comme si nous n'avions pas été enlacés comme des amants un instant plus tôt.

— On rassemble les autres et on sort d'ici. C'est assez d'agitation pour ce soir. Nous avons un musée de la chaussure à érafler demain.

----

1. Paroles déformées de « Into the groove » de Madonna

SIX

Sorsha

Alors que nous nous approchions de l'entrée du musée, Ruse me tendit le bras comme s'il était un gentleman de l'époque victorienne. L'effet aurait pu être meilleur sans cette casquette de baseball ridicule perchée sur ses cornes.

— Milady ? dit-il en imitant presque parfaitement la voix grave de Thorn.

Je répondis par un coup de coude taquin. Heureusement, grâce à l'aloe vera et aux pouvoirs de guérison qui semblaient découler de ma capacité à faire des barbecues, les brûlures sur mes bras avaient déjà pratiquement disparu depuis la nuit dernière.

— Gardons les plaisanteries pour après avoir sorti Snap et toutes les petites bêtes d'ici.

— Ah, tu me fends le cœur, me taquina-t-il, mais ses yeux chauds scrutaient le foyer avec une vigilance totale.

Malgré sa nature enjouée, il prenait cette opération au sérieux.

Il y avait en effet un nombre impressionnant de clients qui parcouraient les vitrines contenant différents styles de chaussures. Un couple de touristes prenait des photos tandis que leurs deux enfants tiraient sur leurs t-shirts, l'air de rien. Un jeune homme aux baskets si compensées qu'il aurait pu faire une excellente imitation de Donald Duck s'extasiait sur l'histoire des chaussures de sport devant une jeune fille au regard vide. C'était pas gagné pour taper dans le mille lors de ce rendez-vous, mec !

Nous passâmes devant des bottes portées par des soldats – qui n'avaient pas vu beaucoup d'action, vu leur état impeccable – et des pantoufles censées avoir appartenu à des empereurs, avec une quantité obscène de fils d'or. Le panthéon des célébrités s'enorgueillissait de talons aiguilles incrustés de diamants, portés par une pop star lors d'une récente tournée. Avait-elle encore des chevilles en état de marche après avoir arpenté une scène avec ces trucs à ses pieds ? Ou sa vue, d'ailleurs ? Leur éclat était aveuglant. Luna aurait approuvé, en tout cas.

Nous arrivâmes dans le sanctuaire intérieur, dont la porte était discrètement cachée dans un petit couloir entre « *Faites travailler ces semelles* » et « *Un bon moment aquatique* » – chaussures de bateau et palmes de plongée en prime !

Ruse ne donna pas de signal visible, mais il avait dû préparer les gardiens qu'il avait bien charmés, car une femme musclée, bronzée de la tête aux pieds, s'approcha de nous en lui faisant un hochement de tête respectueux.

— Tout est en ordre, monsieur, dit-elle. Faites-moi savoir quand vous serez prêt à commencer votre inspection finale.

Ruse afficha une expression très professionnelle, mais un soupçon de sourire espiègle transparaissait. Je me retins de sourire.

— J'aimerais d'abord rencontrer les autres gardiens en service, dit-il. Tous sauf Mack, je lui ai déjà parlé. Si vous pouviez les escorter jusqu'au vestibule, un par un, pour que nous puissions rester discrets… ?

— Absolument, monsieur, absolument.

— Le vestibule ? répétai-je en crispant les lèvres, tandis qu'elle s'empressait de partir.

Ruse laissa échapper un sourire.

— Un de mes mots préférés. On ne peut pas se tromper avec un bon vestibule. Maintenant, allons-y, pour que le reste du contingent puisse chanter nos louanges.

Il n'y avait que deux autres gardiens qui patrouillaient dans la collection pendant la journée – la compagnie avait dû penser qu'il était peu probable que quelqu'un se risque à une invasion alors qu'il y avait tant de témoins autour. Bien sûr, ce fait jouait en notre faveur. Une fois que nous aurions ce dont nous avions besoin, nous pourrions faire sortir les passants innocents de l'endroit en tirant l'alarme incendie avant qu'un véritable incendie ne se déclare.

Tant que nous gardions la situation sous notre contrôle.

Ruse se lia d'amitié avec les deux autres gardes en quelques minutes, d'autant plus facilement qu'il n'avait besoin d'exercer son influence que pendant une heure environ. Même si je détestais ces gens qui avaient consacré leur vie à l'éradication de l'humanité de l'ombre, regarder l'incube opérer son charme était un peu troublant. Je ne pus réprimer un léger frisson en me souvenant de l'autre homme de l'ombre qui avait joué avec moi dans mon enfance en utilisant sa propre marque de vaudou persuasif.

Mais Luna avait chassé cet abruti, et j'en étais sortie indemne, et Ruse n'avait rien à voir avec ce connard. Je ne l'imaginais pas harceler un enfant, même s'il laissait s'exprimer son sens de l'humour lorsqu'il s'agissait de vrais méchants.

Il regarda le deuxième gardien s'éloigner avec une lueur malicieuse dans les yeux.

— Je pourrais les faire défiler dans les couloirs en chantant des chants de Noël si je le voulais.

Je lui donnai encore un coup de coude.

— J'aimerais bien voir ça, mais ça ne fera pas sortir Snap. Tu pourras créer ton groupe de chants de Noël une fois que les cages seront ouvertes.

— Oh, très bien, espèce de trouble-fête.

Il me fit un petit bisou sur la tempe avec une tendresse à laquelle je ne m'attendais pas. L'incube et moi étions devenus aussi intimes que deux êtres peuvent l'être, mais ces derniers temps, il avait été plus froid qu'autre chose. Même après les festivités d'hier soir, il n'avait pas fait la moindre tentative pour s'inviter dans mon lit.

Je n'étais pas tout à fait sûre de ce qui se passait ni de cette brève démonstration d'affection, mais je pourrais y réfléchir plus tard.

Il n'était que midi moins cinq. Nous retournâmes vers la porte du sanctuaire intérieur et, à midi pile, Ruse frappa un coup bref puis deux. Un signal qu'il avait mis au point avec son nouvel ami qu'il appelait le Roi Tigre, le type aux membres courts qui ouvrit la porte en faisant grincer ses serrures un instant plus tard. Il ne portait pas son armure – Ruse lui avait demandé de s'en débarrasser avant de nous laisser entrer.

— Je n'ai rien dit à personne, murmura-t-il en nous introduisant dans une pièce blanche et lumineuse, remplie de bureaux en verre et d'équipements informatiques. Ruse retint un frisson, désormais entouré par l'argent et le fer incrustés dans les murs. Quelques-uns de ces gars pourraient vous poser des problèmes – je ne pense pas qu'ils aient une vision d'ensemble. Je vais les amener comme vous l'avez demandé, et vous pourrez décider…

Ce qu'il pensait que nous allions décider fut perdu avec le déclic de la porte à l'autre bout de la pièce. Je sentis une légère odeur de produits chimiques dans la brise qui s'était levée et je me tendis en comprenant que le laboratoire – les expériences, les captifs, *Snap* – se trouvait dans cette direction, puis les deux personnages qui étaient apparus dans l'embrasure de la porte poussèrent un cri, soudain inquiets.

— Qu'est-ce que tu fais ? Qui sont ces gens ? demanda l'un d'eux en s'avançant à grandes enjambées. Tous deux dégainèrent leurs armes. Bon, d'accord, le plan « Intrusion pacifique » venait de tomber à l'eau.

— Tu nous aides avec tes collègues ? dit Ruse au gardien déjà charmé, sa voix vibrant d'une énergie renouvelée.

Le type se jeta sur le gardien qui avait foncé sur nous avec une sorte de mouvement de karaté qui fit voler l'arme de l'autre homme. La main du troisième gardien se leva d'un coup sec et Thorn surgit de l'ombre dans toute sa gloire, écrasant son poing sur le bras de l'homme avec une telle force que j'entendis le craquement de l'os qui s'était brisé.

Le gardien sous le charme avait plaqué son collègue au sol et était en train de lui arracher son masque de protection.

— C'est pour ton bien, déclara-t-il. Il y a tant de choses

qu'ils ne nous ont pas dites, tant de choses que nous n'avons pas vues...

Heureusement, il semblait trop occupé à arracher les liens de la veste du type pour voir le coup de poing de Thorn, qui enfonça profondément ses jointures cristallines de guerrier dans la partie inférieure de la mâchoire du troisième gardien. L'homme s'effondra avec un gargouillis sanglant, sans qu'il soit nécessaire de le désarmer.

Je bondis pour l'aider à retirer le dernier équipement de protection du deuxième gardien. Dès qu'il fut débarrassé de l'argent et du fer, la voix cajoleuse de Ruse se fit entendre à nouveau.

— Il y a tant en jeu qu'il faut se dépêcher. Ces monstres sont toxiques, mais ils brûleront si nous les chassons à la lumière du soleil. Vite, vite, avant que ceux qui veulent les garder ici et les protéger ne nous empêchent de faire ce qu'il faut.

L'appel à la haine contre les ombres fonctionna si bien sur l'homme que j'en eus l'estomac retourné. Il se leva d'un bond et s'élança vers la porte du laboratoire sans que Ruse ait besoin de dire un mot de plus. La vue de la chair mutilée du corps que Thorn avait traîné hors du chemin ne m'ouvrit pas vraiment l'appétit non plus, mais à cet instant, il n'était pas difficile de se rappeler pourquoi mes scrupules à adopter l'approche consistant à cabosser leurs crânes s'étaient estompés.

Nous entrâmes dans une grande pièce remplie de tables en acier, d'étagères de matériel de laboratoire et d'un mur entier de cages en fer et en argent. Il devait y avoir au moins trente cages plus petites, puis plusieurs plus grandes au bout. Elles étaient toutes éclairées par une lumière artificielle, et de minces formes de l'ombre s'agitaient dans la lumière.

Snap devait se trouver dans l'une de ces grandes cages.

— Ouvrez-les ! dis-je aux gardiens. Allez, que ça saute !

— Vous l'avez entendue, ajouta Ruse avec plus de sorcellerie dans le ton. Sortez toutes les bêtes, et ensuite nous les conduirons à la lumière du jour pour les anéantir pour de bon.

— Nous n'avons ni les clés ni les codes, balbutia anxieusement le gardien, en faisant un geste vers les cages. Les grandes avaient des panneaux avec des codes, les petites n'avaient que de petites serrures avec des trous.

Ruse tourna autour de son premier allié.

— Tu avais dit que tu y avais accès.

— Aux pièces ! Vous n'avez pas posé de questions sur les cages !

Il n'avait pas voulu donner trop de détails au cas où l'un des gardiens aurait dévoilé nos plans à l'avance. Merde !

Omen sortit de l'ombre.

— Qui les a, alors ? demanda-t-il, mais un accès de fureur et de frustration me traversa, brûlant tout besoin de répondre à cette question.

— Cela n'a pas d'importance, dis-je fermement, ignorant le picotement de douleur qui accompagnait mon pouvoir. Je peux les ouvrir.

Je saisis l'une des petites cages, le feu jaillissant de ma paume. Le métal se déforma comme la boîte de conserve qui avait fondu l'autre soir. D'un coup sec, un trou béant se forma au milieu des barreaux qui s'entrecroisaient.

Ayant désormais assez d'espace pour passer à travers les métaux toxiques, l'ombre qui s'y trouvait passa à côté de moi sans même me remercier. Ce n'était pas grave. Je n'en avais pas besoin. Serrant les dents, j'empoignai la cage suivante et j'ajoutai davantage de mon pouvoir brûlant à ma prise.

— Je ne sais pas si ça va marcher sur les plus grandes, grognai-je.

Celles-ci avaient des murs solides, pas de barreaux. Je n'avais aucune idée de l'épaisseur du métal.

— Les ordinateurs, dit Ruse en faisant un geste vif vers l'autre pièce. Vous deux, mettez-vous dessus et voyez ce que vous pouvez trouver. Et s'il n'y a rien d'utile, alors…

La porte de la plus grande cage de la rangée s'ouvrit dans un vrombissement mécanique. Aucun d'entre nous ne s'était approché de la porte. Je tordis la cage que je tenais et je me retournai, levant les mains pour faire face à une nouvelle menace, mais la silhouette qui en émergea était tout l'opposé.

Une grande et mince ombre floue se matérialisa en Snap avec ses cheveux dorés et ses yeux verts. Il regardait autour de lui, hébété. Mon cœur bondit, l'envie de le serrer dans mes bras se fit sentir – mais il était sorti et il y avait encore des dizaines de créatures à sauver. Je me contentai de lui adresser un sourire de pure gratitude et je tendis la main vers une autre cage.

Omen se retourna, les muscles tendus, les lèvres retroussées, car le fait d'être entouré d'une telle quantité de métaux agressifs épuisait même ses larges réserves de force.

— Quelqu'un l'a fait exprès, quelqu'un sait que nous sommes ici. Ils nous observent. Il tourna la tête vers les gardiens. Y a-t-il une autre pièce ?

— Je… ne pense pas, dit le premier avec incertitude.

Thorn fronça les sourcils.

— Cet espace ne semble pas assez grand pour prendre en compte les dimensions que j'ai relevées depuis l'extérieur. Il devrait y avoir autre chose… là-bas. Il désigna le mur au-delà des tables de laboratoire, où se trouvaient un réfrigérateur et deux grandes armoires. Serrant la mâchoire, il contracta les muscles et fonça droit sur le mur.

J'avais déjà vu le guerrier défoncer du béton et des briques, mais jamais rien de tel. Alors que sa forme massive s'écrasait non seulement sur le plâtre et les poutres, mais aussi sur les plaques d'argent et de fer, sa chair sifflait. De la fumée s'échappait des blessures. Un gémissement lui échappa, mais il avait réussi à percer un trou assez grand pour que nous puissions regarder à travers une autre pièce blanche avec des bureaux, des ordinateurs, des tableaux et des cartes sur les murs, et deux personnes en blouse de laboratoire qui nous regardaient, les yeux écarquillés.

— Vous devriez partir d'ici tout de suite, cracha l'une d'entre elles, les mains serrées le long du corps. Nous avons prévenu le reste de la Compagnie. Il y aura des dizaines de personnes prêtes à vous combattre dans une minute.

Elle ne s'intéressait qu'à sa propre survie, alors, pas à nous capturer ? Était-ce pour cela qu'ils avaient libéré Snap, dans l'espoir que nous nous contenterions de lui et que nous partirions avant qu'ils ne les trouvent ? Je respectais ce sens de l'autopréservation, mais cela ne signifiait pas que j'allais m'y plier.

— Ils doivent avoir les clés, dis-je en faisant un geste vers les gardiens. Attrapez-les, aidez-moi à ouvrir ces portes.

Les deux hommes ensorcelés foncèrent à travers l'ouverture fracassée pour s'exécuter. Tandis que les scientifiques poussaient des cris de protestation, j'ouvris une autre cage par mes propres moyens. Quelques instants plus tard, j'avais deux assistants qui se démenaient pour essayer des clés dans autant de serrures qu'ils le pouvaient. C'était une bonne chose, car la chaleur qui émanait de mes mains commençait à se répandre dans le reste de mon corps avec une intensité troublante.

— De quoi s'agit-il ? entendis-je Omen demander. Je jetai un coup d'œil par-dessus mon épaule juste assez longtemps pour voir qu'il était entré dans la pièce secrète et qu'il regardait une carte du monde entier. Qu'est-ce que ces points indiquent ?

L'un des scientifiques inspira en tremblant.

— Nous ne pouvons pas, nous ne sommes pas censés…

— Au diable tout ça. Ruse, fais en sorte qu'ils veuillent me le dire.

L'incube frappa dans ses mains.

— Mon bon Justin, j'ai besoin de tes services pendant un moment.

Le Roi Tigre me tendit son trousseau de clés – je réduisis mon pouvoir aussi vite que possible pour ne pas faire fondre le truc – et il se dépêcha d'aider sa nouvelle personne préférée. Le déchirement du tissu m'indiqua que le badge de protection de quelqu'un avait été retiré de son vêtement de manière violente. Je vérifiai les numéros des clés, j'en fichai une autre dans une serrure et j'ouvris la cage aussi vite que je le pus.

Snap s'était attardé dans la pièce, pour nous observer, l'air encore hagard. Je lui jetai un coup d'œil et le rassurai autant que j'ai pu.

— Nous sortirons d'ici avec toi dès que nous aurons libéré les autres ombres. Ne bouge pas.

— Bouge pas, répéta-t-il d'une voix faible, mais curieuse.

Le langage figuré n'était pas le point fort du dévoreur.

— Reste là, dis-je. Tu seras plus en sécurité en quittant le bâtiment avec nous tous.

Ruse parlait d'une voix cajoleuse à la scientifique que son gardien avait désarmée. Omen reprit la parole, d'une voix à la limite du grognement.

— Expliquez-moi la carte. Que signifient ces marques bleues ?

— Oh, ce sont les emplacements des installations de la Compagnie, répondit la femme d'une voix beaucoup plus enjouée qu'auparavant. Et les points rouges indiquent les zones où nous avons détecté une activité récente des ombres. Cela nous aide à identifier rapidement des modèles et à décider qui doit enquêter.

— Il n'y en a pas qu'aux États-Unis. Il y a aussi des petits points dans toute l'Europe.

— Oui. C'est là que la Compagnie a commencé, si j'ai bien compris. Le président des opérations dirige tout depuis là-bas.

Attendez, la Compagnie de la lumière était dirigée depuis l'étranger ? Nous avions pensé qu'il nous faudrait aller jusqu'à San Francisco pour traiter avec le grand patron… Je n'avais pas prévu de traverser l'océan.

Omen non plus, manifestement. Sa voix était empreinte d'une pointe de sarcasme.

— Merveilleux. Où exactement là-bas ?

— Je n'en sais rien. Je ne lui ai jamais parlé directement. J'ai l'impression qu'il voyage beaucoup. Avec une mission aussi cruciale, comment pourrait-il s'en tenir à un seul endroit ?

Omen jura dans sa barbe. J'ouvris la dernière des petites cages.

— Tu en as fini avec elle ? lui demandai-je. Il faut ouvrir les plus grandes.

La scientifique se mit à l'œuvre avant même que Ruse n'ait besoin de l'aiguillonner. Il avait dû faire un sacré travail sur elle avec son abracadabra.

— Je peux contrôler les serrures à partir des ordinateurs, dit-elle en se penchant sur un clavier.

Étalé sur le sol, sous le gardien charmé, qui avait pris place sur son dos, son collègue émit un son incohérent.

La porte d'une cage s'ouvrit en gémissant, puis une autre. Thorn se racla la gorge. Il tendit la main vers une rangée d'écrans installés plus haut sur le mur.

— Ces téléviseurs, ils montrent ce qui est réel, ce qui se passe en ce moment ?

Cette fois, Omen jura plus fort. Ce qu'il avait vu là ne lui plaisait pas.

— Malheureusement, oui. Toi, ouvre les deux dernières cages. Tous les autres, on y va. Il y a beaucoup plus de crétins envoyés par la Compagnie que je ne le souhaiterais.

Il était difficile de dire si toutes les créatures étaient parties ou si elles s'étaient seulement réfugiées dans les ombres les plus proches.

— Dehors, dehors, vous tous ! dis-je assez fort. Je sentais le feu monter dans ma poitrine à l'idée que nos ennemis se rapprochaient de nous.

Ruse cria à ses alliés ensorcelés.

— Avancez devant nous – détournez les attaquants aussi bien que vous le pouvez ! Il attrapa le poignet de Snap, et ils disparurent dans les ombres un instant plus tard. Je devais supposer qu'ils allaient chasser toutes les créatures qui se seraient attardées à l'extérieur.

Les gardiens et la scientifique sous emprise se

précipitèrent vers l'entrée du musée extérieur. Je les suivis en courant, Thorn et Omen à mes côtés. Je me sentais coupable d'être la seule à ne pas pouvoir m'enfuir dans les ténèbres.

— Tu peux y aller, dis-je. Je pourrais peut-être les éviter.

— Tu n'as pas vu les images de la sécurité, marmonna Omen. Nous ne te laisserons pas derrière, Miss Catastrophe.

Nous fîmes irruption dans le hall entre les galeries. Des cris résonnèrent sur les murs ainsi que des pas sur le sol, tandis que l'assaut des ennemis chassait les visiteurs du musée. Deux escouades de gardiens se précipitèrent vers nous de part et d'autre.

Mon pouls s'emballa sous l'effet d'une poussée d'adrénaline. Je n'allais pas mourir ici, pas après tout ça, pas alors que je n'avais même pas eu l'occasion de fêter le retour de Snap. J'emmerdais ces connards et le merdier dans lequel ils venaient d'entrer.

Sans même que je le veuille, des flammes s'élevèrent au-dessus de trois des silhouettes qui couraient dans notre direction. Je fis taire leurs cris en grimaçant. Thorn se jeta sur les autres assaillants à notre droite, et mon regard s'arrêta sur une large fenêtre qui donnait sur la rue juste derrière eux.

— Thorn ! dis-je. On peut passer à travers.

Il n'y a pas si longtemps, Thorn aurait été trop absorbé par son propre combat pour prêter attention à mes suggestions. Depuis, nous avions établi une relation de confiance mutuelle. Il suivit mon mouvement, me fit un rapide signe de tête en guise d'accord, et balança ses deux poings pour ouvrir la gorge de deux des gardes. Puis il attrapa deux chaussures à bouts d'acier et les lança assez fort sur des adversaires plus éloignés pour leur casser le nez.

Omen fendait la vague de gardiens venant de l'autre direction, mais ils étaient nombreux. Ils portaient tous leur armure de protection, et certains avaient les fameux lasers en forme de fouet qui traversaient le corps des hommes de l'ombre comme aucune autre arme ne pouvait le faire.

Je serrai les dents, et deux autres de nos assaillants disparurent dans une explosion de flammes, ainsi que quelques étalages qui dégageaient une odeur de cuir carbonisé. Ma peau me picotait, mais je ne semblais pas avoir pris feu moi-même cette fois-ci. Le fait d'avoir des cibles plus claires et qui méritaient davantage leur sort m'aidait à maintenir l'énergie brûlante loin de mon propre corps, merci les chaussures à bouts pointus.

L'odeur de la chair brûlée flottait dans la fumée. La bile me monta à la gorge, mais j'ignorai mes nausées. Il fallait juste que j'atteigne la fenêtre, et nous pourrions en finir.

Qu'ils brûlent tous ! Pourquoi pas puisque c'était ce qu'ils voulaient faire à tous les hommes de l'ombre ?

Thorn frappa deux autres gardes et les dépassa pour se diriger vers la fenêtre que j'avais indiquée. Le claquement de son poing fit tomber une grêle de verre brisé. Je m'élançai dans sa direction.

Un mouvement venant de l'une des vitrines à côté de la fenêtre fit remonter ma fureur à la surface. Je tendis la main et une paire d'anciennes bottes de mineur se transforma en une boule de feu qui se dirigea vers…

Un petit garçon. C'était l'un des enfants des touristes : un petit bout de chou aux yeux ronds et aux cheveux rebelles, qui ne devait pas avoir plus de sept ans. La boule de feu de ma botte se dirigea vers lui, là où il s'était accroupi en tremblant à côté de la valise. Un regard de pure terreur s'empara de lui et un cri s'échappa de mes lèvres. Non, non. Je n'avais pas l'intention de…

Quelque chose en moi explosa sous le choc de la panique, et les bottes enflammées dévièrent juste assez pour frôler les jambes du garçon au lieu de lui foncer droit sur la figure. Il poussa un cri et tapota son jean.

J'allais quand même lui faire mal. Et s'il…

Je n'eus pas le temps de savoir s'il me restait assez de conscience pour m'assurer que je n'avais pas flambé un enfant. Thorn m'attrapa par la taille et me fit passer par la fenêtre cassée. L'air frais de l'extérieur me frappa au visage, me sortant de mon angoisse conflictuelle.

Aller au camping-car. Rejoindre Snap. Et alors, tout serait fini.

Je m'élançai dans la rue aux côtés du guerrier. Omen apparaissait et disparaissait, se promenant sous sa forme de chien de l'enfer, juste assez longtemps pour montrer qu'il était avec nous. Lorsque nous arrivâmes en vue de la Toutemobile, Ruse m'ouvrit la portière, puis plongea sur le siège du conducteur. Thorn sauta dans l'ombre au niveau du marche-pied, je me jetai dessus et refermai la portière d'un coup sec derrière moi, et le camping-car démarra dans un crissement de pneus.

Mon cœur battait encore la chamade. Je chancelai vers la banquette et m'effondrai dessus.

— Où est Snap ? réussis-je à demander.

En réponse à ma question, le dévoreur apparut à l'autre bout de la banquette. Le soulagement m'étouffa. Je trouvai assez d'énergie pour me pousser vers lui et le prendre dans mes bras. Son parfum fantastiquement familier et délicatement profond, comme une prairie ensoleillée cachant des profondeurs moussues, emplit mes narines. Cela me pinça le cœur.

— Je suis tellement contente qu'on t'ait sorti de là, dis-je en m'écartant pour pouvoir le regarder en face.

Snap me regard en inclinant sa magnifique tête.

— Moi aussi, dit-il joyeusement. C'était très gentil de votre part. Son regard glissa de moi à Ruse, puis à Thorn et Omen, qui étaient sortis de l'ombre à l'autre bout de la table. Vous vous êtes tous donné tant de mal pour m'aider… Qui êtes-vous ?

SEPT

Sorsha

Thorn brandit le fruit comme s'il s'agissait d'une épée.

— C'est une banane.

Snap lui prit le croissant jaune et le porta à son nez. Il inspira et un sourire rêveur se dessina sur ses lèvres.

— Ça sent délicieusement bon. C'est pour manger ?

Ruse éclata de rire à côté de Thorn, dans la cuisine du camping-car, mais d'une manière un peu tendue.

— Absolument ! Tu en as mangé une quand nous avions fait notre première apparition dans l'appartement de Sorsha. Ça te rappelle quelque chose ?

Snap porta la banane à ses lèvres et en prit une bouchée à même la peau, comme il l'avait fait la première fois, une éternité auparavant. En le voyant faire, ma gorge se noua. À ce stade, je ne m'attendais pas vraiment à ce qu'une lueur de souvenir s'allume dans ses yeux – comme cela n'avait pas été le cas après toutes les tentatives précédentes de stimulation de la mémoire – mais il était difficile de ne pas l'espérer de toute façon.

Il mâchait pensivement, chacun de ses mouvements ressemblant à l'homme de l'ombre que j'avais appris à connaître et auquel je m'intéressais beaucoup plus que je ne le faisais d'habitude. Puis il secoua la tête, regrettant comme toujours de nous décevoir d'une manière qu'il ne comprenait même pas.

— Je ne crois pas en avoir déjà mangé une. C'est pourtant fantastique !

La boule que formait déjà mon estomac depuis que Snap avait montré qu'il ne se souvenait pas de nous se resserra. C'était la même personne – le même monstre, peu importe, mais c'était comme si des mois, voire des années, avaient été effacés de son esprit.

Alors que le dévoreur engloutissait le reste de la banane avec autant d'enthousiasme que celle qu'il avait dérobée dans ma cuisine, Ruse et moi échangeâmes un regard. Le sien était aussi troublé que mon état intérieur. Omen avait été retenu prisonnier par la Compagnie pendant des semaines de plus que Snap, et ses souvenirs n'avaient pas été altérés, pour autant qu'aucun d'entre nous ne l'ait remarqué. Mais qui savait quelles tortures supplémentaires les scientifiques avaient pu mettre au point ? Il pouvait s'agir d'une nouvelle tactique dans leur projet d'infecter toute l'humanité de l'ombre avec un fléau mortel ou d'un effet secondaire involontaire d'une de leurs expériences.

Je caressai le dos de Pickle, qui avait sauté sur mes genoux, et j'essayai d'ignorer la question qui me taraudait le plus : et si Snap avait perdu la mémoire pour de bon ? Tout le travail qu'il avait accompli pour faire tomber la

Compagnie... Toute l'intimité et l'affection que nous avions partagées...

Lorsque je l'avais rencontré pour la première fois, il ne s'était même pas rendu compte des plaisirs physiques dont son corps était capable. Je n'étais pas sûre qu'il ait ressenti autre chose pour moi que de la gratitude pour l'avoir aidé à se libérer – et il ne s'en souvenait pas non plus aujourd'hui. J'étais une parfaite inconnue qui ne signifiait rien pour lui, et il n'y avait aucun moyen de reproduire les scénarios qui nous avaient amenés à notre union passionnée et inattendue.

— Si nos amis équidés nous avaient laissé du liquide vaisselle, je te ferais un festin de bulles, plaisanta Ruse. Tu avais aussi aimé ça la dernière fois.

La langue fourchue de Snap passa sur ses lèvres.

— Ce festin de bulles est-il aussi savoureux que la banane ?

— Ah, non ! Ce n'est pas pour manger, c'est juste amusant à regarder. Des petits globes brillants qui flottent dans l'air.

Le dévoreur éclata de rire.

— Pour un endroit sans magie, le royaume des mortels a beaucoup de choses merveilleuses ! Tant de saveurs et de couleurs différentes... Tant de sons éclatants. Comme cet engin qui nous transporte sur de grandes distances sans que nous ayons à bouger le moins du monde. Il tapota la table du camping-car d'un air émerveillé.

La Toutemobile ne nous emmenait nulle part en ce moment. Nous l'avions garée sur le terrain près du centre commercial abandonné en attendant de savoir ce que nous allions faire. Omen s'approcha de la table, les bras croisés.

— C'est dommage que tu ne te souviennes pas de notre cause ou du reste, mais nous devons poursuivre notre mission. Nos ennemis savent que nous sommes à Chicago maintenant. Lorsque je t'ai cherché pour la première fois dans le royaume des ombres, tu as accepté de m'aider à enquêter sur les disparitions de notre peuple. Maintenant, nous savons qui est derrière tout ça – les mêmes personnes qui t'ont enfermé. Vas-tu rester avec nous et les faire payer ?

Une lueur d'inquiétude traversa le visage de Snap et s'évanouit tout aussi rapidement. Je n'aurais pas pu dire s'il se souvenait de la première fois où il avait dévoré quelqu'un, cette fois qui l'avait tellement horrifié qu'il avait juré de ne plus jamais utiliser ce pouvoir. Des indices comme celui-ci suggéraient que c'était le cas, mais il ne l'avait pas mentionné.

— Bien sûr, dit-il de sa voix claire et enthousiaste. Les mortels ont horriblement traité les hommes de l'ombre dans cet endroit. Tant de souffrance... Un frisson parcourut sa fine carrure.

Je dus résister à l'envie de lui prendre la main. Ce geste le réconforterait-il, venant d'une femme qu'il associait probablement davantage aux méchants mortels qui l'avaient capturé qu'à ses camarades de l'ombre ? Un frémissement de colère me traversa le creux de l'estomac.

Snap se ressaisit en redressant les épaules.

— Il faut les arrêter. Je ferai de mon mieux pour y contribuer. Je ne sais pas ce que je peux vous dire pour l'instant. Avec toute l'énergie des métaux dans cet endroit, je n'ai pas pu utiliser mes pouvoirs pour tester leur équipement.

— Ce n'est pas grave, dit Omen, si brusquement que j'aurais voulu lui donner un coup de poing. Dommage, j'étais à l'autre bout de la table avec un petit dragon sur les genoux.

— Je te ferai savoir quand tu pourras participer. Il se retourna pour nous regarder tous. Nous avons devant nous un défi encore plus grand que ce que nous avions prévu. Il semble que la Compagnie de la Lumière ait fait son travail abominable non seulement dans tout le pays, mais aussi de l'autre côté de l'océan.

— Ils sont si nombreux, murmura Thorn.

— Exactement. Omen marqua une pause. Je pense que notre Miss Catastrophe ici présente a peut-être eu une bonne idée lors de nos opérations passées, en recrutant toute l'aide que nous pouvions obtenir. Je ne m'attendais pas à ce que nous soyons confrontés à une organisation aussi étendue, et je ne pense pas que nous soyons assez nombreux pour les arrêter une fois pour toutes. Plus de compétences, plus de perspicacité et tout simplement plus d'êtres en jeu nous permettront d'élaborer une stratégie plus complexe. Nous devons chercher d'autres alliés. Nous y sommes déjà parvenus – je serai optimiste et supposerai que nous pouvons trouver d'autres personnes prêtes à nous donner un coup de main, au moins brièvement.

J'aurais dû me réjouir qu'il admette à voix haute que j'avais eu raison sur un point. Il avait déjà suffisamment râlé contre mes idées lorsque je les présentais. Mais tout le plaisir que j'aurais pu tirer de sa reconnaissance fut englouti par le sentiment écrasant de tous ces paquets de psychopathes tortionnaires de l'humanité de l'ombre disséminés sur la planète. Tant de foutus mortels si déterminés à tout détruire sur leur passage – les assassinats, les meurtres et tout ce qu'ils avaient fait à Snap…

Il y avait tant de choses pour lesquelles ils devaient payer. Et par toutes les côtes déchiquetées, je voulais être là pour leur rendre la monnaie de leur pièce.

Le feu en moi passa d'un frémissement à un embrasement en un instant. Une sensation de brûlure se répandit dans mes membres et Pickle couina, tressaillant si violemment qu'il tomba de mes genoux sur les coussins de la banquette.

Mon cœur s'emballa. Mes paumes étaient piquées par la chaleur qui avait dû s'en dégager. Pickle mis le nez contre son flanc – oh, mon Dieu, ses écailles vertes et brillantes étaient-elles légèrement brûlées ?

— Hé, dis-je doucement en tendant la main vers la petite créature dans l'espoir de lui présenter mes excuses. Il recula d'un bond en écarquillant ses yeux de fouine. Ma gorge se serra. Pickle ?

Il me regarda fixement, sa tête oscillant d'un côté à l'autre sur son cou mince, puis il bondit complètement du canapé et se précipita dans le couloir en direction des chambres à coucher.

J'avais beau avoir l'estomac en boule, son fond descendit encore d'un cran. Pickle avait eu peur de moi.

Mes mains se crispèrent sur mes flancs. Ruse et Thorn discutaient, partageant leurs idées sur les personnes à qui nous pourrions demander de l'aide en premier, mais quand je levai les yeux, le regard d'Omen était braqué sur moi, ses yeux bleu glacé toujours aussi perçants.

— Ils pourraient au moins mettre à contribution quelques-uns de leurs subalternes, termina Ruse. Ce Talon n'avait pas l'air d'être du genre à vouloir laisser sa base sans surveillance pendant longtemps.

Omen acquiesça.

— Oui, nous lui reparlerons et verrons s'il est prêt à proposer quelque chose. Il fit un geste vers moi. Miss Catastrophe, on peut parler dehors ? Vous deux, essayez encore de raviver un ou deux souvenirs dans la tête de notre dévoreur.

Oh, cela allait être une conversation à mourir de rire. Le camping-car avait-il un toboggan d'évacuation ?

Même si c'était le cas, je n'allais pas donner à notre chef la satisfaction de penser qu'il m'avait intimidée au point de me faire fuir. J'avais réussi à attirer le grand méchant chien de l'enfer sur la piste de danse hier soir. Je l'avais embrassé et j'avais survécu pour raconter l'histoire.

Il ne pouvait rien me dire de pire que ce qui me passait déjà par la tête.

Thorn me jeta un regard un peu inquiet, mais je serrai légèrement son bras pour le rassurer en passant devant lui.

— C'est une réunion super secrète pour discuter des stratégies des mortels ? dis-je à Omen en le suivant dans l'air frais du soir.

Le métamorphe prit soin non seulement de fermer la porte, mais aussi de traverser le terrain pour nous laisser de la distance. Avec pas mal d'inquiétude, je le suivis jusqu'à ce qu'il s'arrête devant un salon de coiffure. Sa large vitrine était tapissée d'affiches de personnes qui, au vu de leur coiffure, avaient besoin de revoir leur style personnel. Une bouteille de shampoing depuis longtemps jetée sur le trottoir dégageait une odeur de chèvrefeuille amer. Voilà qui mettait de l'ambiance.

Je croisai les bras pour imiter la position autoritaire typique d'Omen.

— Qu'est-ce qu'il y a ? Je n'ai pas été assez joyeuse que tu reconnaisses enfin mon génie ?

Omen roula des yeux.

— Je suis juste content de ne pas te voir te vanter de ce que je viens de dire.

— Oh, ne t'inquiète pas, ça viendra plus tard. J'attends mon heure.

— Sorsha.

Quelque chose dans sa manière nette et solennelle de prononcer mon nom mit un terme à mon sarcasme. Depuis quand s'adressait-il à moi par mon prénom et non par « mortelle » ou « Miss Catastrophe » ou, lorsqu'il était dans un jour particulièrement peu créatif, par « toi » ? Un frisson me chatouilla la peau, mais honnêtement, c'était mieux que les flammes que je ne parvenais pas à contenir.

— Quoi ? dis-je sérieusement cette fois. J'écoute.

Il m'étudia encore un peu, d'un regard froid et incisif à m'en couper le crâne.

— Tu es vraiment en train de perdre la maîtrise de tes pouvoirs, n'est-ce pas ? Plus que tu ne le laisses entendre. Ce n'est pas seulement quand tu essaies de les utiliser. Il s'est passé quelque chose qui a fait sursauter ton dragon tout à l'heure, n'est-ce pas ?

Je ne pus empêcher mes bras de se croiser et de se serrer contre moi avant de trouver une réponse.

— Je ne me suis pas contentée de le faire sursauter. Je l'ai brûlé… je l'ai blessé. Et non, je n'avais pas l'intention de faire quoi que ce soit. J'ai déjà essayé de te le dire un milliard de fois. Il y a plus de feu en moi que je ne sais quoi en faire ou comment le contenir, et parfois il éclate. Même quand je lutte, il me devance.

Je me tus, et le regard d'Omen s'aiguisa.

— Quoi ?

— J'ai failli faire frire un petit enfant dans le musée, dis-je, et les mots m'arrachèrent la gorge au passage.

— C'était une réaction en plein milieu d'une bataille. Tu ne peux pas t'attendre à pouvoir prendre les mêmes précautions dans ce cas-là.

Oh, maintenant il pensait qu'il était temps d'y aller doucement avec moi ? Je haussai les sourcils.

— Est-ce que tu te pardonnerais d'avoir perdu ton contrôle comme ça ?

Mais le métamorphe resta imperméable.

— Je ne me préoccuperais pas des mortels que j'ai abattus, quel que soit leur âge, pour commencer.

— Tu sais bien que ce n'est pas ce que je voulais dire. Je laissai échapper un bref soupir. Je me rends compte que tu as du mal à croire que je puisse avoir assez de pouvoir pour être un danger pour qui que ce soit alors que je n'en ai pas l'intention. Tu as probablement encore du mal à croire qu'une mortelle puisse avoir des pouvoirs. Mais j'en ai, et je n'aime pas ce que je ressens en ce moment. Ce n'est pas un talent merveilleux que je peux plier à ma volonté. Parfois, les flammes sortent de nulle part, et je n'arrive pas à me débarrasser de l'impression qu'elles pourraient totalement exploser. Que je pourrais souffler toute la ville si je ne retenais pas le feu à temps.

Omen ne revint pas sur son scepticisme, mais au moins il ne discuta pas avec moi.

— Cela t'a fait mal quand tu l'utilisais ? Souvent ?

— La plupart du temps, ces derniers temps. Et aussi quand je ne l'utilise pas, quand j'ai ces accès-là. Mais au moins, je guéris rapidement de mes brûlures. Je frottai mes avant-bras, là où la peau était couverte d'ampoules la nuit dernière, mais n'était plus que légèrement rose. Ce gamin ne s'en serait pas remis. Pickle ne s'en remettrait pas non plus si je l'avais assez gravement brûlé.

Le métamorphe inspira d'un coup. Il se mit à arpenter la largeur de l'allée, l'air déterminé.

— Je n'aime pas ça, dit-il finalement. Nous avons trop

d'enjeux pour introduire un joker destructeur dans le mélange.

Mon dos se raidit.

— Si tu essaies de me dire de dégager après tout ça…

Il leva la main.

— Calme-toi, Miss Catastrophe. C'est moi qui t'ai poussée à faire surgir ce pouvoir, j'en assume la responsabilité. Et tu contribues quand même plus à la cause que je ne peux l'avouer. Mais avant que ces réactions inhabituelles ne prennent de l'ampleur, je pense que nous devrions voir si tu peux les maîtriser afin de les utiliser pour détruire nos ennemis et non toi-même. Pour cela, nous devons les comprendre. *Vous* comprendre, toi et ce que tu es. Sais-tu où tu es censée être née ?

Je ne m'attendais pas à ce que cette conversation prenne cette tournure

— Je n'en suis pas sûre. J'avais trois ans quand Luna s'est échappée avec moi, et elle a refusé de me dire grand-chose – elle ne voulait pas que je retourne là-bas. Je crois qu'elle pensait que les chasseurs qui avaient assassiné mes parents étaient peut-être encore à ma recherche. Mais je me souviens de certaines choses. Cela pourrait nous donner des indices.

— C'est bien. Alors nous pouvons ajouter cela à notre liste d'objectifs, en plus de la formation de notre base d'alliés. Il doit bien y avoir quelqu'un dans cet endroit qui en sait plus sur cette femme *fae* et sur tes supposés parents, et donc sur ta naissance. Si nous voulons obtenir des réponses, j'imagine qu'il faut commencer par là.

— D'accord. Un picotement me parcourut, à la fois exaltée et mal à l'aise à l'idée de fouiller dans mon histoire. Même si j'obtenais des réponses, cela ne signifiait pas que j'allais les aimer.

— Je suis heureux que nous soyons d'accord, dit Omen d'un ton légèrement ironique.

En fait, il avait été plutôt… prévenant dans toute cette histoire. Et ce n'était pas un mot que j'aurais pensé associer au métamorphe, du moins pas quant au sujet de son attitude envers moi. Mais nous avions traversé beaucoup d'épreuves, n'est-ce pas ? Nous avions trouvé un bon rythme pour travailler ensemble jusqu'à ce que mes pouvoirs commencent à me transformer encore plus en pyromane.

Mes yeux se portèrent sur sa bouche : ces lèvres parfaites en forme d'arc de Cupidon. Ces lèvres qui avaient marqué les miennes d'une chaleur qui me faisait encore trembler les genoux en m'en souvenant.

Il se détourna pour retourner à la Toutemobile.

— Omen, dis-je rapidement. À propos de la nuit dernière devant la boîte…

Son regard revint vers moi avec un éclair de feu orange qui n'avait pas l'air du tout bienveillant. Peut-être avait-il voulu me couper la parole, mais il devait savoir maintenant que me taire n'était pas mon fort.

— J'en déduis que tu veux faire comme si rien ne s'était passé, poursuivis-je.

Il se retourna complètement pour de nouveau me faire face. Ses yeux avaient repris leur teinte froide habituelle, mais une chaleur m'envahissait, dont j'étais presque sûre qu'elle provenait de son corps bien bâti. S'il voulait me faire croire qu'il n'était pas du tout ému par notre rapprochement d'une fraction de seconde, il était aussi convaincant qu'un chien en train de baver devant un os interdit.

Sauf que je n'étais pas interdite, et qu'il pouvait baver d'envie tant qu'il voulait. Quel était donc le problème ?

— Tu as d'autres suggestions ? demanda-t-il. Parce que si tu penses que tu vas m'embobiner comme tu l'as fait avec mes associés, tu peux incinérer cette idée. Même s'il se passait quelque chose entre nous – ce qui n'arrivera pas – cela ne t'apportera aucune faveur particulière.

Je clignai des yeux.

— Attends ! Pourquoi penses-tu que je cherche des faveurs, spéciales ou autres ?

Il haussa les épaules.

— Tu sembles avoir l'habitude de séduire des ombres plutôt puissantes. As-tu vraiment besoin d'une de plus, juste pour le plaisir ?

Il avait de la chance que je ne l'incinère pas pour ce qu'il insinuait. Je lui lançai un regard noir.

— Je ne t'ai pas embrassé – ni fait toutes les choses que j'ai faites avec les autres – pour un quelconque bénéfice personnel, à moins que tu ne comptes les bons moments entre les draps. Cela ne fait pas partie d'un plan. C'est juste… arrivé. Et j'ai aimé que ça arrive, alors je n'ai pas vu de raison d'empêcher que ça arrive encore quand l'occasion se présentait. Cette situation est déjà assez dingue. C'est si mal que ça de faire prendre de temps en temps une direction agréable à cette folie ?

— Je suppose que non. Alors, de quoi s'agissait-il hier soir ?

— Je ne sais pas. Parfois, tu es attirant d'une manière très agaçante. Désolée si cela te dérange. Je t'ai embrassé parce que j'en avais envie, tout simplement. Si tu y cherches une énorme conspiration, tu ne la trouveras pas là. Mais si c'était si désagréable pour toi, je suis sûre que je pourrai me retenir à l'avenir. Comme tu l'as souligné, j'ai plein d'autres êtres surnaturels à embrasser si l'envie m'en prend.

La bouche d'Omen tressaillit. Et voilà que je fixais de nouveau ces satanées lèvres. Quand je croisai ses yeux à la place, un soupçon de leur lueur orangée était revenu.

— Je n'ai pas dit que c'était désagréable, dit-il d'une voix soigneusement retenue qui traduisait tant d'émotions qu'il était peut-être en train d'étouffer. Mais si tu te soucies du nombre de flammes que tu déclenches, peut-être devrais-tu choisir tes partenaires de danse avec plus de soin. Laissons ça là où nous nous sommes arrêtés hier soir.

— Très bien, dis-je.

Je n'étais vraiment pas déçue. Bon, d'accord, peut-être un tout petit peu.

— Je voulais juste que les choses soient claires. Regarde ! Claires comme de l'eau de roche. Maintenant, revenons à notre programme habituel.

Sa torsion de la bouche prit un peu la forme d'un sourire. Et peut-être qu'elle aurait pu aller jusqu'au bout si Ruse ne s'était pas précipité vers nous depuis le camping-car à ce moment-là. Le feu dans les yeux d'Omen s'éteignit aussi rapidement qu'un feu de camp qu'on arrose.

— Aucune chance avec Snap ? dit-il en observant le visage de l'incube.

— Pas vraiment. Ruse passa une main dans ses cheveux déjà ébouriffés. Je ne voulais pas le dire devant lui, au cas où cela aurait aggravé les choses.

Mon pouls eut des ratés. Snap avait-il d'autres problèmes que sa mémoire ?

Ruse me regarda, puis regarda Omen.

— J'ai fait une lecture aussi précise que possible de son état intérieur. Ce n'est pas facile de capter les émotions et tout le reste chez les êtres de l'ombre – la plupart d'entre nous gardent leur esprit trop bien protégé. Mais vous savez, notre dévoreur est un livre ouvert. Je pense... Je pense qu'il est là-dedans. Il est tout entier là-dedans. Les abrutis de la Compagnie n'ont pas brûlé ces souvenirs. Il les a juste enterrés si profondément qu'il ne peut plus les déterrer, pour une raison ou une autre.

— Pourquoi ferait-il ça ? demandai-je.

— Je ne sais pas. Peut-être qu'il essayait d'éloigner sa conscience de la tourmente et qu'il a dépassé les bornes de quelques kilomètres ? Ruse laissa échapper un petit rire qui n'avait rien de joyeux. En gros, on pourrait dire qu'il s'est dévoré lui-même.

HUIT

Thorn

Si le camarade agité de Talon n'arrêtait pas de ricaner à propos de Sorsha, j'allais devoir lui appliquer mon poing sur le crâne et savourer le flot de son essence qui s'en échapperait. Notre dame n'apprécierait pas, mais je commençais à penser que cela valait la peine de supporter sa déception.

Le chef du syndicat lui-même ne cultivait pas non plus mes bonnes grâces. Il avait grimacé et soupiré pendant l'explication d'Omen sur nos besoins, et maintenant il faisait marcher ses mâchoires en réfléchissant, ses yeux de basilic toujours cachés derrière ses lunettes à verres foncés.

On ne peut pas faire confiance à un être qui ne vous regarde pas dans les yeux, même si c'est un regard qui peut tuer. Il devait avoir une bien haute opinion de lui-même s'il croyait pouvoir abattre l'un des membres de l'humanité de l'ombre ici présents.

Mais bien sûr, l'une d'entre nous n'était pas un être de l'ombre et n'avait donc pas la même durabilité corporelle. Quant à Jinx – qui d'après ses mouvements frénétiques et les frémissements d'énergie qui se dégageaient de lui avec un léger goût citronné était sans aucun doute un Poltergeist – il était absolument ravi de nous le rappeler.

— Je ne vois pas très bien pourquoi vous avez besoin d'alliés comme nous, alors que vous avez déjà celle-là, se moqua-t-il en désignant Sorsha. Intéressante stratégie que d'emmener une humaine combattre des ennemis capables de faire tomber des ombres encore plus hautes. Je me demande quelles cases vous avez en moins là-dedans.

Voilà qu'il avait réussi à insulter mon commandant et ma dame d'un seul coup. Nous pourrions découvrir à quel point il trouverait la situation amusante lorsqu'il perdrait toute sa fumée au milieu de tout le club.

Je fis un pas en avant, la main crispée, et Sorsha m'attrapa le bras. Elle me fit un petit sourire avec une pointe que je soupçonnais être destinée à l'autre homme de l'ombre.

— Laisse-le tranquille. Il ne sait pas à quel point il ne sait rien.

Jinx se tortilla devant l'affront fait à son intelligence et ferma la bouche, ce qui me satisfit suffisamment pour le moment, même si c'était surtout à cause du regard sévère que Talon lui lança. Omen ne serait peut-être pas non plus très content si j'écrasais l'un de nos alliés potentiels en plein milieu des négociations.

Ou peut-être étions-nous déjà à la fin de ces négociations. Le basilic se retourna vers nous, la bouche toujours tordue dans un angle pas du tout prometteur.

— Je comprends vos inquiétudes, dit-il. Mais j'ai déjà apporté beaucoup d'aide dans les limites de la ville. Ma base de pouvoir est ici, je ne peux pas dire que j'aie des ressources de l'autre côté de l'océan. Je ne vais pas laisser mes opérations sans surveillance, et je ne risque pas de demander, même aux employés, de partir à l'autre bout du monde pour une quête potentiellement suicidaire.

— Ne pas s'attaquer à la Compagnie de la Lumière dès que nous le pourrons pourrait être encore plus suicidaire, dit Omen, mais je voyais bien à la lassitude de son ton qu'il était encore moins optimiste aujourd'hui qu'il ne l'avait été en arrivant ici.

Lorsqu'il nous avait réunis pour la première fois, mon vieil associé avait dit que nous quatre serions assez nombreux pour mener à bien sa mission, que les hommes de l'ombre qui refuseraient de reconnaître la catastrophe imminente ne feraient que nous ralentir. L'envie me prit de dire que nous n'avions besoin d'aucun de ces bouffons, que nous devions continuer comme avant. Suggérer le contraire m'avait mis mal à l'aise dès le départ, même si Sorsha avait déjà prouvé le bien-fondé de sa présence. J'avais choisi de suivre Omen sur cette voie parce que j'avais confiance en lui.

Et je connaissais trop bien les conséquences d'une remise en question de nos supérieurs. C'est parce que j'étais parti à la recherche d'une autre solution possible au conflit – contre les ordres des généraux ailés – que je n'avais pas assisté au massacre final des guerres qui avaient anéanti mes frères ailés. J'avais poursuivi l'espoir d'une voie meilleure au lieu de me tenir aux côtés de mes camarades, et ils étaient morts sans moi, tandis que j'avais vécu avec moins de cicatrices que je ne l'aurais mérité. Si j'avais été assez dévoué pour maintenir le cap, les choses se seraient-elles passées différemment ?

J'avais pensé que si cette fois je me consacrais

entièrement à un personnage suffisamment intelligent et fort pour être digne de cette foi, ce serait ma rédemption. Mais ce parcours s'était avéré beaucoup plus compliqué que je ne l'avais imaginé.

— Vous pourriez au moins parler du problème à vos subordonnés et voir si l'un d'entre eux serait prêt à participer sans en avoir reçu l'ordre, dit Sorsha. Ou bien votre emprise sur vos opérations est-elle si fragile que vous ne pouvez même pas vous passer de quelques ombres pour vous assurer que vous ne finirez pas tous dans des cages ?

— Personne ne me mettra en cage, rétorqua Talon, un soupçon de sifflement menaçant s'insinuant dans sa voix. Tu peux envoyer tes invitations tout seul. J'ai mieux à faire que de répondre à ta croisade.

— Très bien, dit Omen sans ambages. Peux-tu au moins répondre à une question avant qu'on te laisse à tes affaires si importantes ? J'ai entendu dire que les Très Hauts s'étaient renseignés auprès des ombres mortelles il y a vingt ou trente ans, à la recherche d'un être puissant et potentiellement dangereux. Peut-être du nom de Jaspe ou de Grenat, ou d'un nom similaire ? As-tu eu vent de tout cela ?

Talon fronça les sourcils et sembla réfléchir.

— C'est vrai que ça me rappelle quelque chose. Je me souviens que la rumeur s'était répandue... Il me semble que les recherches se faisaient surtout dans le sud.

— Te souviens-tu d'avoir entendu dire que l'être avait été appréhendé ?

— Non, rien de plus après l'interrogatoire initial. Qu'est-ce que tu lui veux, à celui-là, de toute façon ?

Les lèvres d'Omen se retroussèrent dans un rictus des plus subtils.

— Je me demande s'il aurait les couilles d'affronter un conglomérat de mortels, contrairement à d'autres que je ne citerai pas.

Il tourna les talons et sortit sans un mot de plus. Sorsha et moi le suivîmes, ma dame lançant un regard mauvais à Talon pour faire bonne mesure. Alors que nous retournions vers le véhicule où Ruse était resté avec notre Snap, elle s'ébroua un peu, comme pour relâcher la tension de la rencontre, la lumière du soleil illuminant sa belle chevelure.

Le stress de notre mission avait semblé peser sur notre dame plus que d'habitude ces derniers jours, avant même que nous ayons découvert la situation inattendue du dévoreur. Je ne voulais pas porter atteinte à son honneur en révélant que je l'avais remarqué alors qu'elle tentait manifestement de maîtriser ces problèmes toute seule. Cependant, j'étais heureux de constater qu'elle semblait plus calme depuis sa discussion avec Omen plus tôt dans la journée.

— Qui – ou quoi – sont les Très Hauts ? lui demanda-t-elle.

— Les plus anciens des hommes de l'ombre, répondit-il. Certains disent qu'ils sont les premiers, les seuls à avoir existé depuis le début. Ils sont peu nombreux et n'ont pas grand-chose à voir avec nous autres, en général. Ils n'interviennent que de temps en temps, quand ils ont l'impression que quelqu'un fait un peu plus d'histoires qu'ils ne le voudraient.

— Je n'ai jamais rencontré un des Très Hauts, dis-je. Nous savions tous, peut-être par instinct, qu'il valait mieux ne pas s'aventurer trop loin dans les profondeurs de notre royaume naturel. Les êtres anciens qui s'y trouvent préfèrent ne pas être dérangés.

— Et tu devrais t'en réjouir, dit sombrement le métamorphe chien de l'enfer.

Sorsha marmonna comme pour elle-même :

— Alors pourquoi t'intéresses-tu vraiment à cette espèce de l'ombre qu'ils recherchaient ?

— Essentiellement pour la même raison que celle que j'ai donnée à ce lézard de pacotille. Si les Très Hauts s'opposent au comportement de cet être, c'est qu'il doit être un peu rebelle. Peut-être que cela signifie qu'il ne se soucie pas non plus de notre cause, mais au moins, je doute qu'il s'en aille par peur de perturber le *statu quo*. Omen laissa échapper un soupir. Comme nous l'avons encore une fois constaté, la plupart des gens de notre espèce sont inutiles lorsqu'il s'agit de prêter attention à autre chose qu'à leur propre intérêt.

— Nous avons déjà trouvé des alliés, insista Sorsha. Il faudra bien que d'autres s'en préoccupent suffisamment.

Elle l'avait toujours défié si facilement, sans la moindre crainte. Et elle avait raison. Je ne sais pas si nous aurions réussi à détruire l'installation principale de cette dernière ville sans l'aide qu'elle s'était efforcée d'obtenir, souvent contre les ordres directs d'Omen.

Je n'avais jamais eu tendance à remettre en question ma propre capacité de bravoure, mais cette mortelle me faisait parfois honte. En la regardant, je commençais à me demander si le problème, il y a plusieurs siècles, n'avait pas été que j'avais osé remettre en question ce que nous faisions, mais que mes camarades n'avaient pas été plus nombreux à le faire. Je suppose que c'est la raison pour laquelle, lorsque j'ouvris la bouche, la remarque qui tomba le plus facilement de mes lèvres fut :

— Je crois qu'il y a des alliés potentiels là-bas, aussi difficile que cela puisse être de les trouver.

Omen me fit un regard de travers, comme s'il était interrogatif, bien qu'il se soit clairement rallié au point de vue de notre dame sur la question, même s'il ronchonnait encore à ce sujet de temps à autre. Il ne prit pas la peine d'argumenter.

— Alors c'est une bonne chose que nous ayons tout le temps de nous renseigner pendant que nous nous occupons de faire diversion. Nous devons déterminer exactement où nous irons ensuite pour éclaircir ta mystérieuse histoire, Miss Catastrophe. Espérons que ce ne sera pas trop catastrophique.

Sorsha lui fit une grimace en montant dans le camping-car.

— Tu n'as évidemment aucun cadre de référence pour cela, mais les souvenirs d'une humaine de trois ans sont assez vagues. Nous pouvons revoir les éléments dont je me souviens, et…

Elle s'arrêta net dans l'espace entre le siège du conducteur et le salon. Ruse venait de sortir de l'ombre au bout du couloir, Snap apparaissait derrière lui, mais Sorsha ne les regardait pas.

Je jetai un coup d'œil par-dessus son épaule pour observer trois paires de chaussures alignées sur le sol à côté des armoires. D'après leur taille et leur nuance fluo, je devinais qu'il s'agissait de possessions que la licorne avait laissées derrière elle.

J'allais demander à Sorsha ce qui l'avait dérangée à propos de ces chaussures quand deux d'entre elles sautèrent en l'air et changèrent de place. Puis trois d'entre elles se mirent à exécuter une petite danse sautillante. Elles battirent l'une sur l'autre, frappèrent le sol en rythme et, soudain, toutes les six s'envolèrent, deux par deux, pour s'empiler en une tour branlante. Celle-ci tint quelques secondes avant la chute des chaussures sur le sol.

Une silhouette de la taille d'un enfant moitié adulte apparut à côté d'elles, des cheveux orange hérissés dépassant de son crâne arrondi et des bras maigres tendus pour attraper les chaussures. Sa voix était fluette et haut perchée.

— Zut, zut. Je n'arrive jamais à trouver le bon équilibre. Elle leva les yeux vers nous – vers Sorsha, surtout – et fit un sourire qui s'étendit jusqu'à ses oreilles. J'espère que le tour vous a quand même un peu amusés.

— Hmm, dit Sorsha, apparemment à court de mots.

Je n'allais pas brandir mes poings devant un personnage aussi pathétique, mais la sécurité était mon travail. Je m'approchai de ma dame et me raclai la gorge.

— Qui êtes-vous, et que faites-vous dans notre véhicule ?

— Oh, je…

La petite personne empoigna maladroitement les chaussures avant de les ranger dans l'une des armoires avec un soupir de résignation exagéré. Elle se leva de toute sa hauteur, ce qui l'amena à peu près au niveau de la taille de Sorsha. Toujours souriante, elle nous salua brièvement.

— Antic, à votre service. Je suis là pour vous aider du mieux que je peux.

— Un diablotin, dit Omen derrière moi avec une note de dégoût.

Ouais. Les diablotins étaient des fauteurs de trouble, qui cherchaient toujours à attirer l'attention des humains de la manière la plus odieuse qui soit. Comme ils aimaient se promener du côté des mortels et que j'avais rarement franchi le fossé depuis des siècles, j'avais heureusement eu peu affaire à eux.

— Tu n'as pas tout à fait répondu à la deuxième question, dis-je. Pourquoi es-tu ici ? Notre humaine n'a pas besoin de ta version du « divertissement ».

Le diablotin leva son menton pointu.

— J'ai répondu. Je suis ici pour vous aider. Tu cherches de l'aide, n'est-ce pas ? Je t'ai entendu en parler. Et tu sais manifestement ce que tu fais, vu ta manière d'entrer dans cette horrible pièce où ils m'avaient enfermée derrière des barreaux. Si vous voulez vous en prendre à d'autres humains de ce genre, je suis tout à fait partante.

— Je ne pense pas que ton genre d'aide soit exactement…, commença Omen.

Sorsha leva la main.

— N'étais-tu pas en train de te plaindre du peu d'hommes de l'ombre qui veulent se salir les mains ? Elle vient de prouver qu'elle peut déplacer des objets sans qu'on la voie, même si elle doit encore perfectionner ses tours avec les chaussures au niveau de la stabilité. Il doit bien y avoir un moyen pour qu'elle contribue à quelque chose.

Ruse s'était approché. Il observa le petit être avec un sourire en coin.

— Je n'ai pas l'impression qu'elle a des motivations autres que celles qu'elle avance.

— La question est de savoir si elle nous apportera plus qu'elle ne nous donnera envie d'un coup d'épée rapide dans la poitrine, dit Omen, faisant écho à mes propres réserves.

— Chut, toi, dit le diablotin, comme si elle ne s'adressait pas à un métamorphe plus de deux fois plus grand et environ mille fois plus puissant qu'elle. Elle bondit sur le canapé et s'y assit, laissant pendre ses maigres jambes. L'humaine veut que je reste, et c'est suffisant pour moi.

— Personne ne t'a demandé ton avis, marmonna Omen. Vraiment, Miss Catastrophe ?

Sorsha lui lança un regard déterminé.

— Vraiment. Tu ne peux pas te plaindre de ne pas avoir assez d'aide et ensuite te plaindre que l'aide que nous recevons n'est pas parfaite. Elle se retourna vers le diablotin. Merci. J'apprécie vraiment.

Le diablotin lui sourit.

— Par quoi on commence pour leur en coller une ?

Sorsha s'assit sur le canapé en face d'elle.

— Eh bien, on doit déterminer où on ira ensuite, pour une sorte de mission secondaire. Tu peux peut-être même nous aider. Je vais mentionner toutes les choses dont je me souviens à propos de cet endroit, et si cela ressemble à un endroit où l'un d'entre vous a déjà été côté mortel, dis-le.

Alors que je m'appuyais sur le plan de travail près de l'évier, gardant un œil sur le diablotin au cas où elle aurait des intentions plus malveillantes – on n'est jamais trop sûr –, Sorsha se frotta la bouche.

— Très bien. Il y a un endroit où on a acheté des glaces au moins deux fois – il y avait toujours une file d'attente et je m'impatientais, et il y avait un panneau rouge vif. Je me souviens de choses à propos de l'intérieur de notre maison, mais cela ne nous aidera pas. Euh…Il y avait un parc près de la maison, avec un toboggan que ma mère trouvait trop grand pour que je puisse y aller. Il y avait une sorte de festival où nous allions avec beaucoup de musique, en été, je crois – mes cheveux étaient tout en sueur. Et il y avait un grand pont que j'adorais… la nuit, comme de la fumée qui s'élevait dans le ciel ? Elle fronça les sourcils. Je sais que tout cela est incroyablement vague.

J'ai aussi la boîte avec le mot que mes parents m'ont laissé.

Elle attrapa son sac à main, mais Omen me dépassa pour lui toucher l'épaule.

— Attends un peu. Redis ce que tu as dit à propos du pont. Autant que tu puisses t'en souvenir.

Sorsha fronça les sourcils, concentrée.

— Il était vraiment grand, même s'il est difficile de dire dans quelle mesure cette impression est relative vu que j'étais à la maternelle. Je ne m'en souviens que de nuit. Peut-être pas nuit noire, mais le soir. Et cette fumée qui se dirigeait vers le ciel…

— Ça ! Ses doigts se resserrèrent sur elle. Il y a un sortilège dans ta mémoire. Je peux le sentir quand tu essaies de verbaliser la scène. Ta *fae* avait dû l'avoir mis là.

— Pourquoi Luna aurait-elle perturbé ce souvenir ?

— C'est la question, n'est-ce pas ? Peut-être pour s'assurer que tu ne reviendrais pas en arrière. Raison de plus pour le briser. Un peu d'abracadabra vieux de près de vingt-cinq ans ne devrait pas être trop difficile à dissiper. Continue à te concentrer sur cette image.

Sorsha se crispa.

— Qu'est-ce que tu vas faire ? C'est un truc pour lire dans les pensées, dont tu n'as jamais parlé ?

Omen secoua la tête.

— Ne t'inquiète pas, Miss Catastrophe. Je n'ai aucun intérêt à démêler tout le contenu de ta tête. Je peux simplement sentir la magie qui s'y trouve quand tu te concentres sur les informations qu'elle obscurcit. Et je peux la briser, si tu me laisses faire.

Elle expira lentement.

— D'accord.

Ses yeux se fermèrent comme si elle avait dû faire

remonter le souvenir, et ceux d'Omen firent de même. Nous observions silencieusement la scène – même le foutu diablotin, bien qu'elle se tortillât d'impatience.

Notre commandant secoua légèrement l'épaule de Sorsha, qui écarquilla les yeux. Puis elle se mit à rire.

— Ce n'était pas de la fumée. C'étaient des chauves-souris. Un nuage entier qui s'élevait au-dessus du pont.

Ruse claqua des doigts.

— Je sais où c'est. J'imagine que tu viens d'une ville où il y a beaucoup d'hommes de l'ombre. Il donna un coup de coude au dévoreur. On dirait qu'on va se diriger vers Austin.

— Austin, répéta Sorsha comme si elle essayait le mot. Elle sourit, mais avec hésitation. Elle se demandait peut-être la même chose que moi.

Si sa tutrice *fae* avait pris des mesures pour s'immiscer dans ce souvenir, qu'avait-elle pu cacher d'autre dans l'esprit de notre dame ?

NEUF

Sorsha

La route de Chicago à Austin allait être longue, alors je me suis dit qu'il fallait bien que je trouve quelque chose d'utile à faire pendant tout ce temps. Simplement parce que j'étais une travailleuse acharnée, et pas du tout pour me distraire du fait que la femme qui m'avait élevée avait déformé mes souvenirs sans me le dire, bien sûr.

Pourquoi Luna avait-elle tenu à ce que je ne retourne jamais dans ma ville natale ? Elle ne m'avait jamais donné de raisons, elle avait juste occulté cette image clé pour que je n'aie pas le choix, que je ne sache pas où aller. N'en aurait-elle jamais parlé avec moi si elle avait vécu jusqu'à ce que je sois adulte, ou avait-elle prévu d'emporter ce secret dans sa tombe de toute façon ?

Je ne pouvais plus lui demander maintenant, et je ne pensais pas qu'Omen apprécierait que je lui demande d'écouter toute l'histoire de ma vie jusqu'à l'âge de seize ans pour découvrir si elle avait ensorcelé d'autres blancs dans mes souvenirs. Il suffisait que je n'y pense plus. Facile à dire ! Ha, ha !

Je ne me réjouissais pas non plus de l'appel que je m'apprêtais à passer. Vivi m'avait dit qu'Ellen était rentrée de l'hôpital, je devrais donc pouvoir la contacter à son numéro habituel, mais cela ne signifiait pas que la directrice de ma branche locale du Fonds de défense des Ombres serait heureuse d'avoir de mes nouvelles. Se faire attaquer par des hommes de main de la Compagnie en guise d'avertissement a tendance à vous rendre amer envers la fille qui a attiré l'attention en premier lieu.

Mais Ellen avait pris la peine de me contacter lorsqu'elle avait réalisé que j'étais en danger, alors même qu'elle était encore à l'hôpital. Ce n'était pas complètement fou de ma part de penser qu'elle pourrait nous aider à nouveau.

Je remontai mes jambes, enfoncée dans un coin de la banquette et je portai le téléphone à mon oreille. À l'autre bout, Snap examinait une tasse à café que Ruse lui avait tendue dans le cadre du jeu *Voyons si tu te souviens de ça* qui avait duré toute la journée sans qu'il y ait de victoire. Plutôt que de me rappeler l'amusement innocent si souvent présent dans l'expression du dévoreur, je regardai par la vitre. Les lumières de l'autoroute défilaient dans le crépuscule qui s'épaississait.

À mon grand soulagement, Ellen décrocha à la deuxième sonnerie.

— Allô ? dit-elle avec une hésitation inhabituelle qui me fit grimacer intérieurement.

— Salut, Ellen, répondis-je, moi aussi soudainement hésitante. C'est Sorsha. Je suis désolée de ne pas avoir pris de tes nouvelles plus tôt…je suis désolée pour tout d'ailleurs. Les choses sont devenues assez… dingues.

L'euphémisme du siècle.

— Pfouh, je sais bien que tu ne t'attendais pas ce que l'un d'entre nous soit blessé. Ce groupe que tu as affronté – ils sont manifestement beaucoup plus menaçants que ce à quoi nous avons eu affaire auparavant. Aucun d'entre nous ne s'attendait à cela. Elle marqua une pause. Est-ce que tu as a été prévenue à propos de Leland ? Il n'est pas venu à la dernière réunion. Je ne sais pas s'il s'est complètement rangé du côté de la Compagnie de la Lumière maintenant.

Je n'avais pas reçu son avertissement assez tôt – pas à temps pour nous éviter de nous faire emboutir par un camion blindé, en tout cas. Et mon ex-copain de baise ne s'était pas montré parce qu'il devait toujours être en planque dans sa maison avec un caleçon sur la tête et buvant du café froid et éventé comme Ruse lui avait demandé de le faire pour sa « protection ». Il semblait préférable de ne mentionner aucun de ces faits, le premier pour le bénéfice d'Ellen et le second pour le mien.

— Qui sait, avec lui ? dis-je avec un petit rire gêné. J'apprécie vraiment que tu t'inquiètes pour moi, surtout vu l'état dans lequel tu étais. Tu vas bien ?

— Oh, oui, il n'y aura pas de séquelles. Je suis plus forte que ces criminels ne le pensaient.

Un crépitement sporadique se fit entendre en arrière-plan. Était-ce… du pop-corn qui éclatait ? Un sourire se dessina sur mes lèvres malgré ma culpabilité. Si Ellen expérimentait de nouveau les saveurs du pop-corn, elle ne devait pas se sentir trop mal.

Dieu seul savait quand j'aurais l'occasion de goûter de nouveau à l'une de ses nouvelles combinaisons. Quand serais-je la bienvenue à une autre réunion du Fonds ? En supposant que j'aie pu rentrer chez moi...

Je me débarrassai de cette pensée triste et me concentrai sur mon objectif principal.

— À propos de ces criminels, nous avons découvert que leurs opérations s'étendaient bien plus loin que nous ne l'avions imaginé : dans tout le pays et même à l'étranger. Je sais que beaucoup de membres du Fonds ne m'ont pas en odeur de sainteté ni cette cause en ce moment, mais si l'un d'entre vous étiez prêt à donner un coup de main, même de façon infime... on s'assurerait que vous restiez en dehors de la ligne de tir, bien sûr.

Au moment où les mots sortirent de ma bouche, je me sentis très moche. Elle venait d'être rouée de coups, et voilà que je lui demandais de me rendre un autre service. À quoi avais-je pensé en élaborant ce plan ridicule ?

Eh bien, j'avais pensé qu'Ellen était à peu près la seule alliée avec beaucoup de ressources que j'avais encore et à laquelle je pouvais faire appel, mais cela ne faisait pas de ce plan un acte de génie compatissant.

Ellen resta silencieuse pendant un moment. Je me demandais si je n'allais pas demander à Ruse de faire une pause dans sa présentation d'articles divers à Snap pour charmer la chef du Fonds et lui faire oublier que j'avais abordé le sujet, lorsqu'elle s'éclaircit finalement la gorge.

— Il faut faire quelque chose pour eux. Je ne sais pas ce que nous pourrions apporter de notre côté, mais je vais y réfléchir et me renseigner discrètement.

— Très discrètement, insistai-je. Je ne veux pas qu'il t'arrive autre chose. Ne mentionne pas la Compagnie et ne prends aucune mesure à son encontre, pas maintenant. Fais-moi savoir quand tu sauras si tu as quelqu'un qui veut encore agir, et je réglerai les détails à ce moment-là.

Malgré cette mise en garde et la bonne volonté d'Ellen, je mis fin à l'appel avec un goût amer dans la bouche.

Ruse plongeait ses doigts dans une tasse d'eau et en aspergeait la tête de Snap.

— Il y a eu cette fois où il s'est mis à pleuvoir alors que nous étions en train de repérer l'un des disparus, et tu as été tellement surpris que tu es resté en plein milieu au lieu de disparaître dans l'ombre comme un être sensé.

Snap rit, secouant la tête lorsque les gouttes frappèrent ses boucles.

— J'aimerais pouvoir m'en souvenir. L'eau tombe directement du ciel ?

— Malheureusement, marmonna Thorn. Je n'arrivais pas à savoir si son air sombre était dû à l'oubli constant du dévoreur ou à son dégoût pour les conditions météorologiques du royaume des mortels. Peut-être un peu des deux.

Derrière lui, à côté d'Omen qui était au volant, Antic, cette diablesse sautillait d'un pied sur l'autre comme une enfant essayant de se retenir de faire pipi. Elle fit tourner une carte routière dans ses mains.

— La prochaine sortie, dit-elle avec détermination de sa voix haut perchée. Vous voulez prendre la 24 ? Oh, c'est une belle route.

— Je me fiche de ce à quoi elle ressemble tant qu'elle nous mène à Austin, dit Omen.

Je ne savais pas où Pickle était allé. Depuis l'incendie accidentel de cet après-midi, il ne s'était pas précipité vers moi pour me réclamer des caresses. C'était bien la peine de lui en avoir donné pendant deux ans, sans parler du bacon.

Mon téléphone, toujours dans ma main, m'envoya un message. Un autre de Vivi. *Je sais que tu es probablement très occupée à sauver le monde, mais pourrais-tu m'envoyer un petit texto pour me dire que tu vas bien ? Idem ! Emoji bisou.*

Ma gorge se resserra en lisant le message. Les encouragements naturels de ma meilleure amie me semblaient à des lieues de tout ce à quoi ma vie ressemblait en ce moment. Que pourrais-je lui faire par inadvertance si nous sortions de nouveau ensemble ? L'image d'une de ses tenues blanches de marque devenue marron et noir sous la brûlure me traversa l'esprit, et la sensation étouffante descendit jusqu'à ma poitrine.

Voilà ce qu'était devenue ma vie : des monstres et du grabuge… et peut-être que c'était ce qu'elle aurait dû être depuis le début. Je ne savais plus quoi lui dire.

Toujours en vie, me forçai-je à lui répondre, car une Vivi rassurée serait bien plus sûre qu'une Vivi paniquée. *Je vais plutôt bien. Pas grand-chose à signaler pour l'instant. Tiens bon. Idem.* Cette signature était notre hommage à l'un de nos films d'amour préférés, et je ne pouvais l'omettre quand Vivi terminait par ça. On pouvait considérer cela comme un pacte sacré, peu importe si je m'égarais dans le domaine des monstres.

— Et ensuite, on tourne à droite vers ces lumières brillantes, dit Antic en réponse au grognement muet d'Omen.

Ruse se glissa sur le canapé à côté de Snap et ébouriffa affectueusement les cheveux du dévoreur.

— Tu sais que tout va bien maintenant, n'est-ce pas ? Nous ferons en sorte que ces connards ne remettent plus jamais la main sur toi. Tu n'as pas besoin de te cacher.

Snap le regarda avec un de ces regards perplexes qui me déchiraient le cœur.

— Quelqu'un se cache ? Je suis là. Il écarta les bras comme pour le démontrer.

Mon cher et tendre dévoreur. Si Ruse avait raison de dire que Snap avait essentiellement dévoré tout ce qui le concernait au cours des derniers mois, était-il possible pour lui de se recracher, pour ainsi dire ? Que faudrait-il faire ? Si j'avais besoin de mettre en place une véritable production musicale ou de sacrifier un corbeau ou tout autre sortilège, quelqu'un avait intérêt à me mettre au courant rapidement.

L'incube jeta un coup d'œil à travers la table et capta mon regard. Quelle que soit mon expression, elle le rendit aussi sombre que notre compagnon de guerre. Il ouvrit la bouche pour parler, mais au même moment, Omen aboya à l'avant de la cabine.

— Ce panneau indique que nous nous dirigeons vers Atlanta. Je ne suis peut-être pas un expert en géographie, mais je suis presque sûr que c'est beaucoup plus à l'est que ce que nous voulons pour atteindre le Texas.

Antic poussa un cri d'excuse et tripota la carte.

— Je pense, je pense… *Texas*. Ah oui, c'est vrai. Je l'avais tournée dans le mauvais sens. Nous ne voulons pas du tout être sur cette route.

Le grognement suivant d'Omen suggérait que si le diablotin lui donnait une autre direction, il lui arracherait les os avec les dents. Ruse arqua les sourcils, l'expression plus solennelle que d'habitude, et s'approcha pour donner un coup de main.

— Nous ne sommes pas trop égarés, dit-il en attrapant le téléphone d'Omen sur le tableau de bord. Mais tu sais, même si nous n'avons pas besoin de dormir, nous pourrions faire une pause sur l'autoroute. Laissons l'énervement de la route se calmer et tout le reste. La journée a été stressante. Je vais nous trouver des chambres dans un hôtel si luxueux que même toi, Luce, tu pourras te détendre.

Il adressa un sourire à son boss, qui montra les dents d'une manière beaucoup plus menaçante en guise de réponse. L'incube répliqua par un geste que je n'arrivais pas à comprendre, mais qui, le connaissant, devait être obscène.

Le métamorphe chien de l'enfer soupira.

— D'accord. Mais c'est surtout parce que Darlene a besoin d'une pause. Je compte bien que nous soyons debout et sur la route au lever du soleil. Il me jeta un coup d'œil par-dessus son épaule. Si tu t'étais donné la peine d'apprendre à conduire, nous aurions pu nous glisser dans une faille et en sortir, et nous serions déjà arrivés.

Je lui tirai la langue, mais il ne vit malheureusement pas mon immense maturité, car il avait déjà reporté son regard sur la route.

— Comme si tu allais laisser « Darlene » entre mes mains maladroites de toute façon.

— Bien vu, dit-il d'un ton que je choisis de croire plus amusé qu'agacé. Fais marcher ta magie, incube. Si tu parviens à laisser notre mortelle sans voix pendant une minute ou deux, je considérerai cela comme une victoire.

DIX

Sorsha

J e ne dirais pas que je restai bouche bée, mais Ruse n'avait pas menti lorsqu'il avait dit qu'il viserait le luxe. L'endroit où il nous conduisit une demi-heure plus tard présentait de grands escaliers recouverts de velours avec des piliers de marbre si larges que les séquoias anciens en auraient été envieux. Je résistai à l'envie de demander au concierge si le mobilier du hall d'entrée avait été volé au château de Versailles.

La suite penthouse dans laquelle l'incube nous avait fait entrer n'était pas non plus un modèle de retenue. Le salon principal était plus large que tout mon appartement – avant de l'avoir brûlé – avec des meubles en cuir si souple qu'une personne pouvait se fondre dans les coussins. Dans la salle de bains, il y avait une petite piscine en marbre. Je n'arrivais pas à imaginer que quelqu'un de sensé puisse appeler cela une « baignoire ». Et la chambre…

— C'est là que la magie opère, dit Ruse avec son sourire habituel, en balayant du bras l'espace du grand lit à baldaquin drapé de soie vaporeuse, à l'autre bout d'un tapis persan si épais que je risquais de m'y noyer. Sainte mère de la majesté, nous vivions comme les plus croustillants des crustacés ce soir.

Pickle, qui avait accepté d'être transporté par mon sac à main, fonça sur cette étendue rouge et or et bascula rapidement, ses petites pattes s'enfonçant plus profondément qu'il ne l'avait prévu. Avec un grognement indigné, il changea de cap et trottina jusqu'à la salle de bains, où il avait des serviettes de marque à déchiqueter pour en faire un nid de grande classe.

— Bonne nuit ! lui criai-je, mais le petit dragon ne se retourna pas. Apparemment, nous n'étions toujours pas en bons termes.

Émerveillé, Snap admirait l'ensemble de l'endroit.

— Quel bâtiment fantastique ! Les mortels font des choses tellement plus brillantes et colorées que tout ce qui existe dans notre royaume. Je pense que je vais explorer le reste de cet… « hôtel » depuis l'ombre. Il marqua une pause et nous regarda tous avec une inquiétude évidente. À moins que vous n'ayez besoin de moi pour quelque chose.

Il pensait toujours à aider les autres en premier. Une nouvelle douleur se réveilla dans mon cœur.

— Non, non, tu en as fait beaucoup, que tu t'en souviennes ou non, dit Omen, avec plus de douceur que je n'en avais l'habitude. Parfois, j'oubliais que sous sa froideur préférée, il se souciait vraiment des membres de l'équipe qu'il avait constituée. Il donna une tape maladroite sur l'épaule du dévoreur et l'accompagna jusqu'à la porte. Mais comme nous ne voulons pas te perdre à nouveau, je devrais peut-être faire le tour avec toi. Ça ne ferait pas de mal de garder un œil sur toute activité suspecte.

— Oui, on peut faire les deux ! Explorer et enquêter. Snap rayonna encore plus fort.

Mon cœur aurait tout aussi bien pu être brisé en morceaux et donné en pâture à un étang de carpes koïs.

— Fais attention, dis-je, incapable de me retenir.

— Bien sûr, répondit joyeusement Snap, et il disparut dans l'ombre.

Peut-être qu'oublier tout ce qui s'était passé depuis qu'il s'était aventuré parmi les mortels – pas seulement m'oublier moi et ses premiers compagnons, mais aussi l'utilisation de son pouvoir – lui rendait les choses plus faciles. Avec la douleur dans ma poitrine, une chanson surgit et ses paroles se tordirent dans mon esprit. Elle en sortit toute triste quand je la chantai. « Tu as toujours été dans le pétrin. Tu as toujours été bien trop gentil ».

Antic avait sauté sur le lit et rebondissait sur le matelas, les draps de satin bruissant sous ses pieds. Elle saisit les draperies de soie du baldaquin.

— Qu'est-ce que je peux faire pour toi ? Un clown sur une planche de surf ? Un poisson tombant d'un gratte-ciel ? Elle disparut derrière le tissu tout en le faisant pivoter pour lui donner une forme qui ressemblait à cette deuxième proposition.

— Euh, je crois que j'aimerais me détendre, comme nous l'avions prévu. Je n'ai pas besoin d'un spectacle.

Le diablotin grogna et réapparut

— Je vais aller voir si quelqu'un d'autre dans cet endroit apprécierait les pitreries d'Antic, alors. Elle pointa un doigt en direction de Thorn en passant devant nous. Je serai de retour à l'aube lorsque nous reprendrons la route !

Thorn réussit à ne pas grimacer jusqu'à ce qu'elle soit hors de vue. Il me jeta un regard noir.

— Et tu penses qu'elle sera un ajout précieux à nos plans ?

Je jetai les mains en l'air.

— Je n'en ai pas la moindre idée. Au pire, on pourra lui dire que faire des tours avec des chaussures est un élément essentiel et la laisser s'occuper au centre commercial pendant qu'on fait le vrai boulot, non ?

— Avec des alliés comme ceux-là, qui a besoin d'ennemis ? me taquina Ruse. Son regard s'attarda sur le lit. Une bouffée de chaleur traversa mon corps à la pensée de toutes les façons dont il pourrait m'aider, hmm, à me « détendre » entre ces draps, mais il se tourna comme pour quitter la pièce.

— Ruse, dis-je. Lorsqu'il croisa mon regard, celui-ci était chaleureux et peut-être même intrigué, mais quelque chose dans son visage me sembla peu sûr. Je ne savais pas comment poursuivre, et pas seulement parce que son magnifique visage pouvait me couper le souffle.

Une émotion plus profonde et plus douce que le désir montait en moi. Même sans jeter un coup d'œil dans ma tête, je doute qu'il ait remarqué que mon humeur était devenue plutôt maussade pendant le trajet. Aucun des hommes de l'ombre n'avait vraiment besoin d'un arrêt technique. Il avait imaginé ce plan autant pour moi que l'amusement qu'il avait prévu pour mon anniversaire la veille. Pourquoi ?

Je ne le savais pas vraiment, mais je savais à quel point je voulais lui montrer que j'avais remarqué et ce que cela signifiait pour moi. Ce qu'il signifiait pour moi. J'aurais pu l'inviter dans mon lit, mais ce n'était qu'une nuit de travail pour un incube, n'est-ce pas ? Il m'avait déjà dit qu'aucune autre mortelle n'avait jamais rien voulu de lui que son talent pour le plaisir.

Il était donc peut-être temps qu'il découvre ce que c'était que de recevoir ce genre d'attention. Après tout, je pouvais l'inviter dans mon lit.

Je lui tendis la main.

— Viens là, tu as organisé tout ça, je pense que tu devrais en profiter autant que n'importe qui d'autre.

Il hocha la tête.

— Qu'avais-tu exactement en tête, Miss Blaze ?

Le ton suggestif qu'il donna à mon surnom me fit frissonner jusqu'aux orteils. Même si je me concentrais sur lui, j'allais quand même prendre beaucoup de plaisir.

— Viens par ici, et tu le sauras.

Thorn toussota.

— Dans ce cas, je devrais peut-être…

Ruse tira sur le bras du guerrier qui s'approchait.

— Je ne vois aucune raison pour que tu ailles où que ce soit, mon ami. Notre mortelle ici présente est connue pour avoir besoin, disons, d'un service supplémentaire. Il me fit un clin d'œil.

Il semblait plus à l'aise en disant cela – comme il s'était détendu lorsque je lui avais demandé de se joindre à moi et à Snap la semaine précédente. S'il préférait la compagnie, je n'allais certainement pas dire non. Je jetai un coup d'œil à Thorn à travers mes cils, aussi timidement que j'en étais capable.

— Plus on est de fous, plus on rit ?

Le teint hâlé du guerrier se teinta d'une légère note rosée. Il jeta un coup d'œil de Ruse à moi, comme s'il attendait que l'un de nous rie et dise que c'était une blague. Comme nous ne le faisions pas, il s'approcha d'un pas. Sa voix sortit avec une rudesse qui atteignit toutes les parties de mon corps qui n'avaient pas déjà des fourmis d'excitation.

— Si c'est ce que Milady souhaite…

Ruse se mit à rire.

— Ramène tes fesses médiévales ici, mon ami.

Je plantai un doigt dans son torse délicieusement sculpté, le poussant vers le lit.

— Je commence par toi. Maintenant, déshabille-toi.

— Oh, on devient autoritaire, n'est-ce pas ? Il porta ses mains aux boutons de sa chemise, la lueur dans ses yeux devenant plus brûlante.

Il n'allait pas assez vite à mon goût. Avant qu'il ait fini de déboutonner sa chemise, je m'étais attaquée à sa braguette. Ruse me laissa la faire descendre et se débarrassa de son pantalon avec entrain, ôtant finalement sa chemise de sorte que presque toutes les parties bien musclées de son corps furent exposées.

— Cela ne me semble pas très juste, fit-il remarquer lorsque je le poussai sur les derniers pas jusqu'au lit, mais lorsqu'il saisit mon chemisier, je secouai la tête. Il jeta un coup d'œil vers son camarade pour lui demander de l'aide. Thorn, tu vas t'occuper d'elle ou quoi ?

Thorn laissa échapper un petit rire sourd derrière moi. Il était rare que j'entende un rire de sa part, ce qui transforma le picotement que j'avais ressenti en un désir ardent.

— Je ne crois pas que tu sois le maître de ce rendez-vous, incube, dit le guerrier.

Je souris. En effet, il ne l'était pas.

— Couche-toi ! ordonnai-je à Ruse.

L'incube s'étala sur le lit, mettant tout en évidence, à l'exception du renflement caché derrière son boxer, dans une pose si langoureusement sensuelle que j'eus presque un orgasme rien qu'en le regardant. Il lança une autre remarque à Thorn.

— Mais tu n'as pas envie de voir ces jolies formes en pleine lumière ? Je doute que tu sois là pour *me* reluquer.

C'était vrai aussi. Thorn posa ses larges mains sur ma taille, saisissant l'ourlet de ma chemise.

— Puis-je ? murmura-t-il, sa voix rocailleuse pleine de promesses.

Qui étais-je pour discuter ?

Je levai les bras pour qu'il puisse retirer mon chemisier, puis je m'extirpai de mon maillot de corps avec sa broche d'argent et de fer avant qu'il n'ait à s'en occuper. Je restai en place juste assez longtemps pour que Thorn me presse les seins à travers mon soutien-gorge et dépose un baiser sur mon épaule, m'imprégnant de la force qui émanait de sa musculature en poussant un soupir encourageant, mais j'avais un autre amant dont j'avais l'intention de m'occuper.

Je me glissai sur le lit à côté de Ruse, et Thorn s'installa de mon autre côté. L'incube enfonça ses doigts dans mes cheveux comme pour m'attirer à lui, mais je savais qu'il était facile de se perdre dans ses baisers habiles. Je détournai ma bouche vers le coin de sa mâchoire, puis vers le côté de son cou. L'odeur de cacao doux-amer de sa peau inonda mes sens.

Tandis que je traçais un chemin sur le torse de Ruse,

Thorn dégrafa mon soutien-gorge et palpa mes seins nus, la rugosité de ses mains calleuses ajoutant une étincelle de friction à la caresse. Je soupirai de bonheur contre le ventre tonique de l'incube et relevai la tête pour tirer sur son boxer.

— Il faut que je l'enlève aussi.

Ruse souleva ses hanches pour m'aider à le retirer. Il se redressa sur les coudes et empoigna mon jean, mais je repoussai sa main pour profiter de la vue à mon tour. Son sexe était maintenant en évidence, formant un angle de son impatiente protubérance, telle une glorieuse tour penchée de plaisir. J'avais hâte d'être celle qui générerait ce plaisir ce soir.

L'incube me regarda avec ce qui semblait être une véritable perplexité.

— Où veux-tu en venir, Miss Blaze ?

Je posai les lèvres sur sa hanche, puis sur sa cuisse, et je fis courir mes doigts le long de son érection.

— Je prends soin de toi comme tu as toujours pris soin de moi. Il est temps d'inverser les rôles, tu ne crois pas ?

Avant qu'il ne puisse répondre, je fis glisser le bout de mes doigts le long de son membre et j'entourai son gland de mes lèvres. La saveur du cacao était encore plus intense sur cette chair sensible, avec une pointe de sel quand je taquinai le bout avec ma langue.

Il retint un souffle rauque.

— Tu ne me dois rien de tout ça.

Je levai les yeux sur lui, faisant glisser avec ma main, ma salive et une goutte de sperme le long de son membre.

— Je sais que je veux le faire. Je veux le faire. Et même si je ne suis pas la fille la plus talentueuse avec laquelle tu as été, j'imagine que je peux rendre ça raisonnablement satisfaisant.

— Ce n'est pas… Sa bouche se tordit en un sourire tordu. Tu n'as pas à t'inquiéter d'être comparée. Peu de femmes avec qui j'ai été auraient pensé à me proposer cela. Mais pourquoi devrais-tu renoncer à ton propre plaisir ? Il me fit signe de m'approcher, ses yeux brillaient d'un éclat sournois. Tourne-toi, et nous pourrons au moins faire en sorte que ce soit un festival mutuel de plaisir.

Le fait que tant de ses amantes passées n'aient pas pensé à autre chose qu'à leur propre plaisir me rendait encore plus sûre de mes intentions. Je ne changeai pas de position, mais je caressai plus fermement son membre, ce qui le fit tressaillir dans ma main.

— Je prends mon pied rien qu'en sachant à quel point je te fais du bien. Et je suis sûre que Thorn peut en rajouter comme il le souhaite. Pour une fois, tu ne feras rien d'autre que de t'allonger et de profiter.

Je me penchai de nouveau sur lui, le prenant dans ma bouche aussi profondément que possible. Thorn avait reculé pour me laisser de la place, caressant mon dos nu en rythme, mais à mon invitation, il se pencha davantage. Il posa des baisers brûlant le long de ma colonne vertébrale, une main caressant de nouveau mes seins et l'autre glissant sur mon ventre. Le plaisir qu'il suscitait alimentait mon désir en flammes plus vives.

Je fis pivoter ma langue autour du sexe de Ruse, en saisissant ses bourses, et il gémit. Lorsque je jetai un coup d'œil à son visage, la couleur de ses yeux oscilla entre son noisette habituel et sa lueur or naturelle. De faibles chatoiements de ce même éclat scintillaient sur sa peau, comme s'il luttait pour se retenir.

— Vas-y, dis-je. Laisse-toi briller. Tu sais que j'aime ça.

Son corps s'enflamma en réaction, sa lueur d'incube illuminant chaque partie de lui-même, y compris son membre que je suçai à nouveau. Dans ma bouche, il se courbait selon l'angle le plus aigu de l'humanité de l'ombre. Son pubis formait un renflement, tout cela pour donner à ses partenaires la plus grande satisfaction possible. Mais il s'était beaucoup nourri de moi de cette façon au cours des dernières semaines. Il s'était rassasié et il méritait maintenant une petite gourmandise supplémentaire.

Son éclat surnaturel s'accompagna d'une chaleur étourdissante. La sensation se répandit dans ma bouche et dans tous mes membres alors que je le chevauchais. Thorn attisait les flammes par la pression de ses mains et de sa bouche. Ses doigts descendirent jusqu'à me taquiner entre les jambes. Je haletai contre le sexe de l'incube et je tendis la main pour caresser le bras du guerrier en retour.

Alors que j'accélérais mon rythme, Ruse s'enfonça dans ma bouche. Je resserrai mes lèvres autour de lui et le suçai plus fort, et il jouit avec un flot de chaleur douce-amère que j'avalai d'un trait. Avant de pouvoir faire davantage que donner un dernier coup de langue à son gland, il se redressa pour m'attirer à lui, sa bouche s'emparant enfin de la mienne.

Thorn était en train de défaire mon jean. Me fondant dans le baiser, je m'en débarrassai d'un coup de pied, ainsi que de ma culotte, mais mon guerrier semblait penser que son travail était terminé. Je retins son bras avant qu'il ne puisse se retirer et le ramenai vers moi. Mes lèvres quittèrent celles de Ruse pour que je puisse me retourner et capturer la bouche de l'ailé, mes doigts s'emmêlant dans ses cheveux blonds.

— J'ai envie de toi, dis-je en ayant du mal à respirer, alors que Ruse pinçait l'un de mes mamelons. J'ai besoin de toi. Mon sexe palpitait maintenant, il avait envie d'être rempli, et personne ne pouvait me remplir comme Thorn.

— Je crois que tu ferais mieux de t'occuper de notre dame, dit Ruse, son amusement transparaissant dans le brouillard de sa voix d'homme de l'ombre.

Par-derrière, Thorn plongea ses doigts entre mes jambes et approuva en gémissant en se rendant compte de mon excitation. Il secoua son pantalon.

— Comme Milady le désire.

Je le désirais vraiment – oh, je désirais chaque parcelle de son corps massif. Il se pencha sur mon dos, introduisant son épaisse verge en moi avec cet incroyable étirement brûlant, et la félicité qui en découla m'irradia. Je gémis.

Un de ces jours, j'allais devoir le prendre sous sa forme complète, encore plus massive, mais je savais qu'il ne voulait pas que Ruse voie ce qu'il était.

Alors que Thorn commençait à me pénétrer, la bouche de Ruse vint s'écraser sur la mienne. Je me cambrai pour rejoindre le guerrier, mes doigts glissant jusqu'à saisir l'une de ses cornes d'incube. J'étais coincée entre eux, toute cette puissance immense me surplombant et la lueur étourdissante en dessous, et pourtant je n'imaginais pas me sentir plus libre. Les pulsations du plaisir m'emportèrent de plus en plus haut…

J'arrivai à l'orgasme avec une extase encore plus forte et un cri que je ne pus retenir. Mon sexe se contracta autour de Thorn, et son bras se resserra autour de ma taille. Il s'enfonça de nouveau en moi. La langue de Ruse se mêla à la mienne, et je me désagrégeai de nouveau tandis que le guerrier se libérait à son tour sous l'effet de la chaleur.

Alors que Thorn s'affaissait à côté de moi, je me retournai pour l'embrasser correctement. Il passa ses doigts sur le côté de mon visage, la douceur de ce contact contrastant parfaitement avec la force de sa bouche sur la mienne.

Ruse passa un bras autour de moi et m'embrassa sur l'épaule. Je me blottis entre mes deux amants et m'accrochai à ce moment de satisfaction avant de repenser à l'amant que j'avais perdu.

ONZE

Snap

Depuis le peu de temps que j'avais pu apprécier le royaume des mortels, je devais dire que c'était un endroit spectaculaire. Pourquoi les gens retournaient-ils dans l'ombre alors qu'ils pouvaient profiter de tout cela ? Les couleurs vives et les textures douces de la grande chambre que l'incube nous avait réservée... Le mélange enivrant de parfums provenant des plateaux que ce qu'on appelle le « service d'étage » avait livrés il y a quelques instants... Ce n'était rien de moins qu'une sorte de magie.

J'admettais que les premières expériences que j'avais vécues ici, enfermé sous des lumières brillantes et entouré de métaux vénéneux, avaient été plutôt troublantes. Mais si je n'avais pas enduré cela, je n'aurais jamais pu goûter cet objet miraculeux que Thorn m'avait indiqué être une saucisse au petit déjeuner.

Je mâchai la bouchée de viande, le sel et les jus savoureux se mêlant sur ma langue, et mon sourire s'élargit. Oui, ce monde était un paradis pour les dévoreurs.

À cette pensée, un frisson glacé me parcourut l'échine, puis disparut si vite que je n'aurais pas pu l'examiner même si je l'avais voulu. Mais pourquoi devais-je me préoccuper de ce malaise ? Je n'avais pas l'impression que la sensation voulait être examinée. Et j'avais encore beaucoup de choses à manger.

— Et ça ? demandai-je en tapotant un tas de matière jaune et grumeleuse dont l'odeur était bien plus appétissante que l'apparence.

Ruse jeta un coup d'œil et s'esclaffa.

— Des œufs brouillés. Je pense que tu vas aimer aussi.

Le petit diablotin que nous avions recueilli avant de quitter la dernière ville bondit tout autour de la table.

— Il y a quelque chose qu'il n'aime pas ? Après il va manger la table !

— Et il peut, si c'est ce qu'il veut, déclara l'incube.

La mortelle s'approcha, tirant toujours sur ses cheveux roux, qui attiraient toujours mon regard. Ils étaient plus éclatants que les meubles de cette pièce extravagante. J'avais cru comprendre qu'elle tirait sur ses cheveux parce qu'elle s'était réveillée avec une multitude de petites nattes que le diablotin lui avait tressées pendant qu'elle dormait.

Antic la regarda s'activer à démêler les mèches en soupirant.

— Je trouvais que c'était joli comme ça.

— C'est juste que ce n'est pas mon style, dit Sorsha.

J'eus l'impression qu'elle essayait de ménager les sentiments du diablotin, ce qu'elle semblait faire assez souvent, mais je ne savais pas trop pourquoi. Ces deux-là ne semblaient pas déjà se connaître. La mortelle exprimait manifestement une certaine gentillesse à son égard. J'aimais cela – et j'aimais aussi mieux ses cheveux lâchés avec leurs ondulations.

Elle lâcha les mèches assez longtemps pour fouiller dans les offrandes sur la table.

— On n'a pas pris de salade de fruits ? Ah la voilà. Tu ne peux pas faire l'impasse là-dessus, Snap.

Elle poussa vers moi le bol brillant avec son arc-en-ciel scintillant de morceaux, une émotion que je voyais assez souvent lorsqu'elle me fixait apparaissant dans ses yeux. Quelque chose d'hésitant, mais aussi d'optimiste, comme si elle attendait quelque chose qu'elle ne s'attendait pas à voir arriver. Je n'avais pas compris quoi, mais ça la rendait triste, et ça ne me paraissait pas normal.

Tous attendaient davantage de moi que ce que j'avais pu leur donner. Ils semblaient me connaître depuis longtemps alors que je ne les avais jamais vus avant qu'ils ne me sortent de cette prison.

Je fronçai les sourcils comme si cela pouvait faire remonter les souvenirs à la surface, mais je ne trouvai rien. Rien d'autre que le voyage à bord du grand véhicule étincelant et, avant cela, les lumières crues de la cage inconfortable – et encore avant cela, l'étendue de ténèbres brumeuses que j'avais parcourues dans le royaume des ombres sans savoir tous les plaisirs que je manquais.

Il devait y avoir d'autres expériences dont je ne me souvenais tout simplement pas. Ruse et Thorn m'avaient montré et raconté tant de choses fascinantes que je n'aurais pas pu imaginer, mais que j'avais apparemment déjà vécues. Je supposais que je devais rechercher à nouveau celles qu'ils ne pouvaient pas me fournir immédiatement. Cela ne me semblait pas être un fardeau insupportable.

Je mis un morceau de banane dans ma bouche et je me délectai de sa douceur, encore meilleure une fois la peau enlevée. Oh, oui, j'avais hâte de redécouvrir tout ce qui m'avait échappé. Même si ce corps physique avait ses bizarreries. Une petite démangeaison s'était de nouveau réveillée dans mon avant-bras. Je la grattai distraitement et je tendis la main vers un raisin parfait.

Une petite forme verte s'élança sur la table avec un battement d'ailes inefficace et un grattement de petites griffes contre le bois poli.

— Pickle ! cria Sorsha en sautant sur le petit dragon. Il arracha un morceau de bacon avant qu'elle ne parvienne à l'attraper. Tu en as déjà eu beaucoup. Laisses-en un peu pour nous !

La créature de l'ombre poussa un grognement désapprobateur et s'enfuit sous la table dès qu'elle l'eut déposée. Cela lui donna aussi l'air triste. Non, je n'aimais pas du tout cette l'expression de son visage.

— Tu veux des œufs ? demandai-je. Je n'étais jamais sûr de ce que je devais lui dire, car je semblais à la fois la réjouir et la décourager quand je parlais. Je pensais qu'elle avait peut-être attrapé un morceau ou deux au milieu de son démêlage de cheveux, mais j'avais été trop absorbé par mon propre repas pour y prêter attention.

— Nan, je préfère les saucisses, moi, dit-elle en s'en servant de sa fourchette et en adressant un sourire à Ruse. L'incube pouffa comme si elle avait dit quelque chose de drôle, ce qui n'avait pas beaucoup de sens pour moi.

— Je préfère aussi les saucisses, avançai-je, et soudain Ruse se mit à rire si fort qu'il en eut le souffle coupé, et Sorsha posa la main sur sa bouche comme si elle se retenait de ricaner elle aussi.

Je tournai les yeux vers Thorn, qui haussa les épaules

en secouant la tête d'un air résigné. Je ne sus pas dire si cela signifiait qu'il ne comprenait pas la blague ou qu'il ne l'approuvait tout simplement pas. D'après ce que j'avais vu jusqu'à présent, il semblait y avoir un assez grand nombre de choses que la grande humanité de l'ombre n'approuvait pas.

— Saucisses, saucisses, se mit à chanter le diablotin de sa voix aiguë, et le dragon poussa une sorte de rugissement sous la table, ce qui me fit rire.

Omen entra dans la pièce au milieu de l'agitation et nous observa, la bouche grande ouverte. Son aura de puissance et d'autorité emplissait chaque espace où il entrait. Je me tus par respect. Je n'avais pas encore déterminé quel genre de métamorphe il était, bien que je puisse dire qu'il en était un – il me semblait impoli de le lui demander – mais quoi qu'il en soit, il y avait clairement une raison pour laquelle les autres le considéraient comme le chef.

Et il avait voulu que je rejoigne son équipe. Je ne savais pas trop en quoi je serais utile, mais j'espérais que je le découvrirais. Ce devait être un honneur d'être choisi par un être aussi redoutable.

— Le soleil se lève, aboya-t-il. Il faut se dépêcher. Vous avez assez traîné.

— Je n'imagine pas qu'Austin aille quelque part pendant que nous prenons notre petit déjeuner, répondit Ruse d'un ton taquin, mais je remarquai tout de même qu'il se levait rapidement.

Sorsha soupira et prit son sac à main. Elle s'agenouilla près de la table, faisant claquer sa langue pour inciter Pickle à sauter dedans. Ne voulant pas gaspiller les précieux rafraîchissements, j'attrapai le bol de salade de fruits et j'en versai le contenu dans ma bouche.

J'étais en train d'engloutir la dernière partie de ce festival de saveurs lorsque la porte s'ouvrit avec un bruit explosif.

Une horde de personnages vêtus de casques et de gilets brillants entra dans la pièce, des outils scintillant dans leurs mains. Les métaux envoyèrent dans l'air une onde de vibrations qui traversa ma peau jusqu'à mes os. La douleur me piqua au vif.

Je me levai d'un bond, un instinct en moi se réveillant avec un frisson vicieux – et une autre impulsion me tira en arrière. Un frisson me saisit, plus puissant encore que les énergies vénéneuses de ces métaux.

Je me jetai dans les ombres les plus proches et m'éloignai – loin du fracas de la bataille, loin des êtres qui avaient agi comme mes amis, loin… Parce qu'au fond d'un endroit froid et sombre, au centre de moi, se trouvait la certitude que ma présence ne signifierait qu'une douleur bien plus grande pour ceux qui m'entouraient.

Moi dans les ténèbres lointaines, ils étaient tous plus en sécurité que si je restais parmi eux.

DOUZE

Sorsha

À la seconde où les mercenaires de la Compagnie firent irruption dans la chambre d'hôtel, mes instincts de combattante prirent le dessus. Le cœur battant, j'attrapai deux des plateaux en laiton sur lesquels notre petit déjeuner avait été livré, je déplorai brièvement le gaspillage de cette nourriture délicieuse, mais je les lançai au visage des hommes qui s'étaient élancés vers moi.

Le métal s'entrechoqua et les œufs dégoulinèrent. Une force invisible que je supposais être Antic suivit mon exemple et commença à jeter d'autres plats sur nos attaquants. De délicates tasses en porcelaine se brisèrent à gauche et à droite. Le thé et le beurre éclaboussèrent le joli tapis.

Eh bien, à quoi vous attendez-vous quand on ouvre un penthouse à une bande de monstres ?

Un instant plus tard, le thé et le beurre furent rejoints par un flot de sang. Thorn avait enfoncé un poing cristallin dans le cou d'un soldat et l'autre dans le visage d'un autre homme. Omen traversa la pièce dans un maelström de brutalité de chien de l'enfer, passant ses griffes sur les cuisses et les mollets, enfonçant ses mâchoires dans le ventre d'une femme. La fureur faisait flamboyer des traînées orangées sur sa fourrure gris foncé.

Nos efforts ne suffiraient peut-être pas. Alors que je me baissais et que je faisais un croche-pied à un tireur, la vue d'autres silhouettes qui passaient la porte me donna des haut-le-cœur. L'un d'entre eux tenait déjà un filet de fer et d'argent qu'il jetait sur les ombres en train de se battre.

Un crépitement de feu me traversa en réaction. Je n'avais pas l'intention de risquer de brûler l'endroit – et tous les autres invités parfaitement innocents – mais les flammes jaillirent sur la chemise du type avant d'avoir le temps de les maîtriser. Ses collègues le poussèrent pour le faire tomber au sol, l'un d'eux lui arrachant le filet.

Merde. Si je produisais davantage de flamme, il se pourrait que d'autres hommes que seuls les connards de la Compagnie risquent de finir incinérés en ce beau matin.

Alors que je faisais à nouveau pivoter les plaques de laiton, en maîtrisant du mieux que je pouvais la chaleur violente qui régnait à l'intérieur, mon regard se porta sur la pièce. À l'autre bout, les rideaux vaporeux flottaient dans la brise fraîche par la porte entrouverte du balcon. L'inspiration me traversa comme un éclair.

Pour une fois, je n'avais pas besoin de mes alliés surnaturels pour m'assurer que ma mortelle personne s'en sorte vivante.

— Sortez d'ici ! criai-je. Vous n'avez pas besoin de

m'attendre. J'ai ma propre sortie possible. Je vous rejoindrai devant Darlene.

Non pas que j'approuve le nouveau nom de la Toutemobile, mais pour être claire, c'était seulement un moyen d'éviter de mettre la puce à l'oreille à nos ennemis sur l'endroit où nous allions.

— Milady, protesta Thorn, apparemment peu enclin à me croire sur parole.

Il était temps d'agir de toute façon.

— Allez-y, c'est bon ! dis-je en attrapant mon sac à main avec un Pickle crachotant dedans et je m'élançai vers le balcon.

Nos agresseurs étaient entrés par la porte principale et avaient opté pour une approche de type « fauchage » plutôt que « encerclement ». Je n'eus qu'à esquiver quelques poings et un fouet étincelant avant de franchir les rideaux et de me retrouver dans l'air vif de l'aube. Mes dévoués défenseurs de l'humanité de l'ombre avaient bien fait de suivre mon conseil et de s'enfuir dans l'ombre maintenant que j'étais sortie de la pièce.

Quitter le balcon semblait être un peu plus difficile que de l'atteindre. Notre charmant penthouse se trouvait douze étages au-dessus du trottoir sur lequel j'aurais aimé atterrir, et je n'avais pas apporté mon grappin et ma corde. Note à moi-même : toutes les occasions sont bonnes pour avoir l'équipement de rat d'hôtel à portée de main.

Le tonnerre de pas imminents me dit que je ferais mieux d'y aller d'une manière ou d'une autre. Je jetai un coup d'œil vers le bas, ignorai mon estomac qui se retournait – je n'étais pas une poule mouillée lorsqu'il s'agissait de hauteur, mais je ne me pavanais généralement pas sur des bâtiments aussi hauts – et je sautai par-dessus la balustrade du balcon.

En saisissant les barreaux et en faisant balancer mes jambes, je m'élançai sur le plus petit balcon en contrebas. Un étage de moins, encore onze. Dommage que le reste des fenêtres au-dessous de moi ne présentaient que des *Juliettes* – qui pouvait bien appeler ces petits bouts de balcon un balcon ?

Les habitants de la chambre en dessous avaient laissé la porte de leur balcon fermée à clé, mais même dans un hôtel aussi chic, ces choses-là n'étaient pas vraiment conçues pour empêcher les gens d'entrer. Qui s'attendait à ce que des voleurs descendent du ciel ? Je donnai un coup de pied à la poignée, souris en entendant le déclic de la serrure et je poussai la porte juste au moment où des cris retentissaient d'en haut.

Je sprintai à travers la chambre d'un client de l'hôtel qui avait la chance de dormir encore à cette heure – du moins, jusqu'à ce que mes poursuivants s'y engouffrent – et dans le couloir jusqu'aux escaliers, ne voulant pas prendre le risque de prendre l'ascenseur. Mes pieds n'avaient jamais volé aussi vite. Au rez-de-chaussée, je jetai un coup d'œil par la fenêtre, j'aperçus les silhouettes métalliques devant les portes d'entrée qui se faisaient dévisager par les réceptionnistes, et j'ouvris la porte juste assez pour me précipiter vers la cuisine.

Le personnel qui avait préparé notre délicieux petit déjeuner s'affairait à répondre à d'autres demandes de service en chambre.

— Merci pour ce délicieux repas ! leur criai-je en passant devant eux. Comme je l'avais espéré, une porte située à l'autre bout de la pièce donnait sur une allée où se trouvaient une benne à ordures et exactement zéro trou du cul de la Compagnie. Pour l'instant.

Heureusement, nous avions pris la précaution de garer

la Toutemobile – sous la forme d'une camionnette – à quelques rues de l'hôtel. Je m'y rendis avant que nos agresseurs ne se ressaisissent et ne découvrent où je m'étais enfuie.

Lorsque notre véhicule apparut, mes muscles se tendirent. Les hommes de l'ombre avaient tous quitté le penthouse quand j'étais sortie, n'est-ce pas ? Je ne me souvenais même pas avoir vu Snap dans la mêlée. Si nous l'avions encore perdu, ou l'un des autres…

La porte s'ouvrit pour m'accueillir, et Thorn m'encouragea à me précipiter à l'intérieur. Derrière lui, j'aperçus Ruse sur le siège du conducteur, le pied sur l'accélérateur.

Aucun des deux n'avait l'air de se préoccuper de faire monter quelqu'un d'autre que moi à bord. Merci Saint Hamburger. J'acceptai la main de Thorn, il me fit monter à bord, et le camping-car quitta sa place à la seconde où la portière se refermait derrière moi.

— On s'en est tous sortis ? demandai-je, au cas où.

— Tous présents et comptabilisés, répondit laconiquement Omen, qui se tenait près de la cuisine. Snap était assis sur le canapé avec une expression vaguement déconcertée, et Antic… sautillait directement sur la table.

Elle me lança un sourire enthousiaste quand elle vit que je la regardais.

— Je leur ai donné une bonne leçon avec ces tasses à thé, n'est-ce pas ?

— Tu as été géniale, répondis-je. Inutile d'épiloguer sur la contribution de chacun d'entre nous à l'escarmouche. Je me laissai tomber sur le canapé en face de Snap et je libérai Pickle de mon sac à main.

Omen fronçait les sourcils.

— Hé, dis-je en lui donnant un coup de pied taquin

dans le mollet. On vient d'échapper à une embuscade sournoise sans avoir perdu d'homme et avec toutes les parties du corps intactes. Que demander de plus ?

Il passa sa main sur sa mâchoire étroite.

— Je suis plus inquiet de savoir comment ces salauds nous ont trouvés. Ils n'auraient jamais dû pouvoir déterminer que nous allions nous rendre à Austin depuis Chicago, et même s'ils l'avaient fait, nous n'étions pas sur la bonne trajectoire. Il lança un regard particulièrement glacial au diablotin.

Je n'avais même pas eu le temps de me remettre de l'épisode de la fuite pour sauver ma vie, encore moins de réfléchir aux implications de l'attaque.

— C'est vrai. Je n'ai pas dit à Ellen ou à Vivi où nous allions, donc ça ne peut pas venir d'elles.

Ruse jeta un coup d'œil vers nous.

— L'hôtel est le premier endroit où nous sommes restés longtemps depuis que nous avons pris d'assaut le musée et que nous avons pris la route. La compagnie aurait-elle pu traquer ton téléphone, Sorsha ?

Je secouai la tête.

— Je l'ai éteint sauf quand je l'utilisais pendant que nous étions sur la route, juste au cas où.

— Il est possible qu'ils aient traqué quelque chose d'autre. Le regard d'Omen se posa sur Snap. Aucun d'entre vous n'a trouvé étrange que la cage de notre dévoreur se soit ouverte d'elle-même pour le libérer lorsque nous sommes venus le chercher ? Les scientifiques de la Compagnie avaient déjà appelé des renforts. Pourquoi auraient-ils voulu que nous partions avec lui plutôt que d'être pris ?

— J'ai pensé qu'ils avaient peur qu'on le trouve avant l'arrivée des renforts, dis-je. Mais oui... Ils n'avaient aucune raison de s'inquiéter à ce moment-là. C'est parce que sa cage s'est ouverte que nous avons eu des soupçons.

Snap se raidit contre le siège en cuir.

— Je n'aurais pas aidé les gens qui nous ont enfermés, Antic, les autres et moi, dans ces boîtes en métal.

— Bien sûr que non, pas volontairement, dit Omen sur le même ton doux et inattendu qu'il avait utilisé avec Snap auparavant. Il s'approcha du dévoreur, étudiant le corps mince de Snap de la tête aux pieds. Mais il se peut que tu l'aies fait sans t'en rendre compte. Il y a un truc que j'ai vu les chasseurs utiliser lorsqu'ils veulent rassembler beaucoup de petites créatures de l'ombre en même temps. Les petites créatures ont tendance à se regrouper. Ils en attrapent une et lui fixent une sorte de marque de repérage, puis la relâchent et la laissent les mener aux autres.

J'en avais aussi entendu parler. Ils marquaient le corps des créatures avec une petite encre argentée qui ne disparaissait pas, même si les créatures entraient et sortaient de l'ombre, et qui créait une résonance qu'ils pouvaient détecter à l'aide d'un appareil spécialisé. Un frisson me parcourut.

— Tu penses que les scientifiques de la Compagnie ont mis un traqueur sur Snap ? Il ne l'aurait pas remarqué ? Les ombres de moindre importance auraient pu ne pas noter d'inconfort dans leur soulagement d'avoir été libérées, mais Snap était plus conscient que cela.

— Peut-être pas, si la marque était assez petite. Il n'a pas utilisé un corps physique assez longtemps pour être conscient de ce qui est normal ou pas. Le chien de l'enfer fit signe à Snap de se lever. Laisse-moi t'examiner. Nous ne voulons pas qu'ils nous suivent plus loin qu'ils ne l'ont déjà fait.

Snap se leva, les yeux écarquillés.

— Ils nous ont attaqués à cause de moi ? Je n'ai jamais pensé… Si j'avais réalisé…

— On le sait bien.

Je m'approchai suffisamment pour lui prendre la main, bien que je ne sache pas si cela le réconforterait vraiment. Néanmoins, je passai mon pouce sur ses articulations dans un geste aussi apaisant que possible tandis qu'Omen se penchait, reniflant pratiquement le dévoreur avec ses sens de chien de chasse.

— Ici, dit-il brusquement, saisissant l'autre bras de Snap et le tournant pour tapoter un point juste en dessous de son coude. Il y a juste un petit soupçon de… Il grimaça. Pas sur la chair, mais il y a une cicatrice régulière ici. Ils ont dû t'ouvrir et le graver directement sur l'os.

Un frisson parcourt le corps de Snap.

— Il y a quelque chose là, une sorte de démangeaison. Je pensais que c'était normal. Il releva la tête. Je ne peux pas rester. Vous devriez continuer sans moi. Je pourrais retourner dans le royaume des ombres – ils ne pourront pas me suivre là-bas. Vous serez tous en sécurité.

Comme lorsqu'il nous avait fuis, effrayé par la façon dont nous – moi – le verrions après qu'il a dévoré cet homme sous nos yeux ? La panique m'envahit et je serrai davantage sa main. Il doit bien y avoir un moyen de l'enlever. Mais ça ne me plaisait pas d'imaginer que ce moyen pourrait impliquer du sang.

Omen jeta un coup d'œil à Thorn.

— Tu sais te servir d'une lame.

Le guerrier inclina la tête. Alors qu'il ouvrait les tiroirs sous le plan de travail de la cuisine, je fis asseoir Snap à mes côtés. Il se tourna vers moi.

— J'avais un sentiment, dans la chambre d'hôtel – je

savais qu'il était dangereux que je sois avec vous. Vous auriez tous pu être capturés ou tués, et cela aurait été de ma faute.

— Pas ta faute, dis-je fermement. Quand il commença à détourner les yeux, je touchai le côté de son visage pour attirer son attention. Cela aurait été de la faute des connards qui t'ont marqué. Je sais que tu ne t'en souviens pas, mais tu nous as tellement aidés. Nous avons besoin de toi. Tu n'as pas envie de les voir tous éliminés ?

— Je ne sais pas ce que je peux faire de plus.

— Moi, si. Je me concentrai sur ses yeux vert mousse. Et même si tu ne devais pas rester avec nous, voudrais-tu vraiment qu'ils puissent te retrouver chaque fois que tu reviendras du côté des mortels ? Tu ne seras plus jamais en sécurité ici. Je n'imaginais pas que Snap doive abandonner tout ce dont il s'était émerveillé dans ce monde. Il ferait ce sacrifice s'il pensait que cela nous protégerait, parce qu'il était comme ça, mais il ne cesserait jamais de regretter les couleurs et les saveurs qui manquaient à son royaume d'origine.

Tout comme je n'étais pas sûre de ne jamais cesser de regretter la dévotion passionnée qu'il avait introduite dans ma vie.

Cette pensée fit naître une boule dans ma gorge, mais je continuai à soutenir son regard.

— Si on parvient à te débarrasser de la marque, penses-tu pouvoir supporter la douleur ?

Il hésita, sa langue fourchue parcourant ses lèvres.

— Oui, dit-il doucement. Oui, pour pouvoir rester ici. Pour continuer la mission. Pour vivre toutes les choses fantastiques que je n'ai pas encore pu expérimenter.

— C'est bien. Alors pense à toutes les choses fantastiques que tu as déjà vécues, et je continuerai à te tenir la main, et nous ferons comme si Thorn n'était même pas là.

Snap inspira et me serra la main en retour. Ses yeux devinrent distants alors qu'il devait repenser à certains des nouveaux souvenirs qu'il avait accumulés au cours de la journée écoulée – la splendeur de l'hôtel ? La vitesse du camping-car ? Ou peut-être le simple plaisir de sa salade de fruits, le connaissant.

Tandis que j'observais son visage, je pus voir du coin de l'œil Thorn appliquer un couteau à découper sur l'avant-bras du dévoreur. Je retins une grimace en voyant la fumée qui s'échappait de l'entaille. Snap cligna des yeux et sa mâchoire se crispa, seul signe qu'il l'avait sentie. Il pouvait être aussi stoïque qu'un guerrier quand il le fallait.

— Dis-moi ce que tu préfères ici, dit-il brusquement.

Récemment ? *Être allongée sur un lit superposé exigu avec tes bras autour de moi. Voir ton visage s'illuminer en goûtant du miel.* Je déglutis. Il y avait plein d'autres choses aussi.

— Écouter de la musique. Laisser le rythme me traverser. Chanter, trouver des façons de jouer avec les mots. Tu n'as pas encore eu l'occasion de faire tout cela. Ouvrir ces cages et regarder les bêtes, petites et grandes, être libérées. Brûler les endroits qui appartiennent aux connards qui ont construit ces cages.

Thorn avait ouvert une entaille suffisamment large pour que la fumée s'en échappe. Son expression était aussi douloureuse que la mienne en la voyant.

— Voilà la marque, dit-il. À peine plus grande qu'une tête d'épingle. Je pense pouvoir gratter l'argent avec le tranchant de la lame.

Il s'arc-bouta, et un frisson parcourut tout le corps de Snap. Le dévoreur ferma les yeux et aspira, les dents serrées. Ses doigts serrèrent les miens si fort que ma main me faisait mal, mais pas autant que mon cœur.

Puis le guerrier jeta le couteau dans l'évier. Omen se tenait prêt avec le rouleau de gaze qu'ils avaient acheté pour mes blessures quelques jours auparavant. Il avait étalé un peu de la pâte verte qui aide à contenir l'essence de l'humanité de l'ombre sur le tissu pâle.

Alors qu'il bandait le bras de Snap, les épaules du dévoreur s'affaissèrent. Sa tête s'inclina vers moi.

— Merci, murmura-t-il.

J'aurais aimé pouvoir l'embrasser. J'aurais aimé que ce soit encore quelque chose qui le réjouisse.

— À ton service, dis-je avec une joie forcée.

— Tu devrais te reposer, dit Thorn d'un ton bourru. Après avoir perdu une partie de ton essence…

— Oui. Snap se leva, fit un pas et vacilla. Je le suivis, le guidant dans le couloir jusqu'à la chambre principale du camping-car.

Il s'assit sur le bord du lit et ne sembla pas savoir quoi faire de lui-même. Une impulsion me saisit, si insistante que je ne pus l'ignorer.

Je m'assis à côté de lui, je l'entourai de mes bras et je passai mes jambes sur ses genoux. C'était presque comme la fois où, à l'arrière de notre SUV emprunté il y a longtemps, son désir charnel avait été réveillé par mon contact lors d'une bousculade. Son odeur fraîche et moussue m'emplit le nez.

Les fruits et la flatterie n'avaient pas déterré ses souvenirs. Est-ce que quelque chose dans cette étreinte ferait l'affaire ?

Snap me regarda, me caressa les cheveux, mais le geste semblait plus absent qu'affectueux.

— Ça va, toi ? me demanda-t-il.

Mauvaise idée. J'allais arrêter de me jeter sur lui, désormais.

Je reculai et serrai sa main une dernière fois.

— Je m'assure juste que tu vas bien. Allonge-toi, c'est plus facile de se reposer comme ça. Et ne t'avise pas d'aller où que ce soit.

— Je n'en ferai rien, dit-il avec une assurance déterminée qui me tua. Quoi que je puisse faire ici, c'est bien plus que ce que je pourrais faire là d'où je viens.

Je n'avais pas vraiment envie de retourner voir les autres pour l'instant. Thorn me regarderait sans doute avec pitié, et le diable seul savait ce qu'Omen pensait de ma mollesse. Je me retirai dans la deuxième chambre qui était presque devenue la mienne et m'écroulai sur la couette violette imprimée de nuages. Je n'avais pas l'impression d'être sur un nuage. Après le linge paradisiaque de l'hôtel, ce tissu me grattait la peau.

Bon sang. La vie au penthouse m'avait trop gâtée en l'espace de quelques heures pour que je supporte une existence ordinaire.

Quelqu'un frappa à la porte.

— Toujours en vie là-dedans, Miss Catastrophe ?

Je levai les yeux au plafond.

— Oui, Luce, bien que tu puisses espérer le contraire.

Omen ne prit pas la peine d'ouvrir la porte – il se glissa dans l'ombre, sa forme bien bâtie se solidifiant au bord du lit. Je supposai que j'aurais dû me réjouir qu'il ait pris la peine de frapper à la porte. Je le regardai sans lever la tête des oreillers, ce qui, pour être honnête, me fatiguait les yeux, mais je n'avais pas envie de lui donner la satisfaction de me redresser pour lui.

— Je pensais que c'était clair que je n'aie pas

particulièrement envie de te voir morte, fit-il remarquer d'un air décontracté.

— C'est plutôt que tu me penses trop utile pour qu'on se débarrasse de moi, indépendamment de ce que tu préférerais personnellement.

Il laissa échapper un léger soupir, mais je le remarquai et il ne renchérit pas. Il resta planté là, comme s'il attendait que je comprenne pourquoi il était entré.

— Tu voulais quelque chose ? lui demandai-je.

Il croisa les bras sur sa poitrine. Je m'attendais à une critique quelconque, mais il me dit :

— Tu t'es bien débrouillée dans l'embuscade. Et avec Snap. Tu sais comment… le calmer. Lui faire garder la tête droite.

À cet aveu, je ne pus m'empêcher de me redresser sur mes coudes pour pouvoir regarder le métamorphe sans avoir mal à la tête.

— C'est plus facile quand ta priorité n'est pas d'être le salaud le plus glacé de la pièce.

Était-ce une grimace qu'il réprimait en serrant les lèvres ?

— C'est peut-être vrai, dit-il d'un ton égal.

Mais ce n'était peut-être pas tout à fait juste. Je l'avais vu s'efforcer d'être plus aimable avec le dévoreur quand son état mental était fragile.

— Tu n'as pas été aussi salaud avec Snap que tu l'es généralement avec les autres, concédai-je. Et j'apprécie que tu reconnaisses mes nombreux talents.

Cette fois, je pus voir que c'était bien un sourire qu'il réprimait.

— Les salauds glacials font avancer les choses, tu sais. Mieux vaut en avoir qu'en être dépourvu. Il se retourna pour partir.

— Omen, dis-je avant d'être sûre de ce que j'allais demander. Il s'arrêta, et je me redressai complètement en repliant mes pieds sous mes fesses pour m'asseoir les jambes croisées.

Il était venu ici pour une raison. Juste pour me faire un compliment ? Je ne comprenais pas bien, mais l'instant me paraissait à la fois vital et ténu, comme une chance que je ne devais pas laisser filer entre mes doigts.

Qu'est-ce que j'avais le plus envie de demander ? Je tournai les possibilités dans ma tête avant de me fixer sur un sujet.

— Pourquoi as-tu décidé de devenir glacial ? Il est évident que tu n'es pas naturellement froid – l'autre jour, tu as dit que tu travaillais dur pour y arriver. Et je sais, d'après ce que les autres m'ont dit, que tu étais beaucoup plus tolérant avec tes capacités, même s'il y a des lustres de ça.

— L'incube et sa langue bien pendue…

Je ne pus retenir un sourire en coin qui aurait rendu Ruse fier.

— Oh, ne te plains pas de sa langue. Il l'utilise à toutes sortes de fins merveilleuses.

Omen me jeta un regard noir, mais il s'écarta de la porte pour se caler contre le pied du lit.

— Je n'ai pas pris cette décision à la légère, dit-il. J'étais beaucoup plus négligent avec mes pouvoirs avant. Je jouais avec les mortels pour me divertir. Il marqua une pause, fixant le mur d'un air distant. J'avais beaucoup de pouvoirs et un associé qui aimait encore plus que moi se délecter des horreurs, encourageant toujours de nouvelles intrigues.

— Pas Thorn. Le guerrier était le seul être de l'ombre avec lequel je savais qu'Omen s'était associé il y a longtemps, mais je n'imaginais pas le robuste ailé instiguer le désordre.

Omen pouffa.

— Non. Et tu ne risques pas de la rencontrer. En fin de compte, Tempest a été trop prise par son intelligence pour son propre bien. C'était un sphinx, mais se moquer des mortels avec des énigmes n'était pas assez excitant – elle a changé de forme je ne sais combien de fois, conduisant les humains à la mort, la nuit, sous la forme d'une jument, dispersant le malheur à travers leurs villes lorsqu'elle menait ce qu'ils appelaient la Chasse Sauvage, et seuls les Très Hauts savent quoi. Et c'est là que le bât blesse. Ils ont compris l'enfer qu'elle menait et ont envoyé une meute d'ailés pour l'abattre, à l'époque où il y en avait encore assez pour qu'ils puissent former des meutes.

— Et tu as décidé que tu préférais ne pas finir éventré par une grêle de poings de cristal, alors tu t'es engagé à changer tes habitudes ?

— Pas exactement. Je n'étais pas aussi extravagant qu'elle. Je pensais pouvoir rester en dehors de leur champ d'action. Mais il y a eu une nuit…

Il s'arrêta, comme s'il était aux prises avec un souvenir. Je le laissai faire un bon moment avant que l'impatience ne prenne le dessus et que je demande :

— Une nuit ?

— J'avais tourmenté beaucoup de mortels dans une colonie, et ils sont venus pour se venger. Au lieu de me trouver, ils sont tombés sur un groupe d'ombres de moindre importance qui avaient été attirées par mes énergies. Les humains ont massacré toutes les créatures présentes sans la moindre hésitation. Et je me suis rendu compte que les Très Hauts avaient raison dans l'application de la loi qu'ils promulguent à travers le fossé.

Son regard était toujours fixé sur le mur, son ton toujours aussi égal, mais sa main s'était posée sur le cadre du lit, les jointures pâlissant à l'endroit où il avait serré les doigts. J'attendis un moment avant de demander :

— Comment ça ?

— C'est à cause de moi, dit Omen. Ces mortels étaient des imbéciles effrontés, comme beaucoup d'entre eux le sont, et ils méritaient tous les ravages que j'avais faits dans leur vie, mais en provoquant ces ravages, j'avais attisé leur méfiance et leur haine à l'égard de toute l'humanité de l'ombre. Combien de chasseurs se sont mis à chasser parce que je leur avais fait du mal, à eux ou aux leurs ? Combien d'humains dans un accès de rage ont simplement commis des massacres comme celui dont j'ai été témoin cette nuit-là ? Tant de créatures inférieures et sans doute quelques créatures supérieures ont payé pour mes crimes plus que je ne l'ai jamais fait.

Ah. J'essayai d'imaginer ce que cela aurait pu être, d'arriver à une révélation personnelle de cette ampleur, et je n'y parvins pas. Sa voix n'avait fait que s'affaiblir au fur et à mesure qu'il parlait, mais j'avais suffisamment côtoyé Omen pour savoir que cela signifiait qu'il contrôlait de plus en plus les émotions qui menaçaient de s'extérioriser.

— Alors, c'est ça ta pénitence ? dis-je. Tu te transformes en modèle de retenue et tu donnes des ordres à tout le monde pendant que tu sauves toutes les ombres que tu peux ?

— Quelque chose comme ça. Le regard d'Omen glissa enfin vers moi. J'étais égoïste, indiscipliné et téméraire – toutes les pires qualités que les mortels possèdent en abondance. En les provoquant, je m'abaissais à leur niveau. Oui, j'ai beaucoup de choses à me faire pardonner, mais je veux surtout ressembler le moins possible à ces salauds.

Je suppose que cela pouvait expliquer pourquoi tant d'éléments de ma mortelle personne – pouvoirs surnaturels impossibles mis à part – lui mettaient les nerfs en pelote. Ou en feu ?

Peu importe. Je jetai un coup d'œil à mes mains, puis les levai sur lui. Il n'était pas obligé de me raconter son histoire. Peut-être regrettait-il déjà de l'avoir fait. Je pouvais éviter d'enfoncer le clou dans ces regrets.

— Je vois ce que tu veux dire. Pour ce que ça vaut, l'être que j'ai vu quand tu as laissé la glace se fissurer n'a rien à voir avec les pires êtres humains que j'ai rencontrés. N'as-tu jamais pensé que tu pourrais te calmer un peu après tout ce temps ?

Une lueur s'alluma dans ses yeux.

— Et me calmer avec vous autres aussi, ce qui serait une conséquence naturelle ?

J'écartai les mains.

— C'est toi qui l'as dit, pas moi.

Il sourit à ce moment-là, un geste qui ne fit qu'incurver un côté de sa bouche, mais que je pris comme une victoire de toute façon. À ce moment-là, l'atmosphère entre nous était presque agréable. Puis il se redressa.

— Repose-toi un peu. J'ai eu l'impression que tu n'avais pas passé beaucoup de temps à *dormir* dans ce grand hôtel.

L'idée qu'il ait prêté la moindre attention à mon interlude avec Ruse et Thorn me fit ressentir une chaleur qui n'était pas vraiment agréable, mais pas totalement désagréable non plus.

— Tu nous espionnais, c'est ça ?

Il ricana.

— Il n'est pas vraiment difficile d'assembler les pièces du puzzle avec certains scénarios.

Je m'appuyai de nouveau sur mes coudes, consciente des picotements dans mon corps étendu sur le lit.

— La prochaine fois, tu devrais peut-être te joindre à nous.

Je plaisantais en fait, mais une petite part de moi ne le faisait pas. Et l'éclair orange qui s'alluma dans les yeux d'Omen avant qu'il ne détourne son regard n'avait rien d'une plaisanterie.

— Moins de quolibets et plus d'oreillers, dit-il d'un ton définitif. Nous aurons besoin que tu sois bien affûtée quand nous arriverons à Austin.

TREIZE

Ruse

Si les événements chaotiques des dernières vingt-quatre heures avaient bien montré quelque chose, c'était que Snap avait beau s'être englouti dans les profondeurs de son être, le dévoreur avait toujours la curieuse, mais vaillante habitude de se soucier du bien-être des autres plus que du sien propre. Et ce, malgré le fait qu'aussi loin qu'il s'en souvienne, il ne nous connaisse tous que depuis vingt-quatre heures.

Cette observation m'apporta une étincelle d'inspiration. Aucune des choses que je lui avais fait goûter jusqu'à présent ne lui avait semblé familière. L'assurer qu'il était entouré d'amis n'avait pas libéré non plus celui qu'il était avant. Mais peut-être que s'il croyait que nos vies dépendaient de ses souvenirs du passé, la force qui retenait celui-ci dans son gosier se briserait.

Cela valait la peine d'essayer, en tout cas. Chaque fois

que Sorsha le regardait avec ce chagrin dans ses yeux, j'avais envie de le secouer jusqu'à ce qu'il sorte de ses gonds. Je l'aurais fait si j'avais pensé que cette tactique avait une chance de fonctionner. J'avais toujours bien aimé le dévoreur, mais repartir de zéro avec sa naïveté précoce devenait plutôt irritant.

J'eus l'occasion de tester ma nouvelle stratégie lorsque nous nous arrêtâmes dans une station-service, juste après la frontière du Texas, pour faire le plein du camping-car et nourrir notre mortelle. Mon travail, bien sûr, consistait à persuader les employés de l'établissement qu'ils n'avaient pas besoin d'argent pour leur peine. Snap sortit de la Toutemobile avec Sorsha et moi et renversa la tête en arrière pour se prélasser au soleil de midi.

— Attends ici, lui dis-je. Je vais te trouver un bon petit en-cas.

Il me regarda avec un tel enthousiasme qu'on aurait pu croire que j'allais lui offrir un banquet à dix plats lors d'une croisière d'une semaine sous les tropiques. Il avait toujours été facile à satisfaire.

Mais ce n'était pas à lui que je voulais faire plaisir. Je discutai avec l'homme derrière le comptoir, je le regardai annoncer notre commande avec empressement au personnel de cuisine, et je laissai Sorsha récupérer la marchandise. En arrivant à la porte du restaurant, je me jetai en avant, déboulant sur le parking comme si j'avais couru jusqu'à la sortie.

À ma vue, Snap se redressa d'un coup, les muscles tendus.

— Qu'est-ce qui se passe ? demanda-t-il, croyant à ma stratégie avant même que je n'aie eu à la vendre.

— Sorsha, dis-je d'une voix essoufflée. Les hommes de

main de la Compagnie nous attendaient, ils l'ont attrapée et ils vont venir nous chercher d'une minute à l'autre.

Le dévoreur devint encore plus raide.

— Qu'est-ce qu'on fait ?

J'agitai les mains sous son nez.

— Vite ! Tu as repéré un truc à propos d'un certain Meriden un jour. Je pense que si on pouvait montrer qu'on le connaît on pourrait les faire reculer…

Il fallait que ce soit un fait réel, sinon il n'y aurait pas de lien avec ses souvenirs étouffés. Une expression inquiète traversa le joli visage du dévoreur. Il ouvrit la bouche et la referma, remuant les mains sur les côtés comme s'il cherchait une réponse dans l'air.

Je faillis croire que je le tenais, que quelque chose se détachait, lorsqu'il laissa échapper un cri étouffé de désarroi.

— Je ne sais pas. Meriden, Meriden, il n'y a rien qui me vient.

— Donne-toi un peu de temps. Il doit bien y avoir quelque chose là-dedans.

— Je ne sais pas. Les plis de son front se creusèrent au fur et à mesure que les secondes s'écoulaient. Il secoua la tête et se dirigea vers le camping-car. Il faut le dire à Thorn et à Omen. Ils sauront comment repousser ces gens et éloigner Sorsha.

Faire paniquer tout le groupe ne résoudrait rien. J'attrapai le bras de Snap avant qu'il n'atteigne la porte.

— On n'a pas le temps. Même si tu n'as que le moindre indice… dis-moi tout ce qui te vient à l'esprit. Cela pourrait faire toute la différence pour la sauver.

— Sauver qui de quoi ?

Le restaurant avait été plus rapide que je ne l'avais prévu. Sorsha s'approchait, un sac en papier à la main et une ride se formant sur son front alors qu'elle nous regardait l'un et l'autre. Sa main se crispa sur le sac.

— Qu'est-ce qui s'est passé ? Est-ce qu'on doit partir d'ici ?

Snap s'illumina avec une telle intensité que l'éclat de son sourire me piqua les yeux.

— Tu vas bien ! Les gens de la Compagnie t'ont-ils laissé partir ? Tu as la nourriture… Il s'interrompit et me regarda d'un air incertain.

Je vivais du mensonge, mais je devais admettre que voir dans ses yeux l'impression qu'il avait été trahi provoqua en moi une pointe de culpabilité. Je lui donnai une petite tape sur le bras.

— C'était juste une petite… farce. J'espérais que ça te permettrait de retrouver la mémoire. Elle allait parfaitement bien depuis le début.

— Bien sûr que je vais bien. Sorsha me fit une grimace. Tout ce que tu as fait, c'est le faire paniquer. La dernière chose dont il a besoin, c'est de plus de stress après ce matin.

Le sentiment de culpabilité se transforma en un coup de poignard. Même si la blessure où Thorn avait gratté la marque d'argent sur le bras de Snap n'avait pas laissé échapper de fumée depuis qu'elle avait été pansée, il était vrai que les événements de ce matin avaient été loin d'être une promenade de santé pour le dévoreur. Et le regard que me lançait notre fougueuse mortelle était à l'opposé de celui que j'aurais voulu susciter.

Elle n'avait pas non plus besoin de davantage de stress dans sa vie.

Je fis une petite révérence pour m'excuser.

— Je suis désolé. Je voulais seulement donner une chance à toutes les possibilités, et il semble que nous n'en ayons plus beaucoup. Je jetai un coup d'œil à Snap. On aimerait tous que tu reviennes avec tout ton passé intact.

— Je suis sûre qu'on aura plein d'autres possibilités qui n'impliquent pas de lui donner une crise de panique, dit Sorsha, et elle adressa à Snap le doux sourire qui semblait lui être réservé.

Snap baissa la tête.

— Je ne suis pas sûr que ce que tu cherches soit encore là. J'ai essayé… vraiment.

— Je sais. Elle déglutit de façon audible, puis tenta de se montrer joyeuse. Heureusement que je ne suis pas le genre de fille qui abandonne comme ça. Son regard revint sur moi. Plus de mise en scène de prétendues attaques, d'accord ? On en a assez de vraies.

— Qu'est-ce qui se passe ? aboya Omen depuis l'intérieur du camping-car. Dépêchons-nous !

— D'accord, d'accord, répondit Sorsha, et une petite flamme se propagea de sa paume à son coude.

Elle réprima son tressaillement si rapidement que je ne l'aurais peut-être pas remarqué si je ne l'avais pas déjà observée. Elle ramena son bras contre son torse, éteignant la flamme, et il ne restait plus qu'une fine ligne rose sur la peau sensible. J'aurais pu lui proposer de l'effacer d'un baiser si la crispation de sa mâchoire ne m'avait pas prémuni contre toute remarque taquine.

— Tiens-toi bien pendant un petit moment, me dit-elle en grommelant, et elle tendit à Snap son cheeseburger au bacon avant de grimper à bord.

Le dévoreur et moi suivîmes, Snap engloutissant son repas en quelques bouchées rapides, puis se désolant que ce soit déjà fini. Il se lécha les lèvres.

— Les différents types de viande forment une

excellente combinaison, surtout avec le fromage et le moelleux du pain.

Je lui tapotai l'épaule.

— Encore un peu d'entraînement et tu pourras écrire un blog sur la cuisine.

— Un blog ? C'est une sorte de pierre tombée au sol ? Pourquoi quelqu'un écrirait-il sur un blog ?

Ce bon vieux Snap.

— Ne t'inquiète pas pour ça.

Nous restâmes dans la cuisine. Sorsha avait continué à avancer et disparaissait maintenant dans sa chambre avec un éclair de ses cheveux écarlates. Je réprimai une nouvelle bouffée de culpabilité. Si mon stratagème avait fonctionné, elle aurait été ravie. Le jeu en valait la chandelle. Snap n'était manifestement pas traumatisé de façon persistante.

Il me regardait.

— Tu l'aimes bien, dit-il d'une manière directe et bien intentionnée. Plus qu'un peu.

Je reportai mon regard vers lui.

— Toi aussi, ressentis-je le besoin de souligner. Elle et toi... Je ne savais pas comment décrire le lien qui avait semblé se former entre eux deux, d'une part parce que ce genre de sentiments tendres n'était pas mon domaine... et d'autre part parce que le fait de m'en souvenir me mettait mal à l'aise.

— Viens, dis-je pour changer de sujet. Laisse-moi te montrer la meilleure vue que l'on puisse avoir de cet engin. Je lui fis signe et sautai dans l'ombre. Le moins que je puisse faire après le tour que je lui avais joué était de lui offrir une expérience plus agréable pour me rattraper.

Snap me suivit dans l'ombre autour du petit toit ouvrant situé au-dessus du couloir. Du haut du camping-car, le paysage de banlieue que nous traversions s'étalait de tous les côtés, chaque parcelle étant visible sans que nous ayons besoin de bouger d'un pouce. Le ciel bleu clair et le chant du vent s'estompaient à mesure qu'ils atteignaient nos sens à travers la zone d'obscurité, mais je préférais cette vue terne au risque de faire une culbute avec mon corps physique à la vitesse à laquelle Omen roulait.

Snap, telle une présence mince et sinueuse à mes côtés, approuva brièvement. Pendant quelques minutes, nous restâmes accroupis, admirant les paysages du monde des mortels, les couleurs du début de l'automne défilant devant nous et la faible odeur d'essence provenant de l'autoroute.

— C'est dommage que la mortelle ne puisse pas se joindre à nous ici, dit Snap. Je sentis son attention se reporter sur moi. Pourquoi est-elle particulièrement importante pour toi ?

Je me doutais qu'il voulait en fait savoir pourquoi elle avait tant compté pour lui. Était-ce le moyen de le toucher, de lui rappeler la dévotion qu'elle avait suscitée ?

— Elle a prouvé qu'elle était… comment dire… un être particulièrement fantastique, répondis-je. Depuis des années, elle tient tête aux gens qui collectionnent les ombres. Même lorsque nous avons débarqué chez elle sans crier gare, elle a tenu bon et a refusé de se laisser intimider. Tu as vu tout à l'heure comment elle n'a pas supporté que je me moque de toi ?

Snap acquiesça.

— Elle nous protège tous par tous les moyens possibles.

— C'est une façon de le dire. Mais elle n'est pas aussi sévère que Thorn. Elle a un esprit enjoué, une grande capacité à s'amuser et à se divertir… Je ne pus m'empêcher de sourire en pensant à ses chansons absurdes, à toutes les plaisanteries que nous avions échangées. À la passion qui émanait d'elle dans la chambre à coucher, si désireuse de donner et de recevoir du plaisir…

J'avais peut-être répondu à la question qu'il avait posée.

— Il est difficile de ne pas s'attacher à elle, même si ce n'est pas l'idée la plus sage.

Snap resta un instant silencieux.

— Qu'est-ce qui n'est pas sage ? Tout ce que tu as dit donne l'impression que ce serait une compagne digne de ce nom, si tu en voulais une. N'est-il pas admis que les ombres aient des relations avec les mortels ? Je pensais avoir entendu parler d'autres personnes formant des liens, d'après des discussions dans le royaume des ombres – peut-être ai-je mal compris.

— Ce n'est pas ça, dis-je automatiquement. Je ne suis tout simplement pas fait pour ce genre de liens. Ma nature est de me concentrer sur la satisfaction corporelle.

— Eh bien, je n'y connais rien, mais tu sembles être affecté par ses mots et ses sentiments aussi.

— Cela n'a pas d'importance. Ce qui compte, c'est qu'elle ne voudrait pas d'un être comme moi.

J'eus l'impression que Snap me regardait l'air perdu.

— Pourquoi dis-tu cela ? Je n'ai pas remarqué qu'elle te traitait différemment. Est-ce qu'elle t'a dit ça ?

— Eh bien, non, j'ai juste…

Je m'interrompis, me sentant vaguement ridicule de ne pas réussir à tenir mon rang dans un débat avec Snap. Je l'entendais même me contredire dans ma tête. *Il y avait une autre femme*, dirais-je, et il me répondrait : *quel est le rapport avec Sorsha ? Est-ce qu'elles partagent le même cerveau ?* Et je lui ferais remarquer…

Je ne savais même pas ce que j'aurais pu dire d'autre. La vérité était que Sorsha ne m'avait jamais traité comme quelqu'un de moins bien ou de différent à cause de mes penchants. La veille… elle m'avait offert une expérience qui consistait à me faire plaisir sans la moindre hésitation. Elle avait semblé se délecter du bonheur qu'elle avait provoqué.

Ce souvenir fit monter en moi une chaleur qui n'était pas tout à fait du désir.

Comment pouvais-je dire qu'elle n'était qu'une mortelle de plus qui ne me voyait que comme un vibromasseur extrêmement extravagant alors qu'elle avait déjà prouvé qu'elle tenait à moi bien plus que cela ? Ce n'était pas ridicule de ne pas pouvoir convaincre Snap de me croire. Il était ridicule que je me sois convaincu d'étouffer toute la tendresse qui grandissait en moi chaque heure passée en sa présence.

Étais-je vraiment un lâche au point de repousser la seule femme qui avait apprécié ma compagnie au moins autant en dehors de la chambre qu'à l'intérieur – tout cela à cause d'une prostituée d'il y a plus d'un siècle qui, de toute façon, n'aurait pas pu faire le poids face à Sorsha ? Pourquoi étais-je si déterminé à jeter ce que j'avais tant désiré il y a toutes ces années, maintenant que je l'avais pour de bon ?

Quel soulagement ce serait d'arrêter de refouler ces sentiments inattendus et… de l'aimer tout simplement.

Un sentiment de libération se répandait déjà en moi, relâchant plus de tension que je ne l'avais réalisé. Oui. Au diable tous ceux qui pensaient pouvoir décider de ce qu'un incube était capable de faire ou méritait. Si elle ne voulait pas être gouvernée par les règles qui font des mortels des mortels et des ombres des ombres, alors je pouvais très bien m'écarter un peu du chemin typique des incubes. Ce serait simplement au nom d'une satisfaction différente.

— Tu sais, dis-je avec un sourire plus large, tu as peut-être raison.

Et maintenant, si seulement nous pouvions faire en sorte que le dévoreur se souvienne à quel point il était tombé amoureux de cette femme lui aussi.

QUATORZE

Sorsha

— Rappelle-moi encore à quoi peuvent bien servir ces pathétiques tentatives de jouer les héros ? dit Omen alors que je m'examinais dans l'étroit miroir de l'entrée du camping-car.

Pour autant que je puisse en juger, j'avais l'air raisonnablement civilisée avec le chemisier propre et le jean que Ruse m'avait procurés, mais je ne pouvais pas dire que je faisais totalement confiance à ma capacité de jugement ces jours-ci. Demander à Omen n'était pas envisageable – j'aurais eu encore moins confiance en son évaluation.

Je m'essuyai les cheveux une dernière fois, lissant une boucle indisciplinée, et je me tournai vers notre chef.

— Je comprends que tu n'aimes pas les mortels, et nous avons eu quelques problèmes avec ma branche habituelle du Fonds, mais les amis que j'ai là-bas nous ont aidés.

Même mon connard d'ex nous a fourni des informations qui nous ont aidés à décimer les opérations de la Compagnie. Tout ce que je vais demander à ces gens, c'est s'ils savent quelque chose sur mes parents.

— Et tu es si sûre qu'ils auront quelque chose à nous dire plutôt que de se contenter de nous baiser ?

— Ils n'ont aucune raison de nous baiser, puisque, heureusement, je n'ai *baisé* personne dans ce groupe. Même s'ils ne sont pas des superhéros, je pense qu'on peut supposer qu'ils veulent éviter de faire du mal à l'humanité de l'ombre en général, sinon ils ne seraient pas membres du Fonds. Et oui, c'est la meilleure chance que nous ayons de découvrir quoi que ce soit sur mes parents. Ils n'auraient pas été assassinés par des chasseurs s'ils n'avaient pas œuvré contre ces crétins, et ça ressemble à ce que fait le Fonds. Ils se sont probablement rencontrés là-bas.

En supposant que les deux personnes qui m'avaient élevée pendant les premières années de ma vie aient vraiment été mes parents. Mais même si ce n'était pas le cas, j'avais besoin de savoir qui étaient le papa et la maman de mes vagues souvenirs et du mot dans ma boîte à bibelots. Cela devrait nous permettre de découvrir d'où je venais réellement et comment j'avais fini avec des pouvoirs magiques et du sang qui se transformait en fumée lorsque mon adrénaline explosait.

Ruse arriva derrière moi. Il tira sur ma queue de cheval d'un air taquin.

— Malheur à ceux qui ne te donnent pas de réponses. J'ai vu avec quelle rapidité tu déterrais la vérité, Miss Blaze. Et je serai là, dans l'ombre, pour entendre si des secrets sont dévoilés dans ton dos.

— Contente-toi de te retenir de faire trébucher qui que

ce soit, dis-je, même si cela ne m'avait pas vraiment dérangée de le voir faire tomber sur le cul mon perfide ex, lors de la première réunion du Fonds où mes compagnons de l'ombre m'avaient suivie.

— Je ferai de mon mieux pour bien me comporter… pendant que nous sommes là-bas, du moins. Souriant, il posa les mains sur ma taille et se pencha pour déposer un baiser dans le creux de mon cou. Par tous les Champagnes doux et soyeux, l'incube savait comment illuminer chaque centimètre de mon corps d'un simple contact.

La tendresse de ce geste fit naître dans ma poitrine une chaleur qui n'était pas seulement due au désir. Notre intermède avec Thorn à l'hôtel n'avait rien changé sur le moment, mais aujourd'hui, Ruse était redevenu affectueux et démonstratif, l'homme dont je me souvenais des premiers jours de notre… association.

Peut-être même plus affectueux, ou simplement d'une manière qui ressemblait plus à l'expression de son propre bonheur qu'à une tentative d'user de son charme. Je ne savais pas trop ce qui avait fait la différence, mais je n'allais pas m'en plaindre.

— Je vais garder un œil sur l'incube, dit Thorn en grognant, une note d'amusement apparaissant dans son ton grave habituel. Et je m'assurerai qu'aucun des mortels ne cause d'ennuis à Sorsha.

— Voilà, dis-je à Omen, en repliant les bras sur ma poitrine – et peut-être en me penchant un peu dans l'étreinte de Ruse pour prolonger le plaisir. Je suis bien protégée.

— On pourrait même dire… entre de bonnes mains, murmura Ruse, faisant glisser ses doigts le long de mes flancs pour déclencher une vague de chaleur qui vint s'ajouter à la précédente. Il m'embrassa encore une fois, sur le côté du cou, avant de me lâcher. Mais bien sûr, je ne devrais pas laisser ces mains te distraire de ta mission.

Je lui lançai un coup d'œil à travers mes cils.

— Garde ça pour plus tard.

Antic traversa le couloir qui nous séparait, passant d'un état invisible à l'autre.

— Je veux aussi rencontrer cette bande de mortels ! Il y a tellement de nouveaux humains avec qui jouer. Si je les amuse, peut-être qu'ils se sentiront plus amicaux ?

— Euh…

Omen m'évita d'avoir à répondre, bien qu'il ait adopté une approche plus dure que la mienne. Il fixa le diablotin de son regard froid.

— Ton « jeu » a-t-il déjà mis ses destinataires de meilleure humeur ? Réfléchis bien.

Elle lui fit la moue.

— Je fais de mon mieux. Parfois, ils n'apprécient tout simplement pas une bonne blague.

— Je pense qu'on devrait garder les blagues pour quand j'aurai appris à les connaître un peu, dis-je, sautant sur cette excuse. Ainsi, nous pourrons nous assurer que tu réponds à leur sens de l'humour spécifique.

Omen haussa un sourcil, comme pour me demander pourquoi je me donnais la peine de parler d'humour avec la créature de l'ombre qu'il considérait comme un parasite, mais il ne contesta pas mon recadrage.

Antic soupira et s'assit par terre au milieu.

— Je suppose que tu as raison. J'ai juste l'impression que mes talents ne sont pas utilisés à leur juste valeur.

Une lueur d'inspiration s'alluma dans ma tête.

— Pourquoi ne pas passer un peu de temps à explorer la ville, discuter avec les hommes de l'ombre que tu rencontres, voir si tu peux trouver quelqu'un qui était là il y a vingt-cinq ans et qui pourrait avoir entendu parler des meurtres ?

— Je pourrais faire ça ! Elle se leva d'un bond et me salua d'un coup de tête. Je ne te laisserai pas tomber.

Le chien de l'enfer la suivit des yeux tandis qu'elle s'éloignait.

— Tu es sûre de vouloir qu'elle fasse nos premières impressions à notre place ?

— Au moins, les hommes de l'ombre ne fuiront pas de terreur à sa vue comme ils devraient le faire avec toi, n'est-ce pas ? Je serrai son biceps d'un air taquin en le dépassant pour me diriger vers la porte. Je vais essayer de faire court.

Rien dans la ville au-delà de la Toutemobile ne m'était vraiment familier. Je ne disposais que de quelques fragments de souvenirs de mon enfance, et il ne faisait aucun doute que l'endroit avait beaucoup changé au cours des vingt-cinq années qui s'étaient écoulées depuis que j'y avais mis les pieds pour la dernière fois. Pourtant, marcher dans la rue animée, devant les terrasses des cafés et les magasins remplis, me donnait l'impression d'être chez moi, comme si mon corps savait que j'étais à ma place. Peut-être était-ce une illusion, car je savais que j'avais commencé ma vie de mortelle ici, mais il y avait tout de même quelque chose d'agréable à cela.

Une fois notre histoire avec la Compagnie de la Lumière terminée, je devrais peut-être passer un peu de temps à refaire connaissance avec la ville où j'étais censée être née.

J'avais obtenu les coordonnées de quelqu'un de la branche d'Austin du Fonds de défense des ombres à partir d'une liste que tous les membres du Fonds recevaient une fois qu'ils avaient fait partie de l'organisation assez longtemps pour montrer leur dévouement. Lorsque je l'avais contactée la veille, alors que nous approchions de la ville, la femme m'avait dit que leur prochaine réunion se tiendrait dans le magasin de jeux vers lequel je me dirigeais maintenant. Les figurines en plastique d'orcs et de trolls placées dans les vitrines ressemblaient à des caricatures des véritables « monstres » qui vivaient parmi nous.

Je m'approchai du comptoir comme si j'étais chez moi et je souris au gars derrière, qui était assez costaud pour avoir manié une épée dans la vraie vie aussi bien qu'avec un jet de dé.

— Je suis ici pour la session de jeu de 16 heures. Le mot de passe est Lancedragon.

Le type leva son pouce et m'indiqua une porte derrière un présentoir de manuels d'instruction pour les cessions en grandeur nature.

— Entre. La plupart des habitués sont déjà là.

Je me préparai mentalement et poussai la porte. Je n'avais rien dit à propos de moi à mon contact – « Monica », puisque la fiche de contact ne comportait pas de nom de famille – mis à part que je pensais que mes parents avaient peut-être été impliqués dans le Fonds d'Austin il y a quelque temps. Ma branche locale n'avait aucune raison de croire que j'avais quitté la ville, et encore moins que j'étais venue ici. Je ne pensais pas que quelqu'un aurait envoyé un avertissement général alors que, pour autant que l'on sache, le pire que j'aie fait était d'être mêlée à une bande de brutes locales. Mais si nos expériences avec la Compagnie m'avaient appris quelque chose, c'était qu'il valait mieux être prudent que de ne pas l'être.

D'après la taille de la pièce et le petit nombre d'habitués qui levèrent les yeux à mon entrée, cette branche n'était pas aussi active que celle que j'avais laissée derrière moi. L'espace contenait deux tables, l'une ressemblant à une table de salle à manger avec huit chaises autour et une petite table à jouer sur le côté qui contenait pour l'instant un assortiment de canettes de boissons gazeuses et quelques bols de chips qui embaumaient l'air d'une odeur salée de pomme de terre. Seules quatre des chaises de la grande table étaient occupées.

La femme en bout de table devait être Monica… parce qu'elle était la seule femme du groupe. Elle me regarda à travers des lunettes de hibou, puis se leva d'un bond en souriant. Soulagée à l'idée d'avoir un peu de répit par rapport à la testostérone qui dominait la pièce ?

— Tu dois être Sorsha ! dit-elle avec impatience. Entre, entre, ne sois pas timide.

On voyait bien qu'elle ne m'avait pas encore rencontrée.

Les trois types qui se levèrent plus lentement auraient bien pu être les personnifications de quelques-unes des légendes mortelles les plus actuelles. Le premier portait un costume noir et des lunettes de soleil et arborait un air sinistre, comme s'il auditionnait pour rejoindre les Men in Black. En face de lui, un petit homme corpulent aux cheveux sauvages et bouclés aurait pu passer pour l'un des elfes du père Noël avec sa chemise verte à volants… ce qui était d'autant plus remarquable que l'homme costaud à côté de lui faisait une excellente imitation du père Noël avec sa moustache et sa barbe blanches et touffues.

Mes espoirs s'évanouirent avant même que je n'aie pu dire un mot. Toutes les personnes présentes, à l'exception de Santa, semblaient avoir moins de quarante ans, trop jeunes pour avoir été actives dans le Fonds à l'époque où mes parents l'auraient été.

Je leur fis un petit signe de la main.

— Enchantée de vous rencontrer. Le groupe est au complet ?

Monica tordit ses mains croisées devant elle.

— Je sais que notre branche n'est pas très impressionnante. Il y a quelques autres personnes qui viennent peut-être une fois par mois, mais elles ne sont pas aussi dévouées. Les choses ont été plutôt calmes par ici ces derniers temps, je suppose. Il n'y a pas beaucoup d'humains qui tombent sur l'humanité de l'ombre et qui finissent par prendre contact avec nous ces jours-ci.

L'homme à la barbe laissa échapper un petit rire.

— À l'époque, dix personnes se présentaient et c'était peu. On ne peut pas dire que les choses changent. Il inclina sa tête chauve vers moi. Bienvenue dans notre humble demeure. Je m'appelle Klaus.

Évidemment ! J'imaginais Ruse ricaner dans l'ombre. Je réussis à garder un sourire amical plutôt qu'incrédule.

— Si quelqu'un ici peut m'aider, c'est probablement vous, dis-je. Je ne sais pas ce que Monica vous a dit, mais je pense que mes parents faisaient partie du Fonds avant ma naissance. Peut-être même un peu plus tard. C'était il y a presque trente ans. Est-ce que vous travailliez avec cette branche il y a si longtemps ?

— Je suis membre depuis l'âge de vingt-deux ans – ce qui, je vous remercie de ne le dire à personne d'autre, remonte à quarante-cinq ans maintenant. Il se caressa pensivement la barbe, ce qui ne fit qu'accentuer ses airs de père Noël. Comment s'appelaient-ils ?

Je me mordis la lèvre.

— En fait, je ne sais pas trop… Ils sont morts quand j'avais trois ans. D'après ce que j'ai compris, ils ont été assassinés par des chasseurs, sans doute par vengeance. Je ne sais pas grand-chose d'eux à part ça, mais c'est pour ça que j'ai pensé qu'ils devaient travailler avec le Fonds. Pourquoi les chasseurs s'en seraient-ils pris à eux, à moins qu'ils ne se soient mis en travers de leur chemin pour aider les hommes de l'ombre ?

Pendant quelques secondes, les quatre humains me regardèrent fixement. J'imagine que les collègues assassinés n'étaient pas un sujet qui revenait souvent sur le tapis. Pour être franche, personne au Fonds n'était mort pour la cause pendant les onze années où j'avais travaillé avec eux – je n'avais même jamais entendu dire que quelqu'un avait été blessé dans l'exercice de ses fonctions jusqu'à ce que la Compagnie de la Lumière s'en prenne à Ellen.

C'est alors que les yeux de Klaus s'écarquillèrent.

— Ce doit être ce qui est arrivé à Philip. Mon Dieu. Cela ne m'est jamais venu à l'esprit – peut-être suis-je naïf.

Mon pouls s'interrompit.

— Vous les connaissiez ?

— Je *le* connaissais. Il s'appuya sur la table comme s'il n'arrivait pas à se tenir debout en y repensant. Il a travaillé pour le Fonds pendant environ cinq ans, si je me souviens bien. Vers la fin, il a cessé de venir, mentionnant quelque chose à propos d'une femme qu'il avait rencontrée et avec qui ça devenait sérieux. Je l'ai vue une fois, de loin, lorsqu'elle est venue le chercher après une collecte de fonds. Elle avait des cheveux roux comme les vôtres. On n'en voit pas beaucoup de cette couleur. Ça devait être ta mère.

— Donc, elle ne faisait pas partie du Fonds ?

Il secoua la tête.

— Et d'après ce que tu as dit, c'est à peu près au moment où tu es née qu'il a cessé de venir aux réunions.

Nous sommes restés en contact par téléphone, mais la dernière fois que je l'ai appelé, son numéro était hors service. C'était à l'époque où nous utilisions encore des lignes fixes pour la plupart des choses… J'ai supposé qu'il avait simplement déménagé de la ville. Si j'avais eu la moindre idée… assassiné…

Le massacre n'avait pas dû faire l'objet d'une couverture médiatique importante. Peut-être que personne ne s'était rendu compte de ce qui s'était passé. Les chasseurs auraient pu brouiller les pistes. Les employés de la Compagnie le faisaient régulièrement de manière très efficace.

Et pour ce que j'en savais, ce n'était pas des chasseurs de base, mais la Compagnie elle-même qui s'en était prise à mes parents. Luna craignait que celui qui les avait tués ne s'en prenne à nous ensuite, et c'était apparemment des mercenaires de la Compagnie qui l'avaient attaquée.

— Avez-vous une idée de ce qu'ils ont pu faire en dehors du Fonds et qui aurait pu énerver des chasseurs ou d'autres personnes voulant nuire à l'humanité de l'ombre ? demandai-je.

— Je ne pense pas. Philip n'était pas du genre à rechercher la violence… Je me souviens à quel point il râlait lorsqu'il devait soigner un peu de sang provenant d'une coupure à cause d'un papier. Il s'intéressait davantage à la recherche, et les coupures aux doigts étaient donc monnaie courante. Mais je ne sais pas ce que votre mère a pu faire. Et peut-être qu'il s'est fait le cuir pour les confrontations directes après qu'il nous a quittés.

Voilà qui répondait à une autre question que j'aurais pu me poser, à savoir si ce type avait vraiment été humain. Si Santa Klaus avait vu mon père saigner, il ne pouvait pas être une ombre typique, de toute façon.

— Les coupures de papier sont les blessures les plus douloureuses au monde, dis-je.

— Il aurait pu dire ça, j'en suis sûr. Klaus plissa les yeux. Je peux le voir en toi maintenant. Tu as peut-être la couleur des cheveux de ta mère, mais ce nez et cette mâchoire... Il faudra que je voie si j'ai des photos à te donner. Nous n'enregistrons pas nos activités en détail, comme tu le sais sûrement.

— Oui, bien sûr. Une sensation m'envahit les poumons, à la fois excitante et troublante. J'avais déjà trouvé une piste – je connaissais maintenant le nom de mon père. Mais où cela allait-il me mener ? Klaus ne savait manifestement rien des circonstances de ma naissance. Il ne savait même pas que j'existais.

Et si je ressemblais à ma mère et à ce Philip... alors j'étais vraiment humaine. Ou du moins, c'est ainsi que j'avais commencé. J'avais déjà compris que je ne pouvais pas être une ombre, étant donné que je pouvais manipuler l'argent et le fer et que je saignais du sang humain.

L'un de mes parents ou quelqu'un d'autre avait-il fait quelque chose pour créer ce pouvoir en moi ?

Le bon vieux Santa n'en avait pas la moindre idée. Je n'allais certainement pas dévoiler mes pouvoirs de feu à cette bande. Quelle première impression cela ferait !

Monica jeta un coup d'œil à Klaus.

— Y a-t-il quelqu'un de cette génération avec qui tu es encore en contact ? Peut-être que quelqu'un d'autre est resté en contact plus étroit avec Philip et pourrait en dire plus à Sorsha sur ce qui s'est passé après qu'il a quitté le Fonds.

— Je ne vois personne. Il a toujours tenu sa vie en dehors de nos affaires. Comme je l'ai dit, je ne savais même pas qu'il travaillait encore pour les ombres après son départ, mais si les chasseurs l'ont poursuivi, c'est qu'il devait le faire. Nous n'avons jamais mené d'opérations qui auraient pu les provoquer à ce point. Aucun membre du Fonds n'a jamais été inquiété.

C'est peut-être pour cela que papa était parti. Il avait un côté audacieux sous ses airs de rat de bibliothèque et il était devenu justicier, sachant que le Fonds n'approuverait pas une riposte plus dure contre les gens qui menaçaient l'humanité de l'ombre. Tout comme j'avais toujours caché au reste de ma branche mes effractions pour libérer les ménageries des collectionneurs. Tel père, telle fille ?

Je déglutis.

— Et si je te disais que je pense que les gens qui les ont tués, ma mère et lui, sont peut-être encore dans les parages ? Qu'ils ont fait du mal à bien d'autres personnes – et à l'humanité de l'ombre – depuis lors ?

L'homme en noir se redressa.

— Eh bien, nous devrions faire quelque chose à leur sujet, évidemment. Mais nous n'avons rien vu d'important jusqu'ici. Tu penses qu'ils ont réussi à le cacher ?

— Je ne suis pas sûre de ce qu'ils font à Austin en ce moment, dis-je, mesurant ce que je leur disais par prudence. Les personnes que je pense être responsables ont construit un réseau à travers un tas de villes différentes. Je crois savoir où ils sont le plus actifs aux États-Unis. Nous sommes quelques-uns à nous y rendre pour essayer de les empêcher de continuer.

L'elfe à la chemise verte fronça les sourcils.

— Les arrêter comment ? S'ils sont à ce point retranchés…

— Il est clair qu'il faut essayer ! Klaus se redressa. Nous n'avons pas eu plus que des incidents mineurs à gérer depuis des années, et ils n'ont pas été nombreux.

Nous pourrions faire le voyage pour une plus grande cause, n'est-ce pas, Monica ?

La femme cligna des yeux, son empressement s'estompa, puis elle releva le menton.

— Je suppose que je ne vois pas pourquoi nous ne pourrions pas… d'une manière ou d'une autre. Il doit y avoir des mesures que nous pouvons prendre sans faire de bruit.

C'était vrai. Parce qu'ici comme chez nous, éviter de faire du bruit était plus important que de protéger les ombres contre des psychopathes meurtriers.

La tension dans ma poitrine se condensa en une boule qui s'installa dans mes tripes. J'étais humaine, et en ce moment, tout ce que je voyais, c'était à quel point Omen avait raison de dénigrer mon espèce. Ils n'avaient même pas remarqué qu'un de leurs membres avait été assassiné sous leur nez. Et maintenant qu'ils le savaient, ils s'étaient mis à chercher comment régler le problème en perturbant le moins possible leur propre vie ou celle des méchants.

J'avais accompli davantage pour la défense de l'humanité de l'ombre au cours du mois écoulé que ces gens ne le feraient de toute leur vie.

Mais ils étaient prêts à participer d'une manière ou d'une autre, et si c'était suffisant pour embarquer Antic dans l'aventure, ça l'était aussi pour nos alliés humains. Je devais voir le verre à moitié plein.

— Très bien, dis-je. Je vais continuer à fouiller la ville pour voir ce que je peux trouver d'autre sur mes parents, mais quand nous aurons un plan pour nous attaquer à leurs assassins, vous aurez de mes nouvelles.

Et peut-être qu'une fois que l'idée aurait fait son chemin, ils se soucieraient un peu moins de l'agitation et un peu plus de la justice.

QUINZE

Sorsha

Toutes les questions qui restaient en suspens jetaient une ombre inquiétante sur moi. Pourtant, je me montrai très optimiste lorsque Omen demanda un rapport sur la réunion et au cours des conversations qui suivirent, tant avec mes compagnons de l'ombre qu'avec les divers mortels que j'avais rencontrés alors que je faisais ce que je pouvais des informations de Klaus.

Malheureusement, ces conversations ne me menèrent nulle part. Klaus m'envoya des clichés de quelques vieilles photos qu'il avait trouvées et qui montraient un gars maigre ayant à peu près l'âge que j'avais maintenant, avec des cheveux blonds hirsutes et de nombreuses taches de rousseur, mais voir mon père ne m'apprit pas grand-chose sur lui, et encore moins sur moi. Mon Santa Klaus ne se souvenait même pas du nom de famille de Philip.

Je vérifiai les registres d'état civil que je pus trouver auprès de l'administration de la ville, mais aucune Sorsha n'était née ou aucun enfant n'était né d'un Philip aux alentours du jour que j'avais toujours cru être mon anniversaire. Était-ce un mensonge, ou mes parents avaient-ils simplement refusé de déclarer ma naissance ?

Compte tenu de ce que j'étais, cette dernière hypothèse ne me semblait pas totalement invraisemblable. Mais cela signifiait que je n'avais nulle part où aller, aucun moyen de retrouver d'autres membres de ma famille ou même d'avoir de bonnes questions à poser.

Après le dîner, le poids de l'incertitude me pesait. Je me retirai dans ma chambre pour me ressaisir.

Pickle m'avait peut-être un peu pardonnée d'avoir accidentellement fait griller ses écailles, mais nous n'étions pas encore redevenus de bons copains. Lorsque je le pris dans mes bras pour le câliner, il se tortilla, traversa la pièce plusieurs fois, grimpa sur le lit et se réfugia finalement dessous, où il avait construit un nid à partir d'un tas de tissus de rideaux que les équidés avaient laissés là.

Je m'allongeai et j'essayai de me changer les idées, mais l'agitation du dragon m'avait contaminée. Après plusieurs minutes passées à me déplacer sans trouver de position qui me détende, je me levai et retournai dans l'espace commun du camping-car.

Ruse et Snap étaient assis à la table, tous deux avec une poignée de cartes à jouer. L'incube avait décidé que, puisque ses tentatives pour déterrer les souvenirs de Snap n'avaient pas abouti, son prochain projet serait d'enseigner le poker au dévoreur. Ils faisaient leurs paris avec des myrtilles dans de petits bols près de leur coude. Snap préférait probablement gagner ces myrtilles plutôt que de l'argent de toute façon.

— Je vois ton trois et je relance de cinq, dit Ruse en agitant ses cartes et en me jetant un coup d'œil.

— Où sont passés les autres ? demandai-je. À moins qu'ils soient juste en train de rôder autour de nous ? Même après tout le temps que j'avais passé en compagnie des ombres, le fait de savoir qu'elles pouvaient être dans les parages et observer sans que je puisse le savoir était un peu déconcertant.

L'incube secoua la tête.

— Thorn est parti faire une grande patrouille, comme on peut l'imaginer. Le diablotin est parti à la recherche des ombres dans la banlieue que nous avons traversée en venant ici, et Omen s'est mis en tête de mener sa propre enquête. Je ne sais pas trop où il s'est dirigé – il n'a pas été très loquace au sujet de sa décision.

— C'est bien son style.

— En effet. Ruse désigna la table. Tu veux participer à une partie amicale ?

J'hésitai, mais je n'étais pas sûre d'être d'humeur à échanger des plaisanteries en ce moment.

— Je crois que je vais aller me promener. Je n'irai pas loin.

— Ne t'absente pas trop longtemps, ou Thorn va faire une crise de nerfs.

Le coin de mes lèvres se souleva.

— Je ferai de mon mieux pour éviter ça.

Nous nous étions garés à la périphérie de la ville, dans une zone boisée isolée, non loin de la rivière. Je passai devant un banc de pique-nique qui, à en juger par ses coins rognés et la saleté de ses planches, n'avait pas été utilisé depuis des années, et je suivis un sentier envahi par la végétation qui descendait jusqu'au bord de l'eau.

La brise murmurait à travers les branches feuillues et

l'air frais léchait mon visage. L'odeur fraîche et terreuse de l'automne commençait à émerger des dernières bouffées de l'été. Tout était très paisible jusqu'à ce qu'un chœur de grenouilles, dont le son était à la fois poussif et rauque, se mette à retentir. Une excellente musique d'ambiance.

Le soleil était presque descendu derrière les bâtiments au loin. Je marchais dans l'autre direction, évitant les branches tombées et les buissons, ce qui me permettait de me concentrer sur autre chose que sur la façon dont j'étais devenue l'être impossible que j'étais. Lorsque la brise devint suffisamment fraîche pour que je regrette de ne pas avoir mis une veste par-dessus mon t-shirt fin, je fis demi-tour et repris le chemin que j'avais emprunté.

J'avais presque atteint le bout du chemin lorsque les derniers rayons du soleil s'accrochèrent à une tête aux boucles dorées qui se dirigeait vers moi. Le visage de Snap s'éclaira lorsqu'il me vit, mais il y avait aussi quelque chose d'hésitant dans son expression. Ce n'était pas l'air habituel de l'être qui aimait se jeter à corps perdu dans tout ce qui l'intéressait.

Garder ma façade nonchalante était plus difficile avec lui qu'avec les autres. Chaque fois que je prétendais que nous n'étions que de simples associés, mon estomac se nouait à nouveau. Mais ce n'était pas de sa faute.

— Tu as envie de te dégourdir les jambes ? dis-je avec mon meilleur sourire amical et désinvolte.

Le dévoreur sourit à son tour, mais l'hésitation persistait. Il s'arrêta à quelques mètres de moi.

— Je voulais savoir comment tu allais. Tu es partie depuis un certain temps.

Oh. Je n'aurais pas pensé que ce Snap me prêtait suffisamment d'attention pour s'inquiéter, mais j'étais peut-être injuste. Je tendis les bras comme pour lui montrer.

— Je vais bien. J'avais juste besoin d'un peu d'air.

— Tu retournes à la Toutemobile, alors ?

J'avais pensé que oui, mais mes jambes rechignèrent. Ma morosité ne pesait pas aussi lourd ici. Je n'étais pas pressée d'y retourner.

— Je vais peut-être m'asseoir au bord de la rivière un peu plus longtemps.

Snap marqua une pause.

— Je pourrais m'asseoir avec toi si tu veux de la compagnie.

Sa présence apportait un poids différent, mais je ne pouvais pas le renvoyer alors qu'il s'était proposé si gentiment.

— D'accord. Merci.

Nous nous installâmes sur une pelouse, près des restes d'un mur en béton, avec quelques jeunes arbres entre nous et l'eau qui ondulait. Je m'appuyai contre la surface effritée du mur. Snap tripota une fleur qui avait poussé à proximité, en prenant soin de ne pas la détacher de sa tige.

— Je suppose que parfois tu dois avoir besoin de faire une pause avec nous autres, toujours à te harceler sur des choses dont tu ne te souviens pas, hein ? dis-je quand le silence commença à me déranger.

— J'aimerais m'en souvenir, dit Snap. Je ne vous en veux pas d'essayer de m'aider. Cela vous dérange tous aussi. Il leva les yeux vers moi. Surtout toi, je crois.

Ce n'était pas une question, mais je ressentis le besoin d'y répondre quand même.

— On avait… appris à se connaître assez bien avant tout ça. Tu es toujours toi, mais la façon dont ça s'est passé, je ne sais pas si ça peut être reproduit. Peut-être qu'on ne sera plus jamais si proche. Mais ce n'est pas grave. Ce n'est pas de ta faute. Au contraire, c'est la mienne.

Il cligna des yeux.

— Qu'est-ce que tu veux dire ?

— Eh bien, je... Je détournai le regard et tirai sur quelques touffes d'herbe près de mon genou. Le pire, on peut évidemment le mettre sur le dos des connards de la Compagnie. J'en suis consciente. Mais ils ne t'ont capturé que parce que tu étais parti tout seul et je pense que si j'avais mieux géré certaines choses tu ne l'aurais pas fait.

— Je suis sûr que si je suis parti, c'est pour des raisons qui me sont propres. Tu n'aurais pas pu m'en empêcher.

— Bien sûr que non, mais... C'est difficile à expliquer. Comment pouvait-il comprendre à quel point nous nous étions empêtrés émotionnellement alors que l'être qu'il était maintenant était redevenu quelqu'un qui n'avait aucune notion des relations intimes ? Mais tu sais, nous avons des problèmes plus importants à régler. On fera avec.

Snap m'observa pendant un long moment.

— Je ne sais pas ce que j'aurais fait ou dit avant, mais je sais que je n'aime pas te voir bouleversée. Il s'approcha un peu plus de moi. Avec une délicatesse qui me fit soupçonner qu'il se souvenait d'avoir vu Ruse ou Thorn faire la même chose et qu'il avait peur de se tromper, il prit ma main dans la sienne.

Ce simple geste, qui aurait eu une signification bien plus grande une semaine auparavant, me fit monter une boule dans la gorge. Je déglutis bruyamment. Peut-être que je pouvais simplement pencher ma tête légèrement sur le côté pour qu'elle repose contre son épaule.

Snap ne s'écarta pas, mais il ne m'attira pas à lui comme il l'aurait fait auparavant. Je fermai les yeux, respirant son odeur, celle du trèfle avec sa note sombre de mousse. Une douleur m'envahit la poitrine. Cela améliorait-il les choses ou les aggravait-il ?

— Tu me manques, ne puis-je m'empêcher de dire. Les mots étaient trop sincères pour être retenus.

Je suppose que Snap, qui prenait les choses à la lettre ne put retenir sa réponse non plus.

— Je suis là.

Oui, la part essentielle de sa personne était bien là : la douceur, l'émerveillement et la compassion. Mais pas l'homme qui avait voulu me revendiquer comme sienne, qui m'avait vue comme une héroïne brillante, qui avait été à la fois si sauvage et si tendre dans sa dévotion. L'homme avec qui j'avais commencé à imaginer construire une sorte de vie une fois tout cela terminé, quel que soit le royaume d'où il venait.

J'avais éveillé en lui le désir et la passion, certes, mais n'en avait-il pas éveillé beaucoup en moi en même temps ? J'avais commencé à voir des choses, à apprécier des choses, à désirer des choses auxquelles je n'aurais jamais pensé auparavant… ou peut-être que je ne me serais pas permis de penser.

Le mal s'étendit jusqu'à mes tripes et la base de ma gorge avec une vérité plus déchirante que celle qui aurait pu suivre mon premier aveu. Mais à quoi bon le dire ? C'était l'occasion que j'avais, à partir de maintenant, de prétendre que ce n'était pas vrai. De prendre du recul par rapport à la voie dans laquelle je m'étais engagée, où ma vie aurait été mêlée à celle de mes amants de l'ombre bien au-delà de la mission qui nous était confiée.

Ne serait-il pas préférable de rompre ce lien ici et de retrouver une existence humaine normale dès que possible ?

La question me traversa l'esprit, et je me crispai, car je la rejetais. Je n'étais pas une humaine normale, et quoi que je sois, ce n'était pas grave. Je préférais être cela plutôt que l'une de ces personnes tant effrayées par les risques et les conséquences.

Je l'admettais : même si je ne pouvais pas avoir Snap comme auparavant, j'aurais bien aimé.

J'ouvris la bouche, mais les mots restèrent coincés dans ma gorge. Je ne les avais dits à personne depuis Malachi, il y a des années – depuis que l'homme qui avait décidé que je n'étais même pas digne d'une conversation s'était effacé de notre vie commune. Un bout de texte me vint plus facilement, déformé jusqu'à devenir presque ce que je voulais dire.

— D'une certaine manière, je suis restée comme de la colle, chantonnai-je, en regardant la rivière à travers les arbres. Je n'étais que neige et givre jusqu'à ce que je te trouve.

— Sorsha ? dit Snap sans bouger pour me déloger. Le clair de lune scintillait à travers les ondulations de l'eau, et ma poitrine se contracta.

Les paroles massacrées ne suffirent pas. Je n'avais qu'à le dire. Une fois, à voix haute. Il méritait de savoir, même s'il ne pouvait pas vraiment comprendre.

Mes doigts se resserrèrent autour des siens. Mes lèvres s'écartèrent et les mots sortirent.

— Je t'aime. Tel que tu es, avec tout ce qui fait de toi un dévoreur aussi. J'aurais dû te le dire à l'époque, quand ça comptait beaucoup plus, mais c'est le mieux que je puisse faire. Je t'aime.

Snap s'était figé à côté de moi. Merde, je l'avais probablement terrifié avec cette déclaration apparemment sortie de nulle part. Sa main lâcha la mienne, et je levai la tête pour lui laisser de l'espace – devais-je m'excuser ? Mais avant d'avoir le temps de dire quoi que ce soit, ses bras s'étaient enroulés autour de moi, m'étreignant complètement.

Mon cœur se mit à battre la chamade. J'avais envie de lever les yeux vers lui pour voir la tête qu'il faisait, mais j'avais peur de bouger dans son étreinte et de gâcher le moment.

Son menton s'installa dans une position familière sur le sommet de mon crâne. Un léger frisson parcourut son corps et ses bras se resserrèrent. Il respira ensuite plus difficilement. Puis il parla, sa voix claire était si faible qu'on aurait dit qu'elle provenait d'un creux profond et sombre à l'intérieur de lui.

— Ma pêche ?

Mon pouls eut des hoquets. Avais-je bien entendu ? Impossible – à moins que quelqu'un ne lui ait parlé du surnom qu'il m'avait donné ?

Il n'y avait qu'une seule réponse possible.

— Mon dévoreur ?

Un autre frisson le parcourut, puis d'un seul coup, il me prit sur ses genoux, me tournant en même temps pour que je lui fasse face.

— Sorsha, dit-il, toujours tendu, mais avec une émotion féroce que je n'avais pas entendue depuis que nous l'avions sauvé. Comme une exigence. Comme une revendication.

Une brûlure s'insinua dans mes yeux.

— Snap ? Est-ce que tu… ?

Je me forçai à lever la tête malgré ma peur de briser l'instant. Snap me fixa d'un regard si chargé de désir que l'espoir que je n'avais pas encore osé laisser s'exprimer m'inonda.

Je touchai sa joue, et il pencha la tête vers ma caresse, le bord de sa mâchoire venant s'appuyer contre ma tempe. Son souffle hésitant baignait mon visage de chaleur. Son étreinte se resserra.

— L'expression de ton visage, murmura-t-il. Je… Il recula d'un bond. Ses bras tombèrent le long de son corps, son visage se crispa et une lueur fluo s'alluma dans ses yeux vert mousse. Je suis un monstre.

L'aveu me transperça. Je pivotai sur ses genoux, agrippant son visage lorsqu'il voulut s'écarter encore plus. C'était la raison, après tout – pas les tourments de la Compagnie, bien qu'ils y aient sans aucun doute contribué.

Il ne s'était pas dévoré pour échapper à leurs expériences. Il s'était dévoré au moment où il était devenu ce qu'il détestait chez lui et il avait accidentellement emporté avec lui tout le reste de ces derniers mois.

— Oui, dis-je en le regardant droit dans les yeux. Tu es un monstre. Tout comme Ruse, Thorn et Omen. Certains jours, je le suis aussi. Je t'aime avec tout ce que cela comporte de monstruosité. Je ne… j'ai juste été surprise. Je ne savais pas à quoi m'attendre. Ça n'a pas changé l'importance que tu as à mes yeux, pas du tout.

— Je n'ai pas seulement tué cet homme, dit Snap. J'ai déchiqueté son âme petit à petit, et chaque instant a été une douleur atroce pour lui.

Je lui fis un sourire sinistre.

— Et j'ai brûlé vives plus de personnes que je ne peux en compter. Je n'imagine pas qu'elles aient beaucoup apprécié cette expérience avant d'être tuées.

— Ça m'a *plu* de le faire. Je m'en suis délecté, de tous les morceaux de sa vie que j'ai pu consommer. Je… Il baissa le ton. Pendant un moment, j'ai voulu te dévorer.

Cela aurait été l'acte ultime de me faire sienne, n'est-ce pas ? Je n'allais pas me porter volontaire, mais cet aveu ne suscita pas l'horreur à laquelle il s'attendait manifestement.

Je passai de nouveau le bout de mes doigts sur sa joue et dans ses cheveux dorés.

— Mais tu ne l'as pas fait. As-tu la moindre idée du nombre de choses horribles que j'ai voulu faire au cours de ma vie ? Personne ne contrôle les idées ou les sentiments qui lui viennent à l'esprit. Nous sommes ce que nous disons et faisons, pas ce qu'on ne fait pas. Le fait que tu aies voulu le faire et que tu ne l'aies pas fait montre ce qui compte vraiment pour toi, plus que si tu n'avais jamais voulu le faire.

— Cela pourrait se reproduire. Je pensais pouvoir être sûr de ne plus jamais céder à cette faim, mais j'avais tort. C'est pourquoi... les choses que j'ai glanées dans les souvenirs de cet homme – je pensais que peut-être la Compagnie saurait comment détruire les parties dangereuses de mon corps. Je suis allé leur demander, leur montrer... mais ils ne m'ont pas donné l'occasion de dire quoi que ce soit.

Cela me fit mal pour lui et j'eus le cœur brisé.

— C'était à prévoir. Ils ne veulent pas croire que l'un d'entre vous puisse être autre chose qu'une bête immonde.

— Je le sais maintenant. Ils m'ont enveloppé dans l'un de ces filets et m'ont enfermé dans ce caisson étincelant, et quand ils m'en ont sorti, ce ne fut que douleur et... Il tressaillit à ce souvenir. Je voulais tellement m'éloigner de ça, de ce que j'avais fait avant, de tout ça. Je ne voulais pas tout oublier. Je ne suis même pas sûr de ce que j'ai fait. C'est juste... arrivé.

— Je ne te reproche pas d'avoir fait tout ce que tu

pouvais pour supporter leur torture. Et je ne te blâme pas non plus pour ce que tu as fait à ce connard. Si un salopard est de nouveau sur le point de m'étriper, j'espère que tu déchireras son âme en autant de petits morceaux que tu pourras.

La lueur fluo revint dans les yeux de Snap. Sa langue fourchue se glissa entre ses lèvres. Il n'avait toujours pas l'air complètement convaincu.

Je descendis de ses genoux et l'entraînai avec moi. Avec sa carrure élancée et sa beauté céleste, il m'était facile d'oublier sa taille impressionnante jusqu'à ce qu'il se tienne juste au-dessus de moi, son menton frôlant mon front. Mais il était là. Mon dévoreur. Il était avec moi, complètement, alors que j'avais commencé à croire que je ne l'aurais plus jamais, et cela ressemblait à un miracle.

Je reculai d'un pas pour pouvoir croiser à nouveau son regard.

— Tu as vu comment je t'ai regardé quand ta métamorphose m'a surprise. Pourquoi ne pas voir comment je réagirais maintenant ? Déploie ta forme de dévoreur. Je sais que tu ne me feras pas de mal.

— Sorsha…

Je remontai les doigts le long de son torse mince.

— S'il te plaît, mon dévoreur ?

Je ne sais pas si c'est la supplication ou la requête qui le décida, mais il inspira brusquement et recula pour se donner de l'espace. Ses épaules se raidirent. Pendant une seconde, il sembla si mal à l'aise que je faillis revenir sur ma demande. Puis l'étrange lumière verte qui avait brillé dans ses yeux se répandit sur le reste de son corps.

Son corps s'étira comme dans mon souvenir jusqu'à ce qu'il me dépasse d'un bon mètre. Son visage s'allongea pour accueillir cette mâchoire monstrueuse qui pouvait s'ouvrir pour englober une tête humaine entière. Ses pupilles s'étaient rétrécies en fentes autour de la lueur fluo dans ses yeux, et ses doigts s'agitaient sans cesse à ses côtés, longs et arachnéens.

J'aurais peut-être dû être horrifiée. Mais il n'avait pas perdu ses boucles dorées, et les contours de son visage me rappelaient toujours un dieu solaire éblouissant, même s'il s'agissait d'une version plus démoniaque. Je pouvais voir Snap à travers la forme qui était son état le plus naturel, même s'il aurait préféré éviter ce côté de lui-même. Il avait l'air brutal et troublant, et d'une beauté dérangeante, mais indéniable.

Ce n'est pas votre genre ? Pas de problème. Il était tout à moi. Laissez quiconque essaye de m'enlever ce monstre.

En tendant la main, je pus tracer sa traître mâchoire du bout des doigts.

— Mon dévoreur, répétai-je. Et puis plus doucement, parce qu'il était encore difficile de le dire, mon amour.

Un éclat s'illumina dans les yeux de Snap. Il se contracta sur lui-même dans un soupir, son corps reprenant à peine sa forme humaine avant qu'il ne m'attrape dans ses bras légers.

Il m'embrassa comme s'il avait suffoqué et que j'étais son seul souffle. Dans toute la passion qu'il m'avait montrée auparavant, il n'avait jamais été aussi intense. En l'embrassant à mon tour, j'emmêlai les doigts dans ses doux cheveux et je m'accrochai à lui.

— Ma pêche, dit-il contre mes lèvres. Ma Sorsha. Puis il replongea pour s'emparer de ma bouche tout aussi profondément une deuxième fois.

Je laissai une de mes mains glisser sur son torse et un grognement sauvage résonna dans sa gorge. Toujours en train de m'embrasser, il me fit tourner autour de lui. Je me retrouvai pressée contre un tronc d'arbre, l'écorce rugueuse contre ma chemise et les jambes écartées autour de la taille du dévoreur.

Snap m'ajusta contre lui, les mains sur mes cuisses, tandis qu'il posait les lèvres sur mon cou. Le bout de sa langue fourchue brûla ma peau sensible. Son pubis se pressa contre mon sexe laissant supposer une taille indéniable qui provoqua une vague de chaleur remontant jusqu'à mon ventre.

— Trop longtemps, marmonna-t-il. Trop de jours perdus avec toi dans cette horrible prison et ensuite quand j'avais tout oublié. Je veux te goûter partout de nouveau et te faire haleter de tant de façons, mais pour l'instant, j'ai simplement besoin d'être en toi.

— S'il te plaît, dis-je dans un halètement digne de ce nom, rien qu'à cause du frottement de son érection qui se pressait entre mes cuisses à travers les couches de tissu.

Ses mains agiles ne tardèrent pas à s'attaquer à mon pantalon. Il dut s'écarter pour me laisser l'enlever ainsi que ma culotte, mais à la seconde où les vêtements tombèrent par terre, il me hissa de nouveau contre l'arbre. Tout en empoignant mes fesses d'une main, de l'autre il enfonça ses doigts fins dans mes replis humides. Ils se recourbèrent en moi pour trouver le point de plaisir le plus profond à l'intérieur. Lorsqu'ils caressèrent ce point, je gémis sous le flot de plaisir qui m'envahissait.

Snap remua les doigts en moi et avala tous les autres sons que j'aurais pu faire dans un autre baiser ardent. C'était tellement bon, mais ce n'était pas ce qu'il m'avait promis.

— Snap, dis-je quand il relâcha mes lèvres, un gémissement de désir s'insinuant dans ma voix.

Il comprit. En un clin d'œil, ses vêtements disparurent

– il les avait formés avec sa magie d'homme de l'ombre et pouvait s'en débarrasser tout aussi facilement. Il saisit mes hanches et enfonça son membre rigide en moi, non pas lentement et longuement comme la première fois que nous avions fait l'amour, mais jusqu'à la garde d'un seul coup. Merci à tout ce qu'il y avait de ferme et de tordu. Le coup de boutoir déclencha une nouvelle vague de plaisir qui me fit renverser la tête contre le tronc d'arbre.

Mais une fois que nous fûmes réunis, l'urgence du dévoreur sembla momentanément calmée. Il gémit de plaisir, le son passant de sa poitrine à la mienne, et traça avec sa langue un chemin vertigineux le long de ma mâchoire.

— Ma Sorsha. Je t'aime aussi. Plus que n'importe quelle pêche.

Un rire m'échappa, même si mon corps avait envie qu'il me besogne jusqu'à ce que j'atteigne l'orgasme.

— C'est assez impressionnant, mais seulement des pêches ? Et les bananes ? Les fraises ? Les mangues…

Il laissa échapper un son qui était presque un grognement et plongea plus profondément en moi, exactement comme je l'avais voulu.

— Plus que n'importe quel fruit. Plus que tout. Tu es à moi, et je suis à toi.

Hmm. Lorsqu'il recommença ses coups de reins, je ressentis encore plus de plaisir, et je ne pus me concentrer pour le taquiner davantage. Mais un autre point que je devais soulever surgit à travers la brume extatique qui obscurcissait mon esprit.

— Tu ne partiras plus jamais, inquiet ou pas. Tu resteras et tu me parleras. Promets-moi.

— Je ne partirai pas, accepta-t-il. Je le jure. Puis ses lèvres se posèrent sur les miennes, nos respirations et nos langues se mêlèrent, et nous en finîmes tous les deux avec la conversation.

Mes hanches ondulaient pour suivre les va-et-vient de Snap, et si mes fesses étaient frottées à vif par l'écorce de l'arbre, je m'en fichais éperdument. Je ne sentais rien d'autre que le plaisir qui traversait mon corps à chaque pulsation de son sexe en moi. Je m'agrippai à ses épaules, et atteignis l'orgasme plus rapidement qu'un ouragan.

Mon corps entier trembla lorsque je jouis. Une décharge électrique des plus exaltantes me secoua. Le cri qui jaillit de ma gorge fut probablement entendu jusqu'au camping-car. On s'en fichait. Qu'ils sachent que notre dévoreur était à nouveau lui-même !

Lui-même, et à moi.

Snap me suivit jusqu'au bout du plaisir et jouit avec un gémissement de satisfaction. Ses doigts se refermèrent sur mes cuisses alors qu'il éjaculait en moi. Il me maintint là, contre l'arbre, pendant une minute encore, me caressant le côté du visage, aussi doux désormais qu'il avait été vorace quelques instants plus tôt.

— Je suppose que nous devrions rentrer, dit-il à regret en me faisant glisser pour que mes pieds touchent le sol. Les autres vont s'inquiéter.

— Pour toi autant que pour moi. Je me redressai pour lui donner un dernier baiser rapide et je cherchai mon pantalon à tâtons. On ne voudrait pas leur causer de crises de panique. De toute façon, j'ai une chambre dans le camping-car, et nous n'avons rien de prévu pour le reste de la nuit, alors…

Snap me regarda avec un air plus narquois que d'habitude.

— Nous avons beaucoup de temps à rattraper.

— C'est vrai. Frappée par une vague de gratitude et

d'affection trop puissante pour être ignorée, je l'entourai de mes bras dans une nouvelle étreinte. Des larmes qui, cette fois, étaient surtout joyeuses se formèrent derrière mes paupières. Au cas où je ne l'aurais pas dit assez clairement, je suis si heureuse que tu sois de retour.

Et qui savait combien de temps nous aurions pour rattraper ce que nous avions perdu avant que la Compagnie ou une nouvelle catastrophe ne nous tombe dessus.

SEIZE

Omen

près avoir passé beaucoup de temps du côté des mortels, il était devenu évident que la plupart des zones du royaume des ombres étaient mornes et amorphes. Comment un décor pouvait-il avoir le même impact que les sites les plus banals du monde des mortels, dans un univers où nos interactions se réduisent à de vagues impressions et à des sensations éphémères ?

Le fait que le creux profond et tentaculaire de l'endroit où habitaient les Très Hauts me paraisse toujours aussi imposant n'était donc pas anodin. Les ténèbres y étaient plus épaisses et plus noires que dans n'importe quelle autre partie du royaume. Les plans d'ombre semblaient se dresser au-dessus de vous et menacer simultanément de vous aspirer vers le bas. Si j'avais été mortel, l'odeur qui se dégageait ici de l'air ambiant m'aurait fait penser que j'étais tombé sur un vieux paquebot en décomposition : un mélange de sel, de rouille et de terre humide qui évoquait l'immensité de la mer.

Cette région s'était-elle formée naturellement, ou les ombres s'étaient-elles accumulées de manière plus dense et plus âcre en raison de la nature ancienne des êtres qui y vivaient ? Ou bien peut-être que les Très Hauts avaient-ils créé cette atmosphère à dessein. Ils aimaient bien se complaire dans leur suffisance.

J'attendais au bord des profondeurs, la chaleur brûlante innée de ma forme d'homme de l'ombre retenant ce qui aurait pu être un frisson dans l'obscurité. Une pâle version de laquais démoniaque parti informer les Très Hauts de mon arrivée prenait tellement son temps que j'envisageais de le manger pour le dîner s'il revenait un jour. Les Très Hauts attiraient suffisamment d'adeptes pour qu'ils ne s'aperçoivent pas de l'absence d'un être mineur.

J'étais également tenté de faire demi-tour et de retourner vers la brèche par laquelle j'avais sauté, pour retrouver l'air frais, les couleurs vives et les sons que je préférais souvent, devais-je admettre, à cet endroit, même si je n'aimais pas vraiment la plupart des mortels qui habitaient ce monde. Mais si Sorsha pouvait ravaler sa fierté et se tourner vers son Fonds pour obtenir autant de réponses que possible, et si même ce satané diablotin était prêt à passer des heures à parcourir les rues à la recherche d'un être de l'ombre susceptible d'avoir des informations, comment pouvais-je refuser de faire au moins cette tentative de soutien à ma plus grande cause ?

C'était une question de dignité.

Le démon peu impressionnant ne revint finalement pas. Peut-être l'un des Très Hauts avait-il décidé qu'il ferait un bon casse-croûte. Au lieu qu'un laquais vienne m'ouvrir la porte, un écho de voix m'appela. Je le sentis me traverser plus que je ne l'entendis.

— Tu peux venir, chien de l'enfer.

C'était si gentil de leur part de permettre cette rencontre. Tout en avançant, je réprimai les remarques désobligeantes que celui que j'étais jadis aurait pu faire. Je n'étais pas sûr de les avoir faites, même à l'époque où j'avais envie de faire des histoires. En tout cas, pas après ma première rencontre avec les Très Hauts. J'avais été assez intelligent, même à l'époque, pour préférer jouer avec des êtres qui ne pouvaient pas se retourner et me déchirer en deux d'un coup de dents.

L'attitude que je pris lorsque je sentis la présence imposante et pesante du Très Haut devant moi fut plus qu'une prudence avisée, cependant. Il n'y avait pas beaucoup de dignité dans cette attitude.

J'avais entendu l'un des humains que j'avais arnaqués il y a longtemps parler de la façon dont il reprenait les postures de son enfance lorsqu'il rendait visite à ses parents, comme si l'autorité périmée qu'ils avaient exercée sur lui pouvait le faire renoncer à son statut actuel d'adulte. Bien que je n'aie jamais été un enfant au même titre que les mortels, et que les Très Hauts n'aient rien à voir avec mon existence, le fait d'être confronté à leur immensité me fit instinctivement me contracter à l'intérieur de moi-même, comme si je n'étais pas l'un des êtres les plus vieux des royaumes en dehors d'eux.

Ma chaleur infernale se rétracta sous ma peau, mes doigts se recroquevillèrent sur mes paumes. Je ne rentrai pas tout à fait ma queue entre mes jambes, mais une grande part de moi-même en avait envie.

Je ne pouvais m'empêcher d'imaginer les remarques que Sorsha aurait faites à ce sujet. Ce qui m'agaçait, même si elle n'était pas là pour les faire, d'autant plus que d'autres émotions s'éveillaient au souvenir de la lueur qui s'allumait dans ses yeux brillants lorsqu'elle se moquait de moi.

Notre alliée mortelle s'était bien trop infiltrée dans mes pensées.

— Tu reviens parmi nous, chien de l'enfer ? gronda l'un des Très Hauts. Ils étaient si proches les uns des autres que je n'avais jamais su combien ils étaient. Tu es fatigué de ta quête ?

Je me redressai avec autant d'assurance que je pouvais en dégager sans franchir la ligne de l'insubordination.

— Pas du tout. En fait, c'est de cela que je suis venu vous parler.

Il y eut un grondement général entre plusieurs êtres, un chœur de mécontentement. Il me sembla que ce fut un autre qui prit ensuite la parole.

— Lorsque nous t'avons permis de prendre congé pour cette entreprise que tu avais demandé de poursuivre, c'était à condition que nous n'y ayons aucun intérêt propre.

La remarque sur la « permission » m'irrita, même si elle était techniquement exacte.

— Je sais. Mais j'ai pensé que vous seriez intéressés, maintenant que j'en sais davantage. Le mal que je pensais être fait à notre espèce est bien plus grave et répandu que je ne l'avais jamais soupçonné.

Un autre des Très Hauts laissa échapper un son qui ne pouvait être décrit que comme un grognement, que même la qualité de l'écho de leurs voix ne parvenait pas à faire passer pour un présage.

— Y a-t-il un nouvel agitateur comme toi qui attise les

flammes de la colère ? Nous pouvons envoyer un hôte pour le mettre au pas…

— Non ! dis-je en me crispant instinctivement. Et pour cause, car un instant après mon manque de savoir-vivre, une douleur fulgurante me traversa la gorge, comme la secousse d'un collier d'étranglement – comme si ce collier avait été enfoui dans ma chair.

Je continuai.

— Je n'ai vu aucun des nôtres inciter au conflit. L'offensive est du côté des mortels. Il y a un grand collectif d'humains disséminés dans le royaume des mortels, déterminés à détruire non seulement tous les êtres de notre espèce qui sont de ce côté, mais aussi tout le royaume des ombres.

— Pfouh ! Ce n'est pas surprenant après tout ce que toi et tes semblables avez fait dans le passé pour attiser ces hostilités.

Je serrai la mâchoire. Je n'avais pas besoin qu'ils me rappellent mon implication dans le problème. C'était exactement pour cela que je ne pouvais pas reculer maintenant et laisser la Compagnie faire son sale boulot sans entrave. J'avais contribué à leur préparer le terrain, et je comptais bien leur arracher le tapis sous les pieds si je le pouvais.

— Ce que ces mortels tentent de faire va bien au-delà des dommages que les ombres leur ont causés. Ils tentent une extermination pure et simple. Et d'après ce que nous avons découvert, ils sont sur le point d'y parvenir. Ils cherchent même à étendre leur influence à travers les failles. Ils veulent notre mort à tous.

Et cela vous inclut, pensai-je, mais je me tus. Les Hauts pouvaient lire entre les lignes. La dernière chose qu'ils apprécieraient, c'est qu'un être en dessous d'eux suggère qu'ils étaient vulnérables de quelque manière que ce soit.

L'un d'eux laissa échapper une sorte de gloussement.

— Ils ne pourront jamais pénétrer chez nous. Tu peux mépriser ces créatures, chien de l'enfer, mais tu leur accordes trop de respect en même temps. Ce sont des êtres frêles, en perte de vitesse, qui respirent à peine avant de rendre leur dernier soupir.

C'est ce que pensaient les Très Hauts depuis des millénaires. Comme si une vie humaine n'était pas assez longue pour causer toutes sortes de ravages.

Une part de moi souhaita brusquement que Sorsha soit là, juste pour voir ce qu'elle dirait à ces vieux patauds. Il valait mieux qu'elle n'y soit pas, d'ailleurs. J'aurais pu admirer son audace et ses cheveux flamboyants pendant environ deux secondes avant qu'elle ne se retrouve dans le gosier d'un de ces Léviathan.

Je ne m'attendais pas vraiment à une autre réponse. Mais pour être au moins aussi intrépide que cette mortelle, je tentai ma chance une dernière fois.

— Je pense qu'ils pourraient trouver un moyen. Mais même s'ils n'y parviennent pas, ils tourmentent et tuent toutes sortes d'ombres du côté des mortels.

Les sublimes présences des Très-Hauts s'imposèrent encore plus à moi.

— Cela ne nous concerne pas. Nous régulons les autres quand il le faut, mais nous ne nous occupons pas des mortels. Si l'un des nôtres intensifie le problème, nous interviendrons peut-être, comme nous l'avons fait avec toi… et tes associés. Sinon, ceux qui choisissent de passer par les failles doivent assumer ce risque eux-mêmes.

Naturellement. Ils feraient la police et massacreraient

même leurs semblables si d'autres créatures se plaignaient des troubles que nous provoquions, protégeant les mortels contre nous autant que ces créatures contre les mortels, mais leur demander de nous protéger d'un assaut direct et organisé de malveillance de la part de ces mêmes mortels…

Qu'est-ce que ces anciens goliaths savaient de tout cela de toute façon ? Aucun d'entre eux ne s'était jamais aventuré du côté des mortels, pour autant que je sache. Ils établissaient des lois et des châtiments pour un monde qu'ils n'avaient jamais connu.

Je leur serais simplement reconnaissant de m'avoir fourni une ouverture pratique pour l'autre sujet que je voulais aborder avec eux, un sujet pour lequel je pensais pouvoir aller un peu plus loin.

Je choisis donc mes mots avec soin.

— J'ai entendu quelques êtres parler d'une personne que vous recherchiez il n'y a pas si longtemps. Un être de l'ombre dont vous vouliez avoir des nouvelles, mais dont vous aviez prévenu les autres de ne pas s'approcher à cause du danger – il s'appelait peut-être Jaspe ou Grenat… une sorte de pierre rouge ?

Cette question suscita un grondement beaucoup plus énergique. Ma gorge se serra tandis que plusieurs sens se focalisaient sur moi. Leurs voix se confondirent.

— Qu'as-tu entendu ? Quelqu'un a-t-il localisé cet être ? Quelle destruction a-t-il déjà causée ?

Ils étaient décidément très préoccupés par cette ombre rebelle, et leurs sbires ne l'avaient manifestement pas encore localisée.

— Rien que je sache, dis-je rapidement. Et personne à qui j'ai parlé n'avait la moindre idée de l'endroit où il se trouvait. Je voulais simplement avoir plus d'informations pour que, si je voyais des preuves qui pourraient vous mettre sur la bonne voie, je les identifie et les transmette.

Il y eut un moment de silence que je ne pus m'empêcher de ressentir comme sceptique. Puis l'un des Très Hauts répondit.

— C'était dans la région que les mortels appellent « Amérique » aux dernières nouvelles, mais c'était il y a bien longtemps pour les mortels. Le nom que tu dois chercher est Ruby. Et même toi, tu ne devrais pas la défier. Si tu en aperçois le moindre signe, rapporte-nous les faits immédiatement.

— Ce sera fait. Je ne veux rien avoir à faire avec quelqu'un qui a soulevé votre colère. Qu'a fait celui-ci, si je puis me permettre, pour que je me méfie ?

— Cela ne te regarde pas. L'attention sur moi se déplaça, avec un autre pincement douloureux autour de mon cou. Tu n'as pas encore dérangé les mortels, toi, pendant ta quête, n'est-ce pas, chien de l'enfer ?

Que les ténèbres sauvent mon âme s'ils découvraient combien de sang mortel avait déjà coulé entre mes mains – et mes griffes et mes crocs – au cours des dernières semaines. Pas assez pour qu'ils s'en soucient si ce n'était pas à cause de mon histoire, mais avec ce qui me pendait au nez…

Je forçai un sourire que je n'étais pas sûr qu'ils remarqueraient et mentis, les dents serrées.

— Bien sûr que non, ô Très Hauts. Je reste dans mes limites. Je vais donc retourner à ma quête et faire de mon mieux pour qu'aucun des hommes de l'ombre touchés par ces opérations perfides n'ait jamais besoin de votre aide.

— Très bien. Cela nous satisfait.

J'eus l'impression qu'ils me tournaient le dos, et la tension qui s'était enroulée dans ma poitrine se relâcha.

Respirant de nouveau de façon plus régulière, je sortis de leur cavité en trottinant aussi vite que possible sans avoir l'air de m'enfuir.

Malgré toute leur puissance, c'était la seule chose de laquelle les Très Hauts se souciaient vraiment dans leur vieillesse : être laissés tranquilles. Même dire à leurs laquais comment exécuter leurs ordres était une contrainte pour eux. J'avais d'autant plus apprécié que leur surveillance du royaume des mortels se soit considérablement relâchée au cours du siècle dernier.

Mais il était clair que nous ne trouverions pas plus d'alliés contre la Compagnie de la Lumière parmi eux. Il ne nous restait plus qu'à espérer retrouver cette « Ruby » – et que l'ennemie de mes ennemis devienne notre amie.

DIX-SEPT

Sorsha

Je ne pense pas avoir jamais vu Antic aussi revigorée, ce qui n'est pas peu dire étant donné qu'elle était l'être le plus excitable que j'aie jamais rencontré. Elle sautillait sur ses petits pieds tandis qu'elle nous guidait à travers la forêt clairsemée qui bordait un terrain de golf. Le fils adolescent de l'un des joueurs fit retentir un air de ska joyeux sur son téléphone pendant une minute ou deux avant que les employés ne se précipitent pour le réprimander, et l'air entraînant correspondait parfaitement à l'exubérance du diablotin.

— Le gnome a dit qu'il vivait dans cette ville depuis près de cinquante ans, s'exclama-t-elle à bout de souffle. Il devait être là quand tu es née, Sorsha. Peut-être qu'il connaît les chasseurs qui ont tué tes parents !

Je n'avais jamais entendu quelqu'un parler aussi joyeusement d'un double homicide.

— Peut-être, dis-je en tirant sur l'ourlet de la chemise amidonnée que j'avais dû porter pour cette aventure. Mes compagnons de l'ombre avaient pu se glisser invisiblement à travers le terrain jusqu'à l'abri des arbres, bien sûr, mais j'avais dû me déguiser en membre du personnel pour éviter d'être interrogée. Tant que personne ne me demandait de faire la différence entre un putter et un driver, tout allait bien.

Sous la couverture des feuilles, cette partie du terrain était plus fraîche et plus sombre que la partie herbeuse que j'avais laissée derrière moi sous le soleil matinal. J'écartai une branche basse qui me bloquait le passage et je continuai à réfléchir.

— Ou du moins, il aurait pu connaître ma tutrice. Luna aurait pu lui parler d'eux ou de moi, ou…

Ou comment j'en étais arrivée à être le seul être humain dont j'avais entendu parler à avoir des pouvoirs magiques.

— S'il a des réponses à nos questions, nous les obtiendrons, dit Omen. Les mots auraient pu être menaçants – ils l'étaient généralement, venant de lui – mais son ton était doux, presque comme s'il essayait de me rassurer. Tenez-vous bien ! Ce chien de l'enfer glacial était peut-être en train de s'adoucir après tout.

Mais il n'était plus tout à fait juste de penser à lui sur le ton de la plaisanterie. Il avait accepté ce détour substantiel dans sa quête pour me laisser enquêter sur mon héritage. C'était peut-être en grande partie parce qu'il ne voulait pas que son arme secrète s'immole par le feu avant que nous ayons fini de détruire les méchants, mais j'acceptais quand même cette générosité.

— Les gnomes sont-ils dangereux ? demanda Snap à mon côté. Je ne pense pas en avoir déjà rencontré un. Il ajusta sa main dans la mienne pour que nos doigts s'entrecroisent plus étroitement. Même si tous nos compagnons avaient été ravis d'apprendre qu'il était revenu à lui, il était resté collé à moi depuis la nuit dernière – et je ne pouvais pas dire que cela me dérangeait. J'étais encore en train de me faire à l'idée que j'avais retrouvé mon dévoreur et que l'intimité que nous avions partagée n'était peut-être pas si éphémère après tout.

— Le pire qu'il puisse faire c'est de lui mordre les genoux, dit Omen avec un sourire de travers.

Snap me serra la main.

— Je ne le laisserai pas faire ça !

Le métamorphe secoua la tête avec exaspération.

— Je ne pense pas qu'il faille vraiment s'en inquiéter, sauf si notre mortelle décide de se servir de lui comme d'un ballon de football. Mais même s'il est particulièrement enragé, je pense qu'on pourra la sauver.

— Je me retiendrai de pratiquer tout sport de contact avec notre informateur, dis-je.

Nous avions décidé de ne pas emmener tout le groupe dans cette excursion/interrogatoire pour ne pas trop intimider le gnome, mais naturellement Chefaillon ne pouvait pas permettre que quoi que ce soit se passe sans être là pour superviser, et Snap avait refusé de ne pas pouvoir me voir. Thorn et Ruse patrouillaient un peu plus loin sur les bords du terrain de golf. Je ne me sentais absolument pas en danger face à l'être que nous avions l'intention de rencontrer.

Antic s'arrêta près d'une vieille souche de la hauteur de ma taille et frappa dessus. D'après le bruit qu'elle fit, la chose était creuse.

— Bonjour ! gazouilla-t-elle. Je suis de retour avec les amis dont je t'ai parlé.

Omen ne put empêcher ses lèvres de se retrousser de

dédain à l'idée d'être désigné comme l'un des « amis » du diablotin, mais il se contenta d'une expression sinon amicale, du moins dépourvue d'émotion, plutôt qu'ouvertement hostile.

Un petit homme sortit de l'ombre autour de la souche. Et par « petit », j'entends bien petit. Il m'arrivait à peine aux genoux. Mais je suppose que cela le mettait dans une position idéale pour les mordre s'il décidait que c'était une façon amusante de passer le temps après tout.

À part l'absence de bonnet pointu, il ressemblait étrangement aux nains de jardin – vous savez, ceux en céramique – qui m'étaient plus familiers que les vrais. Ses joues potelées étaient roses au-dessus d'une touffe de barbe argentée, ses yeux pétillaient et son petit corps était robuste et dodu sous sa veste bleu vif et son pantalon émeraude.

Malgré le pétillement de ses yeux, que je devinais être une caractéristique permanente et non une expression de joie, il fronçait les sourcils.

— Qu'est-ce que c'est que tout ça ? marmonna-t-il d'une voix rocailleuse. Je n'aime pas me montrer lorsqu'il y a des mortels dans les parages.

Il était donc peu probable qu'il ait été l'ami de mes parents. Je m'accroupis pour ne plus le dominer autant et je lui adressai un sourire.

— Je suis vraiment désolée. Nous voulions juste vous poser quelques questions sur des choses qui se sont passées il y a longtemps. Il n'y a pas beaucoup d'ombres qui sont restées dans cette ville avec autant de dévouement que vous.

La flatterie m'amena quelque part. Le petit homme bomba la poitrine, et son froncement de sourcils s'estompa, même s'il ne disparut pas complètement.

— Je sais reconnaître les bonnes choses. Qu'est-ce que tu voulais savoir ?

— Une femme *fae* vivait dans le coin il y a une trentaine d'années. Elle s'appelait Luna. Sous sa forme d'ombre, elle avait des ailes vaporeuses et elle était plutôt étincelante… enfin, comme le sont les fées. Je suppose que vous ne l'avez jamais rencontrée ?

Le gnome se frotta le menton.

— Luna. Luna. Je ne peux pas dire que ce nom me soit familier.

Tandis que mon cœur se pinçait, il agita un doigt en l'air.

— Je sais à qui tu devrais demander, cependant. Elle est plutôt inconstante, comme le sont les fées, mais elles gravitent souvent autour de leur propre espèce. Il y a une *fae* du nom de Daisy qui traîne derrière le magasin de luminaires de ce côté-là. Cela fait un moment que je ne suis pas allé par-là, mais elle est dans cette ville depuis presque aussi longtemps que moi je crois, alors je ne vois pas pourquoi elle serait partie. Tu pourrais essayer ça.

Il fit un signe vers l'est, en direction du magasin de luminaires en question. C'était le début d'une piste, au moins.

Alors que je me redressais, Omen se racla la gorge. Il ne prit pas la peine de s'abaisser au niveau du gnome.

— Encore une chose. Il y a au moins une vingtaine d'années, de puissants hommes de l'ombre ont pu passer par la ville pour s'enquérir d'un être qu'ils auraient qualifié de dangereux, un certain Ruby.

Le gnome marqua une pause, puis ses yeux s'écarquillèrent. Ce souvenir le fit trembler de la tête aux pieds.

— Oh, oui, je n'ai pas aimé ceux qui m'ont posé des

questions à son sujet. Ils m'ont harcelé trois fois, beaucoup moins poliment que vous.

— Trois fois ? répéta Omen. Saviez-vous quelque chose à propos de Ruby ?

— Pas du tout. Mais ils semblaient faire sans arrêt des rondes en pensant qu'ils allaient trouver quelque chose de nouveau. Je ne sais pas pourquoi. Cela a dû durer au moins un mois et ils n'ont pas arrêté de venir.

— C'était il y a combien de temps ?

— Comme vous l'avez dit, il y a des années et des années. Le petit homme fit la grimace. J'ai arrêté d'y penser.

— D'accord. C'est utile de le savoir. Omen remercia le gnome d'un léger, mais ferme coup de tête.

— Je suppose qu'il nous faut espérer que cette *fae* qui se trouve ou non au magasin d'éclairage aura plus de choses à nous dire, dis-je alors que nous nous dirigions dans la direction qu'il nous avait indiquée.

Snap pencha la tête d'un côté.

— Comment les humains vendent-ils de la lumière ?

Je n'allais pas m'étendre sur la question, sinon j'allais devoir expliquer toute la science de l'électricité.

— Ils vendent juste des moyens sophistiqués de produire de la lumière à l'intérieur de nos maisons. Des lampes, des plafonniers, tout ça.

— Ah, oui ! Il y avait beaucoup de choses brillantes comme ça à l'hôtel, c'était très joli à voir. Le dévoreur rayonnait tellement à ce souvenir que nous aurions probablement pu le mettre en vente dans le magasin.

Omen, quant à lui, fronçait les sourcils, comme si l'expression du gnome avait été contagieuse.

— Nous en savons plus qu'avant. Il doit bien y avoir une raison pour que les sbires des Très Hauts se soient concentrés sur cette ville plus que sur d'autres. Si Ruby a été aperçue ici, ou plus qu'aperçu, nous pourrions être en mesure de suivre cette piste pendant que nous sommes ici.

Je ne savais pas pourquoi il fronçait les sourcils à l'idée de se rapprocher de cette créature de l'ombre dont il pensait qu'elle pourrait nous aider, mais avec Omen, parfois, il valait mieux ne pas demander.

Le magasin de luminaires était facile à repérer : un grand bâtiment avec d'énormes quantités de luminaires en cristal scintillant dans ses grandes vitrines. Snap sortit de l'ombre à temps pour admirer la vue dans toute sa splendeur en inspirant un grand coup, tout en prenant soin de tenir sa langue fourchue à l'abri des regards.

Antic avait disparu de notre vue avec les autres pendant que nous nous dirigions vers la sortie du terrain de golf. Alors que nous arrivions à l'arrière du magasin, elle réapparut, pointant du doigt une petite maison qui ressemblait plus à une cabane, coincée entre l'arrière de deux boutiques voisines. La peinture de sa façade à bardeaux et de son toit incliné s'était ternie et décolorée, mais je voyais bien qu'elle avait été autrefois d'un rose et d'un bleu éclatants. Ça ressemblait bien au sens du design d'une *fae*.

— Elle est dans le coin ? demandai-je sans réfléchir.

— Je peux entrer et vérifier ! proposa Antic, et elle s'élança vers la porte fermée.

— Attends ! dis-je rapidement. J'aurais dû me souvenir qu'elle n'avait pas le sens des limites. J'imagine que cela fera une meilleure impression si nous sommes assez polis pour frapper plutôt que d'entrer en trombe.

Le diablotin haussa les épaules comme si cela lui était égal et frappa de son petit poing contre la porte.

— Daisy ?

Omen s'approcha. Aucune trace visible de sa forme de créature de l'ombre n'apparaissait, mais son aura de pouvoir s'intensifiait suffisamment pour que l'énergie me chatouille la peau.

— Nous savons que vous êtes ici, et vous savez que nous sommes des hommes de l'ombre, dit-il en s'adressant aux taches sombres autour de la maison. Nous voulons seulement vous poser quelques questions. Je préférerais ne pas avoir à insister davantage sur ce point.

Je lui donnai une tape sur le bras.

— Qu'est-ce que je viens de dire à propos de la politesse ?

Il me jeta un regard noir.

— J'ai formulé cette menace très poliment. Il tourna les yeux vers la maison. Pour être clair, je préfère que les choses restent pacifiques.

Qu'allait-il faire si la femme *fae* n'émergeait pas – plonger dans les ombres et l'arracher de force ? Elle serait alors ravie de répondre à nos questions.

Je lui fis une grimace et tentai mon propre plaidoyer.

— Nous ne poserions pas de questions – ou nous ne ferions pas les cons, dans le cas de quelqu'un que je ne nommerai pas – si ce n'était pas important. Il s'agit d'une *fae* nommée Luna qui vivait à Austin il y a longtemps. Un gnome a suggéré que vous la connaissiez peut-être.

Pendant un instant, il ne se passa rien. Puis une forme se dessina devant nous. La femme *fae* n'était pas la jumelle de Luna, mais elle avait suffisamment de traits *faes* pour que je puisse croire qu'elles étaient cousines. Ses cheveux pâles brillaient dans les nattes qu'elle avait entourées de rubans rose brillant ; des paillettes réelles brillaient sur toute sa robe à froufrous. En guise de collier luxuriant, elle avait drapé sur ses épaules plusieurs fils de verre cristallin qui semblaient avoir été volés aux chandeliers du magasin. Ses traits étaient délicats, à l'exception de ses yeux, qui étaient un peu trop grands pour avoir l'air vraiment humains. Elle les fixa sur moi.

— Tu connais Luna ? dit-elle d'une voix tintinnabulante qui me rappelait aussi ma tutrice à tel point que mes poumons se contractèrent. Cela fait si longtemps que j'espère qu'elle reviendra.

La sensation d'étouffement s'accentua. Elle ne savait pas que Luna ne pourrait plus jamais revenir.

— Luna… s'occupait de moi quand j'étais enfant. Mais elle a été abattue par des chasseurs il y a plusieurs années. Je suis désolée. Étiez-vous proches quand nous vivions ici ?

— Oh, non. Elle est partie ? Le visage de la femme se décomposa un instant avant qu'elle ne semble se ressaisir. Sa parure de fortune tinta tandis qu'elle se dandinait d'un pied sur l'autre. Je ne peux pas dire que nous étions très proches, mais tu sais…

Elle pencha la tête sur le côté et m'offrit un sourire rêveur qui me fit ressentir une nouvelle vague de reconnaissance. Je n'avais pas vraiment parlé à d'autres femmes *faes* que Luna – je n'avais pas réalisé à quel point elle était simplement comme toute son espèce plutôt que d'avoir sa propre approche de la vie. Apparemment, la timidité était un autre trait commun.

— J'ai toujours souhaité que nous soyons de meilleures amies, continua la *fae*. Elle avait tellement d'énergie, c'était agréable de la côtoyer. Mais elle était tellement occupée…

Je luttai contre l'étrange ressemblance entre elles pour me concentrer sur les réponses que j'attendais.

— Savez-vous avec qui d'autre elle passait du temps ? Y avait-il quelqu'un en particulier ?

— Laisse-moi voir, laisse-moi voir… c'était il y a si longtemps ! Elle tapota ses lèvres et pencha encore la tête de cette mignonne façon, ce qui fit valser ses nattes. Elle se cantonnait surtout au centre-ville. Je ne vois personne qui soit encore dans les parages et qui… Oh ! Il y avait cet elfe. Je me suis toujours demandé pourquoi elle s'embêtait avec lui. Mais je les ai vus ensemble plusieurs fois.

Je prendrai toutes les pistes que je pouvais obtenir.

— Et cet elfe est toujours en ville ? Où pourrions-nous le trouver ?

— Oh, il vient du pire endroit. Je ne vais plus par-là, mais il n'a jamais bougé à ma connaissance. Il est peut-être encore là-bas.

— Où ? demanda Omen, le ton menaçant revenant dans sa voix.

La femme *fae* laissa échapper un léger soupir, et je craignis qu'elle ne disparaisse plutôt que de tolérer son ton. Mais elle avait envie d'en dire plus sur ses ragots.

— Il vivait dans les égouts. Près de l'endroit où la route très fréquentée traverse la rivière. Elle frémit. La seule fois où je lui ai parlé, il m'a dit qu'aucun mortel ne le délogerait jamais de là, mais moi je ne pourrais pas m'y faire.

— Merci, dis-je. Puis comme le métamorphe avait au moins essayé de me soutenir avec son attitude autoritaire, il ajouta : je suppose que vous ne connaissez pas de personne nommée Ruby ? L'humanité de l'ombre est peut-être venue poser des questions sur ce nom il y a quelque temps aussi.

— Ruby… Ruby… Ça me dit quelque chose. Je pense que si ça avait été un vrai rubis, je m'y serais intéressée davantage. Elle ricana. Ils ont tellement insisté, mais je ne suis pas au courant de tout ce qui se passe ici.

Rien de plus que ce que le gnome nous avait dit. Encore moins, en fait.

— Merci, dis-je tout de même.

Elle hocha la tête et cligna des yeux, jetant un regard à Omen juste avant de disparaître. Il se contenta de rouler des yeux.

— Je me demande pourquoi quelqu'un s'est intéressé à cette ombre de Ruby, dit Snap alors que nous nous dirigions vers la Toutemobile. On dirait que les êtres locaux n'étaient même pas au courant de son existence avant que les Très Hauts n'envoient leurs sous-fifres s'informer.

Je fronçai les sourcils.

— Si... il... avait fait quelque chose de si offensant que les Très Hauts aient voulu l'arrêter, est-ce que quelqu'un n'aurait pas entendu parler de ce que c'était ?

— Je pense que tu ne vois pas l'évidence, dit Omen d'un ton sombre.

— Qu'est-ce que tu veux dire ?

Il me regarda, l'air sombre, mais pas froid.

— Ils recherchaient cette Ruby à peu près au même moment que ta naissance. Nous n'avons pas encore déterminé comment tu as obtenu tes pouvoirs, qu'aucun mortel ne devrait avoir. Peut-être que Ruby avait l'habitude d'inculquer des compétences de l'humanité de l'ombre à des êtres qui n'étaient pas censés les avoir ?

J'eus froid dans le dos.

— Tu dis que...

— Je dis que nos deux mystères pourraient presque être le même. Sinon, ça commence à ressembler à une énorme coïncidence. Qui que soit cette Ruby, c'est peut-être à cause d'elle lui que tu es comme tu es.

DIX-HUIT

Sorsha

Nous nous étions dit que la « route très fréquentée » mentionnée par la femme *fae* était probablement l'autoroute qui traversait la ville – en tout cas, il valait mieux que ce soit le cas, car sinon nous serions dans des tuyaux remplis d'excréments pendant des jours. Tandis que Ruse l'empruntait en direction de la rivière, j'observais par la vitre des bouches d'égout qui semblaient prometteuses. Un mélange de nervosité et d'excitation m'étreignait aussi fort qu'un bébé qui s'accroche à son doudou.

Nous allions parler à un homme de l'ombre qui était peut-être l'ami le plus proche de Luna. Si quelqu'un pouvait en savoir plus sur son histoire ici et sur ce qui s'était passé avec mes parents, c'était bien lui.

Ce qui signifiait aussi que s'il ne le savait pas, la piste risquait de se refroidir complètement.

Je fis tambouriner mes doigts contre la banquette et je chantai pour me calmer les nerfs.

— *Passez, on vous guette, ne suppliez pas, ne bougez même pas.*

Ruse laissa échapper un petit rire depuis le siège du conducteur.

— Allons-nous poser des questions à cet elfe ou le séquestrer ?

— Si nous laissons Omen parler, cela pourrait être une combinaison des deux.

Antic étouffa un rire, perchée sur le bord de la table.

Omen me montra les dents, mais seulement un peu. Du progrès !

— Tu crois que je vais venir avec toi dans cet endroit malsain ?

Je haussai les sourcils.

— Tu me laisserais vraiment me débrouiller seule ? le taquinai-je. Tu n'as pas peur de toutes les catastrophes que je pourrais causer là-bas ?

— Tu as parfois réussi à te débrouiller de manière acceptable.

— Je crois que tu te trompes de mot, c'est « extraordinaire ». Quoi qu'il en soit, tu vas manquer une excellente occasion de montrer ton autorité et tout le reste.

— Je préférerais peut-être utiliser cette autorité pour éviter de marcher dans les égouts. Une lueur d'espoir s'alluma dans ses yeux, inhabituellement enjoués. J'ai presque l'impression que tu as peur d'y aller seule, avec toutes ces tentatives de me harceler pour que je vienne avec toi.

Oh, il pensait pouvoir retourner la situation de cette façon, n'est-ce pas ? Je résistai à l'envie de lui tirer la langue. Je pouvais être un peu plus mature que cela, pour une fois.

— Je ne serai pas seule. Je serai accompagnée par les hommes de l'ombre qui pensent qu'obtenir des réponses qui pourraient nous aider à faire tomber la Compagnie est plus important que de se tenir à l'écart de la merde. Je tapotai la cuisse de Snap, assis à côté de moi, et le coude de Thorn, debout à côté du canapé. Peut-être que « chef » ne veut plus dire la même chose qu'avant.

— Je suis presque sûr que déléguer a toujours fait partie de la description du poste. Il jeta un coup d'œil vers l'avant du camping-car alors que Ruse ralentissait pour s'arrêter. Mais ne t'inquiète pas, Miss Catastrophe, puisque tu tiens tant à ma protection, je sacrifierai quelques minutes à la puanteur.

— Ce n'est pas ce que je disais, grommelai-je – et sacrés chiens hérétiques, était-ce un soupçon de sourire que je voyais là, malgré notre dispute ?

— Je *pourrais* rester dans les parages alors, dit-il en s'éloignant du plan de travail en face de la table. Darlene a davantage besoin de protection que toi quand tu es dans le coin.

— Ah, non. Je le poussai légèrement vers la porte. Tu as dit que tu viendrais, et tu dois être un homme de parole. Allez, viens. Tu vas pouvoir faire beaucoup de grimaces et de grognements. Probablement surtout contre moi. Ce sera amusant.

Il attrapa ma main avant même qu'elle n'ait fini d'effleurer son dos et la repoussa – pas brutalement, mais fermement. La chaleur de ses doigts se répandit sur ma peau, rendant le badinage soudainement électrique.

— Tu ne voudras pas mettre ça au mauvais endroit, là où nous allons.

— Un gentleman me proposerait son bras, lui dis-je.

— Heureusement que je n'ai jamais prétendu en être un.

— Milady, dit Thorn, en m'offrant son bras et en ayant l'air de prendre l'idée d'être un gentleman autant au sérieux que tout ce qu'il faisait.

Je lui souris et me hissai sur la pointe des pieds pour lui embrasser la joue.

— Je sais déjà que tu es parfaitement chevaleresque. Mais tu ferais mieux de rester dans l'ombre à moins que nous ayons besoin de nous défendre – ça va être assez difficile de descendre là-dedans sans que personne ne se demande ce qu'on fiche avec les infrastructures de la ville.

Ruse apparut sur les marches près de la porte, ayant apparemment déjà repéré les lieux.

— Il y a une ouverture vers les égouts dans une des rues les plus calmes, dit-il. On peut passer par les ombres et l'ouvrir pour vous, et si vous êtes rapides, il n'y a pas beaucoup de gens autour qui vous remarqueront.

— Bonne idée.

Les autres ombres disparurent, à l'exception de Snap, qui posa sa main sur ma hanche et m'entoura de son bras. J'inclinai la tête en arrière pour placer mon visage dans l'angle parfait pour recevoir un baiser, et il ne me déçut pas.

— Ça va aller, lui dis-je. Vous serez tous là et je ne ferai que marcher dans la rue. *Et disparaître dans une sorte de bouche d'égout,* mais je préférais ne pas trop m'attarder là-dessus avant de sentir la puanteur. Me glisser furtivement par l'ouverture ne devrait pas poser de problème, après tout ce que j'avais fait en matière de cambriolage.

— Bien sûr, dit Snap avec une confiance automatique. Je me demandais seulement…

Comme sa pause se prolongeait, je lui donnai un coup de poing sur le bras.

— Quoi ? Tu te demandes beaucoup de choses, et je suis toujours heureuse de te répondre.

Il mouilla ses lèvres avec sa langue tentante.

— Est-ce qu'Omen et toi êtes devenus plus proches ? Comme nous le sommes, et comme tu l'es avec Ruse et Thorn ?

Le souvenir des doigts brûlants du métamorphe – et du moment où il avait répondu à mon baiser, quelques jours plus tôt – me traversa.

— Pas comme ça, dis-je. Pourquoi ?

— C'est juste qu'il y a des moments où vous avez tous les deux cette énergie entre vous, pour ce que Ruse appelle *l'accouplement*. Le dévoreur eut l'air brusquement adorablement gêné. Je ne m'en offusquerais pas. Il est… très différent de moi, très puissant, et il fait tant pour l'humanité de l'ombre. Je ne pourrais pas dire que je suis digne de ton affection et que lui ne l'est pas.

Je lui adressai un sourire ironique.

— Je pense que la question est plutôt de savoir s'il pense que *moi* je suis digne de son affection. Ce n'est pas grave. À vous trois, vous avez largement de quoi m'occuper. Et il est aussi souvent agaçant qu'il est tentant.

— Hmm, fit Snap. Il porte beaucoup de poids sur ses épaules. Ça l'a rendu dur. Mais il a été bon avec moi. Il déposa un baiser sur le sommet de mon crâne. Je ferais mieux de les rattraper. Dépêche-toi de nous rejoindre.

Je refermai soigneusement la portière du camping-car – actuellement sous la forme d'un bus de tourisme – derrière moi et me dirigeai vers la surface métallique striée qui se détachait de l'asphalte, juste au bout de la rue. Lorsque j'atteignis la bouche d'égout, le lourd couvercle se souleva pour laisser apparaître une once d'obscurité et la faible lueur des cheveux blond-blanc de Thorn.

Deux adolescents s'avançaient dans la rue vers moi. Je fis signe au guerrier d'attendre un moment, et je fis mine d'être fascinée par la vitrine d'un magasin fermé jusqu'à ce que les adolescents soient passés, puis je fis un mouvement vers le haut avec ma main.

Dès qu'il eut levé le couvercle, je me glissai dans l'espace et me retrouvai enveloppée par le bras libre de Thorn, pressée contre son torse musclé. Il abaissa le disque métallique, le corps calé entre les parois du tunnel, le dos et les pieds opposés, et m'ajusta contre lui.

— Je vais te faire descendre, Milady.

— Merci beaucoup, dis-je en souriant.

Il était difficile de garder cette bonne humeur intacte alors que les odeurs d'égout se refermaient autour de moi dans la pénombre. Seuls quelques minces filets de lumière venaient des petits trous de la plaque d'égout. Thorn me déposa sur un morceau de béton défraîchi, la bouche crispée comme s'il retenait une grimace à cause de la puanteur.

— Il fait très sombre à partir d'ici. Les autres sont partis à la recherche de notre elfe.

— Espérons qu'ils le trouveront rapidement. Je n'eus aucun scrupule à froncer le nez. Respirant par la bouche pour éviter la puanteur, je sortis mon téléphone et actionnai la torche. Je n'avais pas peur de traîner dans ces tunnels, mais si je pouvais éviter de prendre un mauvais virage dans une tranchée pleine de merde, je préférais ça.

Plus loin, l'une de ces tranchées contenait un flot turgescent d'eau trouble. Enfin, de l'eau et beaucoup d'autres choses bien moins attrayantes que l'H2O. Était-ce le battement de la queue d'un crocodile que je voyais là ?

Mieux valait ne pas regarder de trop près.

Je me glissai le long du petit trottoir à côté, mon estomac commençant à se retourner pour des raisons qui n'avaient rien à voir avec mes nerfs. Après ce qui me sembla être une centaine d'années, une silhouette se dessina devant moi : Omen, un soupçon de sa lueur magmatique de chien de l'enfer le faisant ressortir dans l'obscurité.

— Le voilà, dit-il d'un ton sec qui ne me disait pas trop à quoi je devais m'attendre.

L'homme maigre qui s'avança à ses côtés pouvait être décrit comme « renfrogné ». Tout en lui semblait s'affaisser, depuis la chute de ses cheveux noirs, les poches sous ses yeux et sa mâchoire tombante, jusqu'aux languettes flottantes de ses baskets miraculeusement impeccables. Fidèles à la forme elfique, ses oreilles avaient des pointes acérées dirigées vers le plafond. Si nous devions organiser cette réunion en public, peut-être que Ruse pourrait lui donner quelques conseils sur les chapeaux.

— Il dit s'appeler Gloam, dit Ruse en se matérialisant juste derrière moi. Il posa sa main sur ma taille, me caressant affectueusement de son pouce. J'ai demandé pour m'en assurer et, chose surprenante, ce n'est pas *Glauque.*

Je retins un ricanement en pinçant les lèvres.

— Une femme *fae* près du magasin de luminaires nous a dit que tu étais un ami de Luna.

L'elfe soupira lourdement. On aurait pu croire qu'on venait de lui annoncer que sa maison avait brûlé et que sa voiture avait explosé. Mais vu l'endroit où il vivait, c'était peut-être déjà arrivé.

— Luna, dit-il d'une voix morne. Je pensais que je

comptais plus pour elle que d'être abandonné sans hésitation. Mais elle est partie on ne sait où et m'a laissé tout seul.

Antic sortit de l'obscurité en tirant la langue.

— Elle est morte maintenant, elfe. Alors c'est peut-être mieux que tu ne l'aies pas accompagnée, hein ? Elle tordit la manche de sa chemise qui s'affaissait et me lança un sourire, comme si elle voulait que j'approuve ce qu'elle venait de dire.

Gloam semblait déjà si déprimé qu'il était difficile de savoir si cette nouvelle l'affectait ou pas.

— Certains mortels disent que mourir, c'est aller dans un endroit meilleur. C'est peut-être vrai.

— J'espère que c'est le cas, dis-je pour accélérer les choses. Et elle est partie précipitamment parce qu'elle pensait qu'elle allait se faire assassiner à ce moment-là par des chasseurs qui étaient en train d'assassiner d'autres de ses amis. J'en déduis que vous la connaissiez bien ?

— Nous avons exploré la vie nocturne humaine ensemble. Elle disait que j'étais la seule personne à qui elle pouvait parler et qui ne la trouvait pas bizarre. Il soupira à nouveau. Tout le monde me trouve bizarre. Qui suis-je pour juger les autres ? ça ne les a pas empêchés de le faire en tout cas.

Je n'étais pas sûre que le mot « bizarre » soit le bon pour décrire l'impression qu'il donnait, mais entrer dans un débat à ce sujet ne me semblait pas être une bonne utilisation de mon temps.

— Je suis désolée de l'apprendre. Vous ne connaîtriez pas d'autres personnes avec qui elle était amie en ville, n'est-ce pas ? Peut-être un homme nommé Philip... un humain ?

— Oh, oui, dit Gloam, comme s'il s'agissait d'un fait connu de tous, alors pourquoi prendre la peine de lui poser la question ? L'humain. Elle parlait de lui. L'un de ses compagnons de jour, puisque ma compagnie n'était pas suffisante à ce moment-là.

Il baissa encore la tête. Comment Luna avait-elle pu se retrouver amie avec ce type ?

Omen avait l'air de se retenir d'attraper l'épaule de l'elfe et de le secouer pour qu'il réponde à ses questions.

— Qu'est-ce qu'elle a dit sur lui ? A-t-elle parlé de sa femme ?

— C'est la seule raison pour laquelle elle le connaissait – sa femme. Non pas qu'elle ait été sa femme au départ. Qui l'aurait cru ? Mais ces choses-là sont parfois étranges… L'elfe secoua la tête, dépité. Luna semblait dire que c'était une expérience merveilleuse, mais je ne le saurai jamais.

Antic lui planta un doigt dans le ventre.

— Quelle expérience ? Elle me fit une grimace. Je pense qu'il essaie de nous rendre aussi malheureux que lui.

— Non. Non, personne ne devrait jamais avoir à se sentir comme je me sens en ce moment. Il se frotta la bouche. Ember était la meilleure amie de Luna, vraiment. Comment pourrais-je rivaliser avec une ifrit ? Et puis elle est partie vivre une histoire d'amour avec un humain – Luna trouvait ça tellement fascinant – mais elle a cessé de me parler, elle était tellement occupée à les aider…

Mon cœur fit un bond.

— Attendez, vous voulez dire que le gars nommé Philip que Luna connaissait a épousé une ifrit ? Une femme de l'ombre ?

— Cela arrive de temps en temps, dit Gloam, comme

s'il ne pouvait imaginer un destin plus tragique. Ou peut-être pensait-il que la tragédie était son propre manque de romantisme ? C'était difficile à dire dans le brouillard général de sa mélancolie. Tout cela en catimini, bien sûr. Luna l'a à peine laissé entendre, même à moi. Arrh, peut-être que je n'aurais même pas dû vous en parler. Il laissa tomber sa tête dans ses mains.

Mon pouls se remit en marche, mais ses battements ne cessèrent de bégayer. Naturellement, c'est Snap, toujours curieux, qui posa la question à laquelle nous devions tous penser à ce moment-là. Il ne se rendit peut-être même pas compte du ridicule de la question pour quelqu'un de plus familier avec les relations entre les ombres et les humains. Il posa sa main sur mon épaule et se pencha vers l'elfe.

— L'humain et l'ifrit auraient-ils pu avoir un enfant ?

Gloam se mit à rire, mais on ne sait comment, il transforma ce bruit en découragement.

— Tout le monde sait que les ombres ne font pas d'enfants. Mais c'est drôle que tu poses la question. Luna a dit quelque chose une fois, en cherchant dans les légendes de l'époque où les *faes* et leurs semblables s'étaient soi-disant mêlés à ce point aux mortels – je suppose qu'ils cherchaient peut-être un moyen de le faire. Mais je doute qu'ils en aient trouvé un.

Je déglutis difficilement, le fixant, pas encore prête à regarder mes compagnons pour voir ce qu'ils faisaient de cette révélation. Aucun doute ne s'éleva en moi. Ce qu'il avait dit n'était pas une preuve définitive, mais les pièces s'emboîtaient d'une manière que je ne pouvais pas nier.

Je saignais et je perdais de la fumée. Je pouvais tenir du fer et de l'argent, et je pouvais générer du feu par ma seule volonté. J'étais à la fois humaine et créature de l'ombre.

Mes parents et Luna avaient trouvé un moyen.

J'avais ma réponse, et c'était tout autant une énigme qu'avant d'entamer cette quête. Comment quelqu'un pourrait-il me dire ce que signifiait d'être un hybride d'humain et d'ombre ou comment gérer mes pouvoirs ? Même cet elfe, qui était apparemment le seul être encore en vie à connaître ce secret, en avait rejeté la possibilité.

DIX-NEUF

Snap

Comment avais-je pu oublier la douceur épicée et tentante de la peau de Sorsha ? Repenser à ces jours où tout ce que j'avais connu dans le monde des mortels m'avait semblé si peu familier fit l'effet d'une bombe dans mon esprit.

Je chassai donc ces pensées et me concentrai sur la sensation bien plus agréable de faire glisser ma langue sur la rondeur du sein de ma bien-aimée.

La respiration de Sorsha s'accéléra sous le plaisir que j'aimais provoquer, ses doigts se crispèrent, entrelacés dans mes cheveux. Je mordillai le mamelon dressé, car j'avais découvert que cela pouvait lui faire produire des sons encore plus délicieux et je m'approchai pour réclamer de nouveau sa bouche.

Ma main se glissa dans l'enchevêtrement des draps de son lit pour aller la taquiner entre les cuisses. J'entrai en contact avec cet endroit où nous avions tous deux trouvé tant de plaisir, lisse et prêt. Hmm, il faudrait que je fasse en sorte que nos matins commencent plus souvent de cette façon.

Le genou de Sorsha se dressa contre ma hanche, mais elle éloigna légèrement son visage du mien en inspirant d'un coup.

— Je crois qu'il va falloir faire plus attention à partir de maintenant.

Je ne pus résister à l'envie de plonger l'un de mes doigts dans cette chaleur lisse entre ses jambes. La façon dont elle se mordit la lèvre me donna envie de l'embrasser à nouveau, mais je n'étais pas sûr de ce qu'elle avait voulu dire.

— Attention comment ?

— Eh bien, ce que nous avons découvert à mon sujet. D'après ce que l'on sait, mes parents ont trouvé un moyen pour que ma mère puisse avoir un enfant bien qu'elle soit une ombre. Cela semble avoir été assez difficile à gérer, mais on ne sait pas si je peux tomber enceinte. Alors il vaut mieux ne pas prendre le risque.

Ah oui. C'était en fusionnant leurs corps que les humains créaient la vie. Ce que nous faisions ici, ce que nous avions déjà fait en nous mêlant si étroitement et si passionnément, pouvait-il donner naissance à un être qui serait en quelque sorte à la fois elle et moi ?

Cette idée me fit frémir. Elle était ma bien-aimée, dans tous les sens du terme que je comprenais. Elle m'avait dit qu'elle m'aimait, même en ayant vu ma forme la plus monstrueuse, même après que j'eus admis à quel point la faim qui m'habitait pouvait être dure et égoïste. Et je ne savais pas ce que pouvait être cette autre faim, tendre et désintéressée au contraire, voulant la posséder, mais seulement dans la mesure où l'acte lui donnerait du plaisir à elle aussi.

Le mot amour semblait à peine assez grand pour englober le sentiment qui m'illuminait d'une lueur chaleureuse chaque fois que je la regardais.

J'embrassai sa tempe et descendis les lèvres jusqu'à mordiller le lobe de son oreille.

— Avoir un enfant serait-il si terrible, ma pêche ?

Sorsha rit et rapprocha ma bouche de la sienne pour pouvoir m'embrasser à son tour.

— Peut-être pas, un jour ou l'autre, dit-elle. Tu ne sais rien sur les bébés, n'est-ce pas ? Ils demandent beaucoup de travail, d'attention et de sécurité. Ce n'est pas vraiment adapté à notre mode de vie actuel.

— Hmm. Mais peut-être plus tard. Quand on n'aura plus à s'occuper de la Compagnie de la Lumière ?

— Nous verrons bien. Je ne me suis jamais vraiment vu fonder une famille, du moins pas… pas dernièrement. Mais ça commence à devenir un peu plus possible. Je veux dire, en supposant que nous survivions tous à cette guerre dans laquelle nous nous sommes retrouvés.

— Nous le ferons, dis-je, souhaitant être aussi sûr de cela que de mon adoration pour la femme à mes côtés. Je fis pénétrer un autre doigt en elle, testant la sensibilité de la chair intérieure pour trouver l'endroit qui lui provoquait la plus grande bouffée de plaisir. Comment pouvons-nous être « prudents » en attendant ?

Sorsha se cambra sous mes doigts. Lorsqu'elle réussit à parler, sa voix était chargée de désir.

— Pour l'instant, il vaut mieux s'en tenir aux mains ou à la bouche. Ce que tu fais très bien d'ailleurs. Et il faudra que j'aille chercher des préservatifs – nous les mettrons sur toi – elle passa sa main sur mon érection, la rendant encore plus rigide sous l'accès de plaisir – et ensuite, pas de soucis pour les bébés.

Je pouvais suivre ces règles – et peut-être les adapter à mes objectifs pour un effet encore plus agréable. Je descendis le long de son corps, tout en continuant à la caresser entre les jambes.

— Que penses-tu des mains *et* de la bouche ?

— Je suis sûre que je ne vais pas discuter…

Je fis glisser ma langue sur cet autre bouton sensible, juste au-dessus de son intimité, et sa phrase fut interrompue par un soupir. Je le transformai en gémissement en ajoutant la pression de mes lèvres.

Son goût, encore plus épicé ici, envahit ma bouche. La chose la plus délicieuse que j'aie jamais goûtée.

Quelque chose retentit dans la cuisine, au bout du couloir. La voix de Ruse filtrait à travers le mur.

— Je vais préparer le petit déjeuner ! Qui veut manger ?

J'étais trop occupé à savourer ce mets délicat pour être tenté par ce que Ruse proposait. Mais Sorsha avait besoin de se remplir l'estomac simplement pour garder ses forces. Je n'allais donc pas la priver de nourriture très longtemps.

Je suçai plus fort, faisant entrer et sortir mes doigts en elle tout en en ajoutant un troisième. Sorsha émit un son guttural. Son corps se contracta autour de moi, puis s'affaissa dans un frisson de plaisir. Lorsque je retirai mes doigts, ils étaient encore plus humides. Je les léchai et je souris.

— C'est tout le petit déjeuner dont j'ai besoin.

Sorsha rit de nouveau et me serra contre elle. Sa main parcourut ma poitrine jusqu'à mon membre encore rigide. Lorsqu'elle l'entoura de ses doigts, un gémissement s'échappa de mes lèvres. J'aurais tellement aimé plonger cette merveilleuse partie de mon corps physique en elle.

Peut-être Ruse disposait-il de ces « préservatifs », étant donné que l'intimité sexuelle était sa spécialité ?

Mais cette pensée me ramena aux raisons pour lesquelles nous avions besoin de cette protection et aux possibilités de conception de Sorsha. Malgré la montée du plaisir, mon esprit s'accrocha à un souvenir datant d'avant notre intimité.

Je stoppai sa main avant de perdre cette pensée dans ma distraction. Sorsha leva les yeux vers moi d'un air interrogatif.

— Je comprends maintenant, dis-je

— Je suis contente que ma branlette ait été accompagnée d'une illumination en prime. Qu'est-ce que tu comprends ?

— Les impressions que j'ai glanées dans la jolie boîte que tes parents t'ont laissée. Je ne savais peut-être pas à quel point j'en étais venu à apprécier l'existence de Sorsha à ce moment-là, mais j'avais été honoré qu'elle me confie les trésors de son passé. L'impression la plus forte était qu'ils avaient pris beaucoup de risques pour te faire entrer dans leur vie – que cela avait failli ne pas être possible du tout. En raison de la difficulté qu'ils avaient dû avoir à te concevoir tous les deux.

— C'est vrai. J'avais oublié que tu avais inspecté la boîte. Elle marqua une pause. Tu n'as pas eu l'impression que quelqu'un d'autre était impliqué dans ce processus – quelqu'un envers qui ils avaient une dette ou qu'ils auraient aimé que je rencontre ou quelque chose comme ça ?

— Tu veux dire est-ce que Ruby, la créature de l'ombre, était liée à eux et les aidait d'une manière ou d'une autre ? Je secouai la tête. Tout était centré sur toi et sur leur lien avec toi. Mais ça ne veut pas dire que Ruby n'était pas impliquée. C'était il y a si longtemps que les impressions étaient assez vagues.

— Je vois. Elle grimaça. Je me souviens que tu m'as aussi dit qu'il y avait quelqu'un du passé de Luna qui lui manquait. Je me demande s'il s'agit du *fae* du magasin d'éclairage ou de notre elfe lugubre. Je n'ai jamais pensé à lui demander quelles choses elle avait laissées derrière elle – d'une certaine manière, j'ai toujours considéré comme acquis que sa vie entière devait m'être dédiée.

Je passai la main sur les cheveux de Sorsha.

— D'après ce que je sais de l'humanité de l'ombre, je ne pense pas qu'elle aurait fait ce sacrifice si tu n'étais pas bien plus importante pour elle que tout ce qu'elle avait abandonné.

Penser à ses deuils avait atténué mon désir. De toute façon, je pourrai l'assouvir plus efficacement une fois qu'elle aurait trouvé ces préservatifs. Je me redressai, l'entraînant avec moi.

— Tu devrais prendre ton petit déjeuner avant qu'il ne refroidisse.

Sorsha arqua un sourcil.

— Tu es sûr ?

Je lui volai un dernier baiser.

— J'ai tout ce qu'il me faut. Pour l'instant.

Nous sortîmes de la chambre pour constater que Ruse avait étalé une abondance de gourmandises sur la table du camping-car et qu'Omen était revenu nous rejoindre. Le chien de l'enfer était reparti seul peu de temps après que nous avons fini d'interroger Gloam, qui n'avait pas non plus eu de contact avec l'ombre nommée Ruby, du moins d'après ce qu'il avait admis. D'après l'expression sévère de notre chef, je soupçonnais que ses recherches indépendantes n'avaient pas apporté de nouvelles informations non plus.

Sorsha avait dû faire le même constat.

— Aucun signe de notre mystérieuse Ruby ? dit-elle en s'installant sur le canapé. Je m'assis à côté d'elle et pris une pâtisserie à l'odeur particulièrement délectable, avec des cerises sirupeuses au milieu.

Omen soupira.

— Pour autant que je sache, aucun des hommes de l'ombre de la ville ne l'a vue, et encore moins n'a remarqué la catastrophe qu'elle a causée. Il se peut que les laquais des Très Hauts aient éliminé tous les êtres qui avaient été entraînés dans ses plans… mais je me serais attendu à ce qu'il y ait au moins des rumeurs sur ce genre d'opération.

— Peut-être que c'est une fausse rumeur qui les a amenés ici au départ, suggéra Thorn. Ou une information qu'ils pensaient être en rapport avec elle, mais qui ne l'était pas. Nous ne savons pas dans combien de villes ils ont mené des recherches plus intensives. Le fait qu'ils l'aient fait ici, où Sorsha est née, n'est peut-être pas une si grande coïncidence.

— C'est vrai. Pour ce que nous en savons, ils ont harcelé les hommes de l'ombre dans toutes les zones métropolitaines de cette moitié du pays. Le chien de l'enfer expira d'un coup. Je suppose qu'il est inutile de continuer à nous éloigner de notre chemin à la recherche de Ruby. Quelle que soit la piste qui existait, elle est depuis longtemps éteinte. Nous devrons nous contenter de ce que nous avons. Le hacker de Rex pensait que le centre de commandement de la Compagnie était situé à San Francisco. Nous allons les localiser et décider de la marche à suivre à partir de là.

Sorsha avait pris un wrap farci d'œufs brouillés au

fromage. Elle s'arrêta en pleine bouchée, la posture crispée, et posa son wrap en déglutissant.

— Tu veux qu'on parte maintenant ?

Assis en face de Sorsha, Omen leva les yeux sur elle.

— Il semble que nous ayons fait tout ce que nous pouvions ici. Nous avons une idée de la façon dont tu es devenue ce que tu es, mais nous n'avons aucun moyen d'en déterminer rapidement les détails. Pensais-tu vraiment que nous allions oublier notre mission première pendant que nous cherchions la clé d'un incident sur lequel aucune espèce de l'ombre dont j'ai entendu parler n'était tombée avant ou depuis ?

— Ce n'est peut-être pas si difficile à comprendre. Combien d'hommes de l'ombre ont voulu avoir des enfants de toute façon ? Je me suis dit que j'allais au moins reparler à l'antenne locale du Fonds. Klaus pourrait se souvenir de plus de choses si je lui posais quelques questions. Et nous pourrions aussi avoir besoin de leur aide pour cette mission principale.

Omen ricana à cette idée.

— C'était déjà assez difficile de faire contribuer les humains qui te connaissaient lorsque nous étions dans leur propre ville, Miss Catastrophe. Qu'est-ce que ces mortels vont faire pour nous lorsque nous nous attaquerons à San Francisco ?

— Je ne sais pas. Il semble juste que cela vaille la peine d'essayer. Essayer nous a déjà menés quelque part plus d'une fois, comme tu l'as admis toi-même.

Elle agita le wrap sous son nez.

— Espérons que je n'aurai plus jamais à le faire, dit-il sèchement. Ils ont tes coordonnées s'ils se sentent poussés à agir, n'est-ce pas ?

— Eh bien, oui, mais... Sorsha hésita, le regard moins

ardent. J'étais sur le point de poser ma pâtisserie et de lui tendre la main lorsqu'elle retrouva sa voix. Nous ne savons toujours pas pourquoi mes pouvoirs se sont manifestés. Je ne sais pas si je serai d'une grande aide si je ne peux pas être sûre de brûler les bonnes personnes quand les gens ont besoin d'être brûlés.

Omen s'appuya sur le plan de travail de la cuisine, l'air indifférent.

— Je pense que nous avons suffisamment de réponses à cette question. Manifestement, ta part humaine a du mal à accepter celle de l'humanité de l'ombre. C'est le conflit de nos espèces qui recommence.

— Super explication, mais elle ne m'aide pas à éviter de m'immoler par le feu.

— Sorsha. Le regard d'Omen devint déterminé, son ton suffisamment sérieux pour que mes oreilles se dressent encore plus attentivement. Les imbéciles du Fonds ne pourront pas t'aider. Tu peux t'en charger. *Nous* pouvons le faire. Je vais continuer à entraîner ton impossible personne jusqu'à ce que ton contrôle s'améliore. Je ne te laisserai pas partir en fumée. D'accord ? J'aimerais juste que les séances d'entraînement soient orientées vers notre objectif final, afin que nous puissions faire d'une pierre deux coups.

Sorsha le regarda en clignant des yeux.

— Ah. D'accord. Puis elle retrouva son sourire. Tant que ces séances d'entraînement n'impliquent pas de me réduire en bouillie comme tu l'as fait par le passé.

Omen leva les yeux au ciel.

— Je pense que je peux également réussir à te protéger de cette menace.

J'inspirai lentement, goûtant l'énergie qui emplissait l'air entre eux. C'était un mélange si étrange d'antagonisme, de camaraderie et d'amusement que j'avais du mal à savoir quoi faire de ce ragoût. Ce n'était pas du tout comme l'atmosphère constante d'affection et de soutien qui circulait entre Sorsha et Thorn ou la chaleur sensuelle qu'elle et Ruse pouvaient déclencher d'un simple regard, mais il y avait des échos de ces deux saveurs, et de bien d'autres encore.

Peut-être ne savaient-ils pas non plus où aller avec ce chaos d'émotions.

— J'aimerais quand même prendre contact avec les gens du Fonds, même si ce n'est que brièvement, dit Sorsha lorsque son téléphone émit une sorte d'alarme. Elle le saisit et lut quelque chose sur l'écran. Son visage se décomposa, et mon cœur se pinça.

— Qu'est-ce qui s'est passé ? demandai-je.

Elle se passa la main sur la bouche comme pour essayer d'effacer son mécontentement, mais cela ne fonctionna pas.

— Ça ne devrait pas avoir d'importance. Je ne m'attendais à rien. Ellen, de chez nous, vient de m'envoyer un texto. Elle a décidé qu'en ce qui concernait notre conflit avec la Compagnie, elle et le reste des membres du Fonds de mon ancienne branche ne s'en mêleraient plus du tout.

VINGT

Sorsha

Une gerbe de flammes jaillit de la balle qui fonçait sur moi – et au même moment, une chaleur crépitante envahit ma main. Alors que j'esquivais le projectile enflammé, je plaquai mes doigts contre ma chemise et me retins de grimacer à cause de la brûlure.

— Tu n'arrives pas à te concentrer, dit Omen, qui s'était appuyé contre le mur de la cage de frappe de baseball à quelques mètres de là. Tu ne peux pas espérer garder le contrôle si tu n'es même pas attentive.

— Désolée d'avoir d'autres préoccupations le lendemain du jour où j'ai découvert que j'étais une sorte de fusion inédite entre l'homme et l'ombre, répondis-je en agitant la main pour dissiper toute chaleur persistante.

— Si tu n'as pas envie de continuer, on peut s'arrêter là.

—Je n'ai pas dit ça.

Imaginez la fête qu'il organiserait si j'admettais que je ne pouvais pas relever un de ses défis. Oh, non, cette fille était là pour gagner. Même si je n'étais pas tout à fait sûre de ce à quoi « gagner » ressemblerait. Pas à me faire frire par mégarde vraisemblablement.

La séance d'entraînement dans la cage de frappe s'était plutôt bien passée au début. Alors qu'Omen avait installé le lanceur de balles pour, eh bien, lancer des balles dans la direction approximative de mon visage, les autres hommes de l'ombre étaient sortis de la cage pour regarder. Avec les applaudissements enthousiastes d'Antic, les louanges espiègles de Ruse, et le soutien silencieux, mais puissant de Thorn et Snap, j'avais pu oublier le rejet d'Ellen et ce que j'avais appris sur mon histoire.

Mais maintenant, la lumière du jour diminuait. Le temps se rapprochait de la réunion du Fonds à laquelle Omen acceptait à contrecœur de me laisser assister, et il devenait de plus en plus difficile de faire abstraction des incertitudes persistantes.

Et regardez ce que cela m'avait apporté. Des doigts cramés – beau travail, Sorsha.

Je redressai les épaules et me préparai pour la prochaine balle. La machine me la lança avec toute l'intensité d'un missile nucléaire.

Je plissai les yeux et la surface en cuir s'enflamma. La balle traversa l'air comme une météorite, se dissolvant en cendres juste avant de m'atteindre. Alors que les restes carbonisés retombaient sur le sol avec un nuage de fumée, je me préparai à recevoir une brûlure équivalente sur ma peau, mais rien ne vint. Merci les baguettes magiques beurrées. Pour une fois, mon entraîneur ne pouvait pas se plaindre.

— C'est mieux, dit Omen. Tu peux t'en sortir, il faut maintenant que tu continues à le faire.

— Merci pour l'excellent coaching, boss. Où en serais-je sans ta sagesse avisée ?

Le coin de sa bouche se releva légèrement

— J'ai cru comprendre que tu étais en train de te transformer en chips.

Avant de pouvoir trouver une réponse acceptable, je vis Thorn sortir de l'ombre, de retour d'une rapide patrouille dans les environs. Nous devions être à l'abri des chasseurs en maraude et des lanceurs de missiles, car son expression était… sinon joyeuse, car Thorn réussissait rarement à avoir l'air autrement que sérieux, du moins semi-détendue.

— Peut-être que notre mortelle a assez travaillé pour la journée, suggéra-t-il légèrement. Personne ne peut se concentrer correctement lorsqu'il est épuisé.

J'inspirai et constatai que mes muscles commençaient à trembler sous l'effet de l'effort que j'avais fourni au cours des dernières heures.

— Tu as raison. Je veux aussi être en forme pour cette réunion. Je jetai un coup d'œil à Omen en haussant les sourcils. À moins que tu n'aies des objections, haleine de chien ?

Le métamorphe me sourit légèrement, mais son regard n'était pas aussi glacial que lorsqu'il avait tenté de m'entraîner pour la première fois, plusieurs semaines auparavant. Il était même un peu plus chaleureux.

— Fais une pause alors, Miss Catastrophe. Mais ne t'attends pas à ce que je sois indulgent avec ton côté humain.

Il repartit en direction de la Toutemobile. Je roulai des épaules et fis le tour du terrain pour me dégourdir les jambes. Lorsque je revins à ma place initiale, Thorn s'y était attardé, et m'attendait.

— Ces récents événements te pèsent, dit-il.

La douce inquiétude qui se dégageait de sa voix grave me fit tressaillir. Il n'y avait rien de tel que de me rappeler que l'un de mes actes les plus beaux avait été de faire fondre l'attitude sévère de ce guerrier.

— C'est beaucoup, dis-je. Surtout dans la mesure où je me retrouve avec davantage de questions. S'il s'était avéré que mes parents avaient demandé à un être de l'ombre de faire de la magie sur moi, j'aurais eu un peu plus de facilité à m'y retrouver. Et tout ce qui concerne le Fonds… Je me frottai les bras et laissai échapper un petit rire. Je crois que j'ai vraiment brûlé ces ponts jusqu'au sol. C'est peut-être une bonne chose que ce soir je fasse appel à des gens qui me connaissent à peine.

Thorn laissa échapper un grognement.

— Je ne pense pas que ton comportement ait nécessairement dicté la façon dont tes anciens collègues ont répondu à ta demande d'aide, Milady.

— Non ? Ils ont pourtant agi comme si c'était le cas.

— J'ai observé que tous les êtres avaient tendance à… Il s'interrompit, jetant un coup d'œil autour de lui. Les autres ombres étaient parties, d'après ce que je voyais, mais soit quelqu'un était resté dans l'ombre, soit Thorn estimait que nous étions trop près de notre base pour être à l'aise. Il me fit signe de le suivre.

Nous contournâmes la clôture rouillée qui entourait l'installation délabrée et nous nous dirigeâmes vers la rivière, bien plus loin que là où nous nous étions garés auparavant. Je ramassai un caillou sur le trottoir et le lançai dans l'eau, lui faisant faire un rebond avant qu'il ne coule dans un anneau de vagues.

Thorn jeta un regard solennel vers la rive opposée et sa barrière de béton.

— Je l'ai souvent vu pendant les guerres, dit-il. Son expression et son ton m'indiquèrent qu'il devait parler des violentes batailles qui s'étaient déroulées plusieurs siècles auparavant, au cours desquelles les ailés s'étaient divisés pour soutenir des factions d'humains opposées et s'étaient battus les uns contre les autres. Nous essayions toujours de rallier d'autres ombres à notre cause, tout comme, je suppose, nos frères qui s'opposaient à nous, mais elles se joignaient rarement à nous, même si elles exprimaient leur accord.

— Pour être juste, il y a eu beaucoup plus de morts dans ces conflits que dans notre « guerre » contre la Compagnie jusqu'à présent, dussé-je faire remarquer.

— Peut-être. Mais une vérité que j'ai pu constater au fil du temps, c'est que les êtres se retirent presque toujours d'un combat à moins d'y être entraînés par une motivation bien plus profonde qu'un appel à leur générosité. Je me suis battu parce que je ne pouvais pas me détourner de mes frères lorsqu'ils faisaient appel à moi, parce qu'au moins pendant un certain temps, j'ai pensé que si je me battais suffisamment bien, nous serions moins nombreux à mourir…

Lorsqu'il se tut, je passai la main autour de son bras puissant. J'avais déjà entendu le guerrier regretter de ne pas avoir été assez présent pour ses camarades, mais jamais avec la pointe de doute qui s'était glissée dans son ton.

— Tu penses que tu t'es peut-être trompé à ce sujet ? demandai-je.

La mâchoire de Thorn se contracta.

— Les choses que j'ai vues et apprises ces dernières

semaines m'ont fait remettre beaucoup de choses en question, y compris mes propres jugements sur le passé. Je commence à me demander si nous ne nous serions pas tous mieux portés si nous n'avions pas été si prompts à nous aider mutuellement à prendre les armes, et si nous nous étions arrêtés pour discuter de la nécessité de ces guerres.

Je me penchai sur lui et déposai un rapide bisou sur son épaule.

— Tu te transformes en pacifiste à mon contact. Je suis très surprise.

— Je n'irais pas jusque-là. Il passa un bras autour de moi et du bout des doigts, il traça une ligne le long de mon flanc qui se réchauffa instantanément. Je te défendrai, toi et nos compagnons, par tous les moyens nécessaires, tant que je respirerai dans ce corps. Mais sais-tu… Je n'ai jamais su pourquoi nous nous battions ni pourquoi nos frères qui se sont dressés contre nous étaient si convaincus qu'ils devaient nous frapper. Combien d'entre nous se sont jetés dans la mêlée avec autant d'ignorance ? Et si la plupart de ces morts avaient pu être évitées ? Il s'ébroua. Mais nous nous éloignons de tes préoccupations actuelles.

— Ce n'est pas grave. J'ai le droit de m'inquiéter pour toi aussi. Et on dirait que c'est une bonne chose que tu remettes en question le passé. Mieux vaut maintenant que jamais. Je continue de penser que le Fonds n'a pas autant d'excuses pour rester en dehors de nos batailles. Leur but est d'aider les ombres, et ils ont beaucoup entendu parler de la raison pour laquelle nous combattions la Compagnie.

— Eh bien, il y a d'autres raisons, moins honorables, d'éviter les conflits. La main de Thorn s'immobilisa dans mon dos. Lorsque j'ai appris que la Compagnie était présente en Europe, je dois avouer que quelque chose en moi a hésité. Retourner sur les terres où j'avais combattu auparavant, ou du moins pas loin – mais ce n'est pas comme s'il restait beaucoup de choses de cette époque de toute façon. Ce n'est que dans mon esprit que le malaise s'est installé. Les quelques ailés qui restaient s'étaient éparpillés après le massacre. Nous sommes maintenant plus proches de l'un de mes anciens compagnons que je ne le serais jamais de l'autre côté de l'océan.

Je relevai la tête.

— Il y a un autre ailé dans le coin ? Où l'as-tu caché ?

Thorn émit un petit rire sinistre.

— Comme nous sommes si peu nombreux, nous sommes très attentifs à la présence des autres. Je ne saurais te dire combien il en existe dans le monde entier, mais quelques heures avant d'arriver dans cette ville, j'ai su qu'il y avait un autre de mes semblables un peu plus loin à l'ouest. Peut-être même à San Francisco.

J'étais sur le point d'expliquer comment cela pourrait être utile lorsque Ruse nous appela du camping-car un peu plus loin.

— Hé, Sorsha ! Il y a un monsieur qui te demande.

Thorn fronça les sourcils. Je tirai sur son bras.

— Viens, allons voir de quoi il parle.

Il ne fallut pas longtemps pour le découvrir. Lorsque nous atteignîmes la Toutemobile le reste de notre groupe se tenait sur le trottoir, en cercle autour d'une silhouette trapue aux cheveux noirs et aux oreilles pointues. Gloam l'elfe était venu nous rendre visite.

Sans ses cheveux et ses oreilles pointues, je ne l'aurais peut-être pas reconnu. Le soir tombait autour de nous, mais Gloam jetait des coups d'œil autour de lui avec bien plus d'entrain que je ne l'aurais imaginé. Ses cheveux ne tombaient plus, mais se balançaient au gré des mouvements de sa tête. Il se frotta les mains et m'adressa un large sourire.

Peut-être étais-je en train d'halluciner ? Mais Omen, Ruse et les autres regardaient tous l'elfe avec la même perplexité.

— Je suis venu me joindre à votre quête, dit Gloam en s'inclinant d'un air enjoué. Vous avez dit que vous cherchiez d'autres hommes de l'ombre pour vous aider à combattre nos ennemis communs. Comment résister à l'appel de l'aventure ?

Je me retins de justesse de le regarder bouche bée. Antic bondit autour de lui, tirant sur ses vêtements et le frappant ici et là, la bouche tordue en un angle perplexe.

— C'est quoi ton problème ? demanda-t-elle. Tu as deux êtres dans le même corps ou quoi ?

— Un seul. Il lui sourit également, comme s'il ne s'était pas rendu compte de sa pique.

Elle se tourna vers nous et agita un pouce dans sa direction.

— C'est pas possible que ce soit le même gars que celui qu'on a rencontré dans les égouts. Peut-être que les déchets toxiques ont fait muter un jumeau !

— Oh ! dit Gloam avec un petit rire. Je comprends votre étonnement. Je m'excuse pour la tristesse dans laquelle vous avez dû me trouver hier. Je suis un elfe de la nuit. Quand les étoiles et la lune sont là, je rajeunis. En plein jour, je n'ai pas beaucoup d'énergie pour faire bonne figure.

C'était l'affirmation de l'année. Mais maintenant que j'avais rencontré la version guillerette de Gloam, je comprenais pourquoi Luna avait été la meilleure amie de ce dernier.

— Je suppose que tu n'as pas de compétences de

combat particulières ou de magie puissante à offrir ? demanda Omen.

Gloam haussa les épaules avec le même sourire enjoué.

— Je peux jeter mes propres ténèbres.

— À plus d'un titre, remarqua Ruse en souriant.

— Nous sommes heureux de t'avoir dans l'équipe, dis-je, craignant à moitié que le scepticisme des autres ne le renvoie à son état dépressif antérieur. Tu es arrivé juste à temps. Nous allons partir d'une minute à l'autre.

Antic regardait toujours l'elfe avec méfiance, mais elle claqua des doigts et s'élança vers le camping-car.

— Viens, je vais te montrer où tu peux te trouver une place. N'oublie pas que pour tout ce qui est farces ou tours de passe-passe, c'est moi qui mène la barque.

Omen attira mon attention alors que le reste d'entre nous s'avançait pour les suivre. Sa voix était blanche, mais il n'arrivait pas à atténuer l'amusement qu'elle contenait.

— Comment se fait-il que tu arrives à enrôler les êtres les plus inutiles à notre cause, Miss Catastrophe ?

Je levai les mains, en adoptant le même ton que lui.

— Ne me mets pas ça sur le dos, boss. C'est toi qui lui as parlé de notre grande croisade.

Le visage d'Omen se crispa, comme s'il avait compris que j'avais raison.

— Je ne l'ai pas invité, dit-il. Mais je suppose que je ne peux pas te blâmer s'il s'est invité lui-même. Sinon que ton optimisme m'a peut-être incité à en parler.

Je lui donnai un petit coup.

— Bien sûr, j'admets que c'est de ma faute, tout comme tu admettras que c'est grâce à moi quand il finira par neutraliser la Compagnie pour nous.

— Plutôt que d'attendre que cela se produise, tu ferais mieux de continuer à t'entraîner à la maîtrise de soi. Il faut bien que je finisse par déteindre un peu sur toi.

— Hé, mes incroyables capacités ne sont dues qu'à moi.

— Et ne sommes-nous pas tous reconnaissants pour cela ? marmonna Omen en montant les marches, mais je crus apercevoir une lueur de sourire.

Il n'avait pas eu besoin de s'entraîner avec moi aujourd'hui. Il n'avait pas eu besoin de se consacrer à m'aider à contrôler mes pouvoirs. Je ne me serais pas attendue à ce qu'il se préoccupe de savoir si une humaine – enfin, une demi-humaine – se brûlait, tant que je brûlais les méchants dans la foulée. Mais apparemment, c'était le cas, et cela atténuait les répliques acerbes que j'aurais pu lui lancer.

Même s'il en était venu à apprécier mes contributions, cela n'empêcha pas Omen d'être un peu plus sarcastique lorsque Ruse se gara en bas de la rue du magasin de jeux.

— Fais ton plaidoyer et sois de retour ici dans dix minutes, ou peut-être que nous te laisserons avec ces crétins.

— Tu ferais mieux de me laisser Darlene, alors, puisque tu n'auras pas besoin d'elle sans mes fesses de mortelle, l'informai-je en sortant.

J'avais envoyé un texto à Monica pour l'avertir que je passerais. Apparemment, la branche d'Austin du Fonds était particulièrement prudente quant à l'infiltration de son repaire secret : le mot de passe avait déjà changé, c'était désormais « Yoshitaka ». Je le donnai au même type derrière le comptoir et je me rendis à la réunion du soir.

Deux autres personnes s'étaient présentées : une femme légère d'âge moyen avec une coupe de fée Clochette et un jeune homme dont la tentative pas tout à fait réussie de se faire pousser la moustache ressemblait à des touffes d'herbe surgissant d'une plaine désertique. Klaus se tenait devant la table, agitant les bras avec emphase et disant : « … c'est peut-être la seule vraie chance que nous ayons. »

Tout le monde se retourna à mon arrivée, et un sourire apparut sur ses lèvres.

— Je crois que nous sommes tous décidés, dit-il avant de se retourner vers les autres. N'est-ce pas ?

Monica hocha lentement la tête, l'homme en noir et le moustachu plus catégoriquement. Klaus rayonnait, le rose de ses joues rebondies le faisant ressembler encore plus à Santa.

— C'est super, dis-je. Euh… Qu'est-ce qui vous a décidé ?

— Tu as dit clairement qu'une menace rôdait et qu'elle pesait à la fois sur les ombres et sur ceux d'entre nous qui essaient de les aider. Nous ne pouvons pas fermer les yeux. Dis-nous où tu as besoin de nous et ce que nous pouvons faire, et nous t'aiderons autant que possible.

Je m'attendais à avoir un débat sur les bras, mais apparemment il avait déjà eu lieu sans moi, sous l'impulsion du père Noël lui-même. Et nous n'étions pas encore le 25 décembre. Je prendrai quand même ce cadeau, merci beaucoup.

Je lui répondis par un sourire.

— D'accord, je retire mon « super » et je le remplace par « génial ». Nous allons avoir besoin de toute l'aide possible. Je ne peux pas rester longtemps, car nous sommes sur le point de partir, mais on se retrouvera à San Francisco. Si l'un d'entre vous est prêt à faire le voyage et à nous aider sur le terrain, ne serait-ce qu'en assurant la coordination avec la branche du Fonds sur place, ce serait formidable. Mais même une collecte d'informations à distance serait utile.

Klaus se frotta les mains.

— Je ne suis pas allé sur la côte ouest depuis des années. Des vacances et une campagne pour la justice en une seule fois, ça me va bien. Je vais devoir regarder les vols. Il jeta un coup d'œil à ses compagnons. Qui est avec moi ? Vous devrez vous occuper de vos vols, mais je peux trouver un AirBNB assez grand pour nous tous.

— J'ai déjà pris mes congés, dit l'homme en noir. Tu peux me compter.

La femme lutin leva la main.

— Je pense que je peux y arriver. Il faut juste que je passe quelques coups de fil.

— Moi aussi, dit Monica en inclinant la tête vers moi. Tiens-moi au courant de ce qui se passe et de ce que vous découvrez. Si tu pouvais m'envoyer par e-mail un compte rendu complet de la façon dont vous avez abordé ces personnes jusqu'à présent afin que nous puissions commencer à élaborer notre propre stratégie, ce serait formidable.

Je n'étais pas sûre de vouloir qu'ils sachent que notre stratégie avait impliqué jusqu'à présent beaucoup de têtes arrachées, de torses éventrés et de cadavres carbonisés. Alors que les souvenirs se bousculaient dans ma tête, une chaleur vacillante se répandit sur mes bras et une flamme jaillit sur les jointures de ma main droite.

Ce fut à peine un éclair de lumière, qui disparut lorsque je ramenai ma main contre mon flanc. Je me mordis la langue sous la sensation de brûlure, mais je retins mon cri. Pourtant, prendre feu spontanément est le genre de chose qu'il est difficile de camoufler. Lorsque je levai la tête, plusieurs paires d'yeux écarquillés m'observaient.

Il était temps de faire diversion et de se reprendre !

— Bien sûr, dis-je rapidement en joignant les mains devant moi comme si rien d'anormal n'en était sorti. Ce sera un peu un roman, mais je peux vous donner l'essentiel avec toutes les choses importantes.

— Excellent. Monica sourit, ce qui, je l'espérais, signifiait que tout allait bien. J'avais l'impression que m'excuser pour ma quasi-combustion ne ferait qu'empirer les choses.

— J'y vais, alors. Et appelez-moi une fois qu'on sera à San Francisco pour qu'on se retrouve. Ne perdez pas mon numéro. J'agitai le doigt en regardant l'ensemble du groupe et je filai à toute allure avant que mes nerfs à vif ne puissent laisser échapper d'autres effets spéciaux surnaturels.

VINGT-ET-UN

Sorsha

Lorsque je sortis de la chambre pour prendre mon petit déjeuner, Gloam était affaissé sur la table comme une plante qui aurait flétri sous l'effet d'un excès de soleil. La nature abattue qui l'habitait le jour rendait difficile à croire qu'il avait joyeusement discuté de ses desserts humains préférés avec Snap la veille au soir.

Antic était perchée sur le plan de travail en face de lui et tenait le nouvel atlas routier que Ruse avait acheté pour elle. Un *post it* rose vif dépassait du haut de la couverture et annonçait « Par-là ». Même avec cette garantie, je n'étais pas sûre que lui faire confiance pour donner des indications soit la meilleure idée.

Elle leva les yeux de son livre pour tirer la langue à l'elfe de nuit. Ses jambes maigres se balançaient contre les placards.

— Je n'arrête pas de lui dire qu'il devrait mettre cette

tête de carême dans l'ombre, là où au moins nous n'aurions pas à le regarder.

Gloam soupira.

— Je sais qu'il n'est pas agréable d'observer mon abattement. Je peux me retirer si c'est ce que vous préférez tous.

Je lançai un regard d'avertissement à Antic et m'assis en face de lui avec le muffin que j'avais pris.

— Ne sois pas stupide. Tu es comme tu es, et si tu préfères rester sous ta forme physique, c'est à toi de décider. Ceux qui n'aiment pas te regarder n'ont qu'à diriger leurs yeux dans une autre direction.

Le diablotin souffla et descendit du plan de travail pour se rapprocher de Ruse, qui avait repris son rôle de conducteur.

— Dans seize kilomètres, je dirais, nous prendrons une sortie vers le sud. Elle tourna le livre de côté, puis sa tête, ce qui ne me mit pas vraiment en confiance.

Même avec des chauffeurs de l'ombre qui n'avaient pas besoin de dormir, nous n'allions pas arriver à la ville du Golden Gate avant ce soir. Au moins, nous avions notre belle maison sur roues pour profiter du voyage. Et nous ne l'avions même pas volée ou escroquée à qui que ce soit – des balades légitimes pour la victoire !

Alors que je mordais dans la pâte sucrée de mon muffin, Gloam leva suffisamment la tête pour m'observer de dessous ses fins sourcils.

— Luna me cachait bien plus de choses que je n'aurais pu l'imaginer. Tu es issue d'un humain et d'une ifrit... Il s'arrêta là, le regard fixe, comme si l'impossibilité de la chose l'avait rendu muet.

— Hé, personne n'est plus surpris que moi, dis-je. Elle m'a élevée pendant treize ans et n'a jamais dit que j'avais potentiellement des compétences magiques ou quoi que ce soit de ce genre. Vraiment, un avertissement aurait été le bienvenu. Et si j'avais accidentellement mis le feu à l'un de mes professeurs de lycée pour avoir dénigré mes tentatives de dissertation ou quoi que ce soit d'autre ? Sans penser à quelqu'un en particulier qui l'aurait mérité…

— Je n'aurais jamais pensé qu'une telle chose pouvait se produire. Je suppose que cela montre à quel point je ne comprends pas vraiment ce monde.

Je dus me retenir de rouler des yeux devant son insistance à faire de l'insanité de mon existence une question de ses faiblesses.

— Je suis sûre que ça n'a pas été facile. Omen existe depuis un millier d'années et il n'a jamais entendu parler de quelqu'un qui y soit parvenu.

D'une certaine manière, mon réconfort ne fit que rendre Gloam plus sombre. Il baissa les yeux sur ses mains.

— Ils ont dû te désirer très fort pour faire autant d'efforts pour te faire naître. Je n'arrive pas à imaginer que quelqu'un se préoccupe autant de mon existence.

Pas étonnant que Luna n'ait fréquenté ce type que pendant la nuit. Je commençais à reconsidérer ma réprimande à Antic. Mais son commentaire fit naître un brin de chaleur, qui se répandit dans ma poitrine à mesure que je l'absorbais. Pour la première fois depuis qu'Ellen avait envoyé un texto pour dire qu'elle et le reste de cette partie du Fonds se retiraient du jeu, mes nerfs s'étaient complètement calmés.

— C'est vrai, dis-je. Ils m'aimaient beaucoup. Je me souviens… Les souvenirs de mes parents étaient vagues, mais chaque impression que j'avais du visage de ma mère, encadré par ses cheveux roux, était rayonnante d'affection.

Dans le mot qu'ils m'avaient laissé, ils m'avaient appelée leur « trésor ». Et Luna avait suffisamment cru en leur engagement l'un envers l'autre et en la possibilité d'avoir un enfant pour non seulement les aider dans leur recherche d'une solution, mais aussi pour me consacrer sa vie pendant plus de dix ans après leur mort.

Et si j'étais une impossibilité ? Oui, j'étais un monstre de la nature qui avait encore beaucoup de travail à faire pour contrôler ses dons. Mais j'étais aussi née de l'amour le plus immense que j'aurais jamais pu imaginer.

Mes parents et Luna avaient cru que je méritais de venir au monde, que j'améliorerais les choses plutôt que de les empirer. En leur honneur, je devais croire en moi au moins autant.

La Toutemobile se mit à osciller lorsque Ruse changea de voie, sans klaxonner, cette fois.

— Nous sommes officiellement à mi-chemin, nous dit-il.

— Woohoo ! je levai mon poing en l'air. Un moment comme celui-là nécessitait une chanson. Nous sommes aussi vifs qu'un tigre, nous sommes aussi frais qu'un cerf-volant, nous relèverons le défi à l'arrivée ![1] chantai-je.

Gloam me regarda d'un air ahuri, mais Antic gloussa et dansa une petite gigue avec l'atlas routier.

Omen se matérialisa à côté de la table, les bras croisés sur la poitrine.

— Si tu veux « relever » ce « défi » sans t'abîmer encore plus, je pense qu'une autre séance d'entraînement s'impose. Si tu penses que tu peux réussir à ne pas brûler Darlene autour de nous ?

J'enfournai le dernier morceau de mon muffin en hochant rapidement la tête. Combien de défis avais-je déjà relevés et vécus pour en parler ? Je finirais bien par m'y faire. Si mon père et ma mère avaient réussi à faire coopérer leurs natures différentes pour produire un être entièrement nouveau, je pourrai convaincre les côtés opposés de moi-même de s'entendre.

Je me levai en frottant mes mains l'une contre l'autre.

— Très bien. Allons-y. Je marquai une pause, réfléchissant à nos options limitées en matière d'espace d'entraînement. Peut-être pas ici, près du siège du conducteur, car je ne peux pas promettre qu'une flamme ou deux ne deviendront pas un peu incontrôlables. Et je préférerais ne pas faire un feu de joie de mon propre lit, alors… la chambre principale ?

— Je pourrais te mettre dans la salle de bains, puisque personne d'autre ici n'en a besoin.

— Oui, mais il n'y aurait pas de place pour que tu me rejoignes là-dedans pour me donner des ordres.

Je passai devant lui et me dirigeai vers l'étroite porte située à l'arrière du camping-car. Je n'y étais entrée qu'une seule fois, lorsque Gisèle était recroquevillée sur le lit, inconsciente à cause de ses blessures. Apparemment, elle avait voulu oublier ça en changeant l'environnement – le couvre-lit était différent, d'un bleu foncé qui scintillait ici et là comme des étoiles. Elle avait dû demander à Bow de lui en trouver un nouveau.

— Bon, qu'y a-t-il au menu aujourd'hui ? Y a-t-il des trucs brillants que tu aimerais voir disparaître ?

Omen jeta un regard noir sur la chambre, qui présentait plus de surfaces scintillantes que le contraire. Même le plafond avait été parsemé de paillettes d'or, comme si un ouragan brillant était sur le point de s'abattre sur nous.

Le goût de la métamorphe licorne en matière de décoration était indéniable. Il était vraiment dommage que Luna et elle n'aient jamais eu l'occasion de se rencontrer.

— J'ai pensé qu'on pourrait revenir au premier truc qui a marché. Omen brandit une poignée de bandes de papier déchirées qu'il avait sorties de sa poche. Simple et facile à mettre en œuvre dans un espace confiné. Mais d'abord, j'ai repensé au moment où j'avais décidé qu'il fallait que je tempère mon, euh, tempérament. Nous pouvons essayer quelques techniques de recentrage et d'apaisement qui pourraient t'aider à rester calme pendant que tu invoques le feu en toi.

Tout ce qui pouvait réduire les chances que je finisse en cendres était bon à prendre.

— Je suis prête. Apprends-moi !

Omen me fit faire quelques exercices mentaux impliquant une respiration mesurée et une visualisation. Je décidai qu'il était plus sage de ne pas mentionner que ses instructions ressemblaient beaucoup aux méditations des gourous du yoga auxquelles la mère de Vivi était accro.

De toute façon, de quel droit pouvais-je me moquer ? En imaginant une étendue sereine d'eau calme de l'océan, je pouvais contraindre la sensation de fraîcheur qu'elle me procurait à parcourir toute ma peau. Bien sûr, ce qui comptait vraiment, c'était de savoir si mon image mentale tiendrait la route lorsque des flammes bien réelles entreraient en jeu.

— Tu crois que tu te maîtrises assez bien maintenant ? demanda Omen. Après avoir fait les cent pas pendant plusieurs minutes, il s'était finalement assis sur le bord du lit, à trente centimètres de moi, mais même lorsque je fermais les yeux, la chaleur de sa présence me chatouillait la peau.

— Je ferai mieux, dis-je. Sors les papiers !

Il se leva à nouveau pour se tenir devant moi et en tint une, pincée entre ses doigts, à soixante centimètres de mon visage. La chambre, malgré son caractère impressionnant, n'était encore qu'une chambre de camping-car et nous n'avions pas beaucoup de place pour travailler. Il agita la feuille de papier de façon à ce qu'elle oscille au-dessus de sa main.

— Tu devrais te sentir honorée. J'ai suffisamment confiance en ta capacité à viser pour mettre ma main en danger.

— Tu parles, ce que cela signifie, c'est que tu ne crois toujours pas que je puisse vraiment te faire prendre feu.

Il sourit vraiment à ce moment-là, d'un air arrogant qui me fit brusquement regretter de ne pas pouvoir le maîtriser, lui.

— Verre à moitié plein, verre à moitié vide, c'est à toi de voir comment tu le vois.

Il ne devrait pas me tenter, ou bien un de ces jours mon malaise face à l'énergie qui montait parfois en moi serait compensé par mon envie de lui donner une leçon sur la sous-estimation des humains... ou des demi-humains... peu importe.

Je concentrai mon regard sur le papier. J'imaginai ce paysage océanique serein se répandre dans mon corps – et une secousse de ma chaleur intérieure bondir à travers, visant uniquement ma cible.

— Brûle !

Le papier s'enflamma. Si cela piqua les doigts d'Omen, il n'en laissait rien paraître. Toujours souriant, il referma sa main autour du feu pour l'éteindre, puis balaya les cendres restantes.

— C'est excellent. Il ne nous reste plus qu'à faire cela un millier de fois de plus.

Je retins un gémissement.

— J'ai soudain l'impression d'être devenue ta broyeuse

personnelle. Je serai bien entraînée si un jour je veux prendre un emploi dans la destruction de traces écrites, quand tout cela sera terminé.

— Voilà. Je te prépare aussi à de nouvelles et passionnantes opportunités de carrière. Il marqua une pause, et le ton ironique quitta sa voix. Ça s'est bien passé ? Tu ne t'es pas brûlée du tout ?

— Tout va bien. Tout est parfaitement frais et océanique. Je l'encourageai de la main. Passons à la suite de l'entraînement, ou bien on sera en Uruguay quand j'aurai fini.

En prenant le temps de me recentrer et d'évoquer l'imagerie apaisante avant chaque explosion de flamme, je réussis à griller quatre autres petits bouts de papier, puis deux autres plus grands, sans aucun effet néfaste. Allions-nous travailler jusqu'à obtenir une encyclopédie complète ?

Bien sûr, quand j'avais besoin d'étendre ma magie au milieu d'un combat, je n'avais pas forcément le temps de faire une petite méditation avant de me lancer dans l'action, ou je risquais de me faire griller par nos assaillants entre-temps. Mes visualisations n'allaient pas dévier les balles, les poignards ou les fouets laser.

Tandis qu'Omen préparait sa cible suivante, j'inspirai et laissai la sensation de fraîcheur m'envahir à nouveau, aussi profondément que je pouvais l'invoquer. Je devais voir combien de temps l'effet durerait si je ne le renforçais pas à chaque accès de puissance.

Le métamorphe commença à diversifier les choses en faisant une boule d'un papier, en laissant un autre onduler pendant qu'il le laissait pendre, et tout ce qui lui venait à l'esprit pour varier la pratique. Je les explosai l'un après l'autre, sans me laisser le temps de rassembler mes émotions cette fois. Je fis comme si nous étions au milieu de la mêlée, et que chacun de ces bouts de papier était un connard de la Compagnie sur le point de me massacrer ou de massacrer mes alliés de l'humanité de l'ombre. *Brûle. Brûle. Brûle tout…*

Une flambée de chaleur vive me traversa la poitrine et une flamme parcourut mon avant-bras au moment même où le papier d'Omen s'enflammait. Je frappai le couvre-lit avec mon bras, une douleur se propageant déjà dans ma chair. Quand je baissai les yeux dessus, ma peau brillait d'un rose foncé.

Je grommelai : « Putain de galettes d'avoine tatillonnes ! »

Omen attrapa une bouteille d'aloe vera qu'il avait sous la main, prouvant qu'il n'avait pas vraiment confiance en mon contrôle.

— Tu t'es concentrée ?

— Oui, oui. Mais je devais accélérer le rythme. Mes pouvoirs ne vont pas nous servir à grand-chose si je m'arrête pour vanter les mérites de la mer pendant qu'un connard me plante un couteau.

— Je suis sûr que tu y arriveras. Tu te précipites.

Je lui fis une grimace.

— Ben voyons, je ne sais pas pourquoi je ressens une quelconque pression temporelle. Ce n'est pas comme si des dizaines voire des centaines d'hommes de l'ombre étaient torturés en ce moment même, dans le but de développer une maladie qui vous tuera tous.

— Tu ne feras pas grand-chose pour arrêter la Compagnie si tu es trop occupée à te brûler toute seule.

Au lieu de me tendre le flacon, il s'en mit un peu sur les doigts et s'assit à côté de moi pour étaler le gel sur ma peau brûlée. Au moins, la part d'ombre en moi semblait guérir les blessures qu'elle m'avait infligées plus vite que n'importe quel humain ne l'aurait fait.

La fraîcheur de l'aloe vera se répandit sur mon bras. Au fur et à mesure que la douleur s'estompait, d'autres sensations apparurent. Comme le frôlement des doigts d'Omen, d'une douceur inattendue, alors qu'il terminait son application. Comme la chaleur pas du tout désagréable qui émanait de lui, alors qu'il se tenait maintenant à quelques centimètres de moi.

Lorsqu'il relâcha mon bras, je cédai à l'envie de titiller l'un de ses gros pectoraux.

— Qui aurait cru que le chien de l'enfer pouvait être aussi doux ?

Omen ricana.

— Oui, ma préférence pour que tu ne sois pas carbonisée afin que tu puisses participer aux batailles à venir est clairement un signe de dévotion sans limites.

— Voilà, dis-je, ignorant joyeusement le sarcasme qui dégoulinait de sa voix, et je m'appuyai sur mes mains. Je savais qu'au-delà de toute cette rancœur, tu m'adorais.

Le regard du métamorphe passa sur mes seins et le reste de mon corps, le scintillement de la lumière orange allumant une flamme très différente en moi. Puis il s'écarta du lit d'un coup sec, cette froideur familière se développant dans ses yeux. Toute bonne humeur disparut de son ton.

— Tu devrais retourner t'entraîner. Avec un minimum de chair brûlée cette fois-ci, si tu peux y arriver ?

Je lui lançai un regard noir.

— Pourquoi dois-tu redevenir Chefaillon le trou du cul ? C'est si difficile d'admettre que tu te soucies un tant soit peu de ce qui m'arrive au-delà de mon utilité pour ta cause ? Et, je sais pas moi, d'agir comme tel pendant plus de quelques secondes à la fois ?

— Nous en avons déjà parlé. Je n'ai pas envie d'être un autre de tes copains de baise. Je ne vois pas comment cela ne mènerait pas à d'autres catastrophes.

— Je vais devoir te faire remarquer que c'est toi qui as parlé de baiser. Je ne te demande même pas de m'embrasser. Tout ce dont je parle, c'est d'un peu plus de cohérence dans le département du respect et de la compassion. Ou penses-tu que puisque je ne suis qu'à moitié ombre, je ne mérite qu'à moitié qu'on se préoccupe de moi ?

Il montra les dents.

— Je ne suis certainement pas venu ici pour me lier d'amitié avec des mortels.

— Je ne suis pas « mortelle », je suis moi. Et je pense avoir prouvé que je n'ai rien à voir avec ceux que tu détestes.

— Je n'ai jamais dit que tu étais comme eux.

Je levai les bras au ciel.

— Alors quel est le problème ? Tu sais que je suis là-dedans jusqu'au cou. J'ai abandonné à peu près tout ce que j'avais avant votre irruption dans ma vie pour mener à bien cette mission. Pourquoi es-tu toujours aussi convaincu que le fait d'être un peu amical va te gâcher la vie d'une manière ou d'une autre ?

— Qui dit que c'est ma vie que je crains de gâcher ? dit Omen, en grognant un peu. Tu crois vraiment que te mêler davantage de mes affaires va te faire du bien ?

Comment aurais-je pu résister à une si belle ouverture ? Je l'observai à travers mes cils.

— Oui, en fait, je pense que ce serait incroyablement sexy.

Le métamorphe laissa échapper un son étranglé.

— Et bien sûr, il faut que tu renverses la situation comme ça. Je ne pense pas une seule seconde que c'est toi qui freinerais si j'arrêtais de le faire.

— Donc ce que tu dis, c'est que tu n'as pas confiance en ton propre contrôle, et tu me le reproches.

— Ce n'est pas… Je sais comment tu es. J'ai vu comment tu as attiré les autres, même s'il n'y avait rien de malveillant là-dedans. N'essaie pas de prétendre qu'il s'agit de se faire des amis, parce que je vois en toi.

Il prononça ces mots comme une accusation, mais la vérité profonde qu'ils contenaient me traversa, dissipant la plus grande partie de ma frustration. Mes doigts se détendirent, après avoir serré le couvre-lit pendant notre dispute. Le coin de ma bouche se releva en un sourire de travers.

— Oui, dis-je. C'est vrai. Pas seulement comme ça. Tu es le seul à avoir vu que j'étais davantage qu'humaine alors que je fermais moi-même les yeux. Tu vois ce dont je suis capable, et tu vois quand je me débats – et tu m'aimes au moins assez pour me pousser ou me panser quand j'en ai besoin. C'est pour ça que je t'aime bien, ou du moins pour ça que j'essaie de passer à travers toutes les routines du chaud et du froid que tu m'envoies.

À mon changement de ton, la position d'Omen se figea.

— Qu'est-ce que tu essaies de faire maintenant ?

Hmm, on aurait dit que la gentillesse avait encore plus énervé le chien de l'enfer que le sarcasme. Parce qu'elle s'immisçait dans son armure émotionnelle plus qu'il n'aimait ça ?

Je haussai les épaules, gardant la même attitude calme.

— Je calme le jeu, ce qui ne veut pas dire que je recule. C'est juste que je ne vois pas la nécessité de continuer à se jeter des insultes à la figure. Traite-moi de Miss Catastrophe tant que tu veux, mais personne n'a jamais cru en moi autant que toi.

Une autre flamme passa dans les yeux d'Omen. Ses mains se crispèrent sur ses flancs et sa voix se fit plus succincte.

— Je pense que tu es une putain de migraine.

— Nan. Je n'irai pas par là. Les chamailleries ont été amusantes, mais tu n'en as pas assez ? Si on reprend l'entraînement, c'est en sachant que tu fais ça pour m'aider, parce que ça t'importe que je sorte de ce pétrin en bonne santé.

— Tu n'as pas à déclarer ce que je ressens.

Je lui adressai un sourire ironique.

— Je suis d'accord avec cette règle si nous en établissons également une selon laquelle tu n'as pas le droit de prétendre que tu n'as pas de sentiments du tout.

— Ne me fais pas le coup du Dr Phil[2], s'emporta Omen. Comme je ne répondais pas, il me donna une tape sur l'épaule, juste assez pour faire osciller mon corps. Où est ton combat, Miss Catastrophe ? N'es-tu pas toujours en train de parler de la force incroyable que tu retiens ?

— Je ne veux pas me battre avec toi. Et franchement, je pense que c'est faire preuve de beaucoup plus de force que d'admettre ce que l'on veut vraiment plutôt que de se promener avec une façade de dur à cuire.

— C'est bien plus qu'une façade. Omen me donna une tape sur l'autre épaule. Si tu penses que je suis une sorte de chiot, tu te trompes lourdement. Dois-je te montrer à quel point je peux être infernal ?

— Ce serait toujours mieux que le connard glacial, dis-je. Qui a dit que je voulais un chiot de toute façon ?

— Alors, montre que tu peux t'attaquer au chien de chasse.

Il me bouscula plus brutalement, les yeux brillants, les cheveux hérissés comme chaque fois qu'il se mettait en colère. Je n'allais pas lui donner la satisfaction de riposter.

Je levai les bras en signe de reddition, ce qui le rendit furieux au point de s'enflammer. Il sortit les crocs, l'éclat du magma et la noirceur de la lave parcourant sa peau.

En grognant, il me jeta sur le lit. Ses mains plaquèrent mes poignets sur le matelas, me piquant un peu à l'endroit où l'une de ses griffes entaillait ma peau. Il serra les mâchoires autour de ma gorge. Ses crocs entaillèrent ma chair avec une pointe de douleur. Et toute cette chaleur dangereuse et délicieuse m'envahit.

S'il pensait pouvoir me pousser à engager le combat qu'il voulait au lieu de la tendresse que je lui offrais, il n'en avait pas vu assez.

— Je te fais confiance, dis-je calmement. Que tu le veuilles ou non. Tu ne peux pas m'effrayer au point de me faire fuir.

Un grognement s'éleva de la poitrine d'Omen, se transformant en gémissement lorsqu'il résonna contre ma gorge. Son corps me dominait, ses muscles étaient tendus. Puis sa langue passa sur la peau sensible qu'il avait malmenée, provoquant une bouffée de plaisir.

J'eus le souffle coupé par un accès tendu de désir. J'osai lever la main sur cette chevelure fauve…

Et il fit passer sa bouche de mon cou à mes lèvres, me donnant un baiser, souffle brûlant et langue ardente en action.

Mes ongles griffèrent son cuir chevelu. Ses crocs étaient toujours sortis, sa chaleur de chien de l'enfer irradiant toute sa forme par ailleurs essentiellement humaine, mais bon sang si cela ne rendait pas l'étreinte encore plus enivrante.

Je me redressai, le besoin de me fondre dans cette chaleur résonnait en moi comme une alarme incendie. Sans interrompre le baiser, Omen m'entraîna plus loin sur le lit, son bassin se lovant entre mes cuisses. La partie la plus chaude de son corps, longue et dure, se pressa entre mes jambes, provoquant une secousse de félicité. Je poussai un gémissement pas du tout distingué.

La collision de nos corps n'avait rien de digne non plus. C'était de la fureur sauvage. Nos bouches s'entrechoquèrent encore et encore, un goût métallique s'insinuant sur ma langue à l'endroit où ses crocs avaient touché ma lèvre. Je déchirai sa chemise et il la jeta avec une telle violence qu'une figurine en porcelaine tomba de la commode et s'écrasa sur le sol.

D'autres veines d'une lueur orangée s'allumèrent sur son torse. Lorsqu'il se baissa à nouveau, ma chemise crépita sous l'effet de la chaleur. Alors que le tissu se carbonisait et se détachait comme de la suie, il aurait pu faire cloquer la peau en dessous, mais je convoquai instinctivement mon propre feu pour l'affronter. Les flammes de nos deux êtres dansèrent ensemble entre nous, brûlant le reste de nos vêtements, mais léchant ma chair avec seulement la plus extatique des brûlures.

Apparemment, je pouvais aussi éviter de m'incinérer de façon douloureuse si j'étais en train de me faire baiser. C'était bon à savoir.

J'écartai les jambes de plus en plus sous l'effet d'une envie irrésistible, et Omen n'eut besoin d'aucune autre invitation. Son membre s'enfonça en moi, faisant fourmiller le plaisir à travers mes nerfs.

Alors qu'il plongeait plus profondément, il saisit ma

cuisse comme pour nous rapprocher encore plus l'un de l'autre. De son propre chef, mon corps se mit à bouger avec le sien, le poussant à aller plus vite, plus fort. À chaque coup de reins, l'extase m'envahissait tel un brasier grandissant.

Omen détacha sa bouche de la mienne pour s'attaquer au côté de mon cou et à la courbe de mon épaule.

— Toi, grogna-t-il, mais s'il était furieux de ce que nous faisions, ce n'était pas suffisant pour l'arrêter. S'arrêter était un concept qui avait brûlé avec nos vêtements et tout le bon sens que je possédais encore. Pourquoi avions-nous attendu si longtemps pour commencer ?

Ce n'était peut-être pas l'acte le plus sage auquel j'avais participé. Mais si mes parents avaient eu besoin d'une magie inconnue pour réaliser l'impossible exploit de ma conception, la possibilité que cela se produise par accident me semblait bien trop éloignée pour m'arracher à cette félicité.

Une sensation inattendue glissa sur mon mollet, comme la taquinerie d'un doigt – sauf que les doigts d'Omen étaient actuellement emmêlés dans mes cheveux et agrippaient ma mâchoire pour ramener mes lèvres vers les siennes.

Une intuition se glissa dans mon esprit embrumé par le plaisir. Je tâtai la surface sculptée de son dos flamboyant jusqu'au cul encore plus tentant que j'avais admiré plus d'une fois dans son pantalon, et je découvris à quel point ce pantalon cachait quelque chose.

Il avait bien une queue, même sous sa forme non métamorphosée, la seule caractéristique de l'humanité de l'ombre qu'il ne pouvait pas perdre lorsqu'il était sous son apparence de mortel. Une queue qui frissonna lorsque ma main se referma sur sa longueur chaude et sinueuse.

Mon toucher dut déclencher quelque chose d'agréable chez Omen, car il poussa un autre de ces grognements. Il se répercuta en moi avec une nouvelle bouffée de plaisir. La pointe diabolique de la queue traça une autre ligne étourdissante le long de ma jambe, puis le long de mon flanc, avec sa propre caresse.

Quel contrôle avait-il sur cette partie de son corps – et quand aurais-je l'occasion de le tester ?

Je n'allais pas le lui demander maintenant, à la fois parce que je n'étais pas sûre qu'une demande ne le ferait pas sortir de la folie du moment et revenir à sa retenue glaciale, et parce que je montais en flèche vers mon orgasme trop rapidement maintenant pour laisser échapper davantage qu'un gémissement.

Omen s'activa en moi avec toute l'intensité du feu, sa queue battant le long de mes fesses. Un autre gémissement s'échappa de mes lèvres et je crépitai comme un feu d'artifice, l'extase chantant dans chaque partie de mon corps inondé de chaleur.

J'enfonçai les doigts dans le dos d'Omen, et il émit un souffle rauque avec quelques difficultés. Une chaleur encore plus intense m'envahit alors qu'il atteignait son propre orgasme.

Et puis ce fut fini. J'étais allongée sur le lit avec le métamorphe au-dessus de moi, redescendant de l'euphorie de ce qu'il avait juré il y a quelques minutes qu'il ne voulait jamais voir se produire. L'incertitude atténua la satisfaction.

Est-ce que je voulais le regarder dans les yeux et voir quelle réaction m'y attendait ?

J'étais peut-être audacieuse à l'excès, mais cela ne m'empêchait pas de tergiverser. Mon regard glissa d'abord sur le couvre-lit à côté de nous, et un petit rire me chatouilla la gorge.

Le tissu était d'un noir charbon. Quand Omen s'écarta pour se retirer, la zone carbonisée se désintégra en cendres floconneuses.

— Je suppose qu'il va falloir trouver un nouveau couvre-lit pour les équidés. Peut-être que s'il est deux fois plus scintillant, ils n'y verront pas d'inconvénient.

J'osai lever les yeux vers Omen. Il me fixait, sa peau ayant retrouvé sa teinte humaine rosée normale et ses yeux leur bleu mortel. Les mèches de ses cheveux courts qui ne dépassaient pas étaient collées à son front par la sueur de son effort intensif avec les flammes en prime.

Son expression n'était pas vraiment chaleureuse, mais elle n'était pas non plus hostile ou horrifiée. Il passa un doigt sur ma clavicule et frotta la suie qu'il avait essuyée sur ma peau contre son pouce.

— Regarde-moi cette pagaille. Toujours les mêmes catastrophes.

Son ton était suffisamment égal pour que je me sente à l'aise de passer ma main sur ses pectoraux afin d'y étaler les effets de notre fusion.

— Je suis presque sûre que la brûlure était au moins autant de ta faute que de la mienne, chien démoniaque. Sans vouloir m'en plaindre… Je ne pense pas que ce que nous venons de faire soit une catastrophe. Ce n'est pas encore la fin du monde, n'est-ce pas ?

Les épaules d'Omen se détendirent progressivement.

— Non, pas encore, dit-il, et maintenant il y avait vraiment une note comique dans sa voix.

— Je n'avais pas l'intention qu'on finisse comme ça, tu sais.

— Je sais. Si tu l'avais fait, ça ne serait pas arrivé. Il expira avec un son rauque qui me prit aux tripes.

— Alors j'espère qu'on pourra aller de l'avant sans aucun regret.

— Nous verrons ce que j'en penserai quand tu essaieras à nouveau de me narguer. Il me jeta un regard acéré. Même si tu as contrecarré mon feu au final, cela ne veut pas dire que tu seras dispensée du reste de ta formation.

Mon cœur se gonfla de soulagement et peut-être même d'affection. Je me redressai pour lui voler un baiser rapide avant qu'il ne décide de se mettre de nouveau hors limites.

— Je pense que celui qui peut recréer sa tenue dans l'ombre et passer d'une pièce à l'autre sans être vu devrait m'apporter de nouveaux vêtements dans l'autre chambre. Ensuite, tu pourras t'entraîner.

— Je vais m'en tenir à ça, Miss Catastrophe, dit-il avec ce qui aurait pu être un sourire en coin avant de disparaître dans l'obscurité.

---

1. Paroles déformées de « Eye of the tiger »
2. Émission de télévision sur les problèmes de santé mentale

VINGT-DEUX

Sorsha

De temps en temps, nous devions nous arrêter pour faire le plein d'essence. Vers midi, Ruse s'arrêta dans une station qui avait une pizzeria à côté. Pendant qu'il cajolait le personnel de la station pour obtenir de l'essence gratuite, je pris mon portefeuille pour me rendre à la pizzeria, pensant que ce ne serait pas une mauvaise chose de payer de temps en temps pour ce que nous allions consommer.

— Un grand cœur, dit légèrement Omen en sortant derrière moi sous le soleil de midi.

— Si tu parles comme ça, je vais leur demander de mettre de l'ananas partout, répondis-je en anticipant sa grimace. Une chose certaine que j'avais apprise au cours de notre voyage jusqu'à présent : le chien de l'enfer n'approuvait pas les agrumes sur ses tartes au fromage, le pauvre.

— Mets plein de pepperoni, et peut-être que je te pardonnerai quand même. Juste…

— Abrège, je sais, je sais.

Le type au comptoir me dit qu'il y aurait quinze minutes d'attente pour les trois pizzas que j'avais commandées – une seule avec la fierté d'Hawaï, puisque j'avais envie d'être gentille – alors je sortis de la zone humide pour me prélasser dans la brise chaude du début de l'automne et les odeurs grasses qui s'échappaient de la ventilation de la cuisine.

Apparemment, Gloam avait lui aussi ressenti le besoin de se dégourdir les jambes, car il s'approchait en traînant les pieds, dans sa position avachie typique en journée.

— Je doute que les pizzas que nous mangerons ici soient comparables à celles que l'on trouve en ville, déclara-t-il avec la morosité qui le caractérisait.

Je lui adressai un sourire encourageant, même si je savais que cet effort serait probablement vain.

— J'adhère à l'idée que toutes les pizzas sont de bonnes pizzas.

Il émit un grognement et se dirigea vers la ruelle entre la pizzeria et le magasin de la station-service. Un instant plus tard, un bruit de métal s'entrechoquant nous parvint par les vitres du restaurant. Antic apparut dans la ruelle avec une expression nettement coupable.

— Les chefs avaient l'air de s'ennuyer, j'ai pensé que je pourrais leur remonter le moral, dit-elle. Je crois que je n'ai pas assez bien préparé ma farce. Tout a dérapé…

Je haussai les sourcils.

— Tant que tu n'as pas gâché nos pizzas.

— Oh, non, ce n'étaient que des poêles vides ! Je voulais les faire rouler sur le sol. Elle balaya l'espace de son bras maigre pour nous montrer.

OK, je ne pouvais pas en vouloir à Omen d'être sceptique quant à l'apport de ces deux-là à notre plan d'ensemble. Je désignai le camping-car.

— Pourquoi n'irais-tu pas préparer la table avec des boissons, des serviettes et d'autres choses ? Je suis sûre que tu trouveras quelque chose d'amusant à faire avec ça.

Une lueur brilla dans ses yeux.

— Oh, oui, je peux le faire ! Vous allez adorer. Elle s'élança, redevenant invisible après ses premiers pas.

Nos pizzas étaient prêtes quinze minutes plus tard précisément. En les transportant jusqu'au camping-car, l'odeur épicée du pepperoni me mit l'eau à la bouche. Le métamorphe de l'enfer n'avait pas intérêt à se plaindre que je prenne une ou deux parts de la sienne.

Antic avait formé une tour avec des canettes de boissons gazeuses sur la table. J'éclatai de rire et elle entama une gigue joyeuse sur le canapé. Snap se jeta sur la nourriture, mais il me fit d'abord un bisou dans le cou en guise de remerciement. Nous nous mîmes à table, les yeux du dévoreur brillèrent d'un éclat de néon de plaisir et d'autres parts de pizza disparurent tandis que Ruse et Gloam nous rejoignaient. L'elfe de la nuit ne se plaignit même pas de celle qu'il grignotait lentement.

Ruse m'entoura de son bras d'un geste affectueux et décontracté, laissant ses doigts glisser sur mon épaule de manière séduisante.

— Thorn a décidé qu'il devait patrouiller, naturellement. Omen a dû l'accompagner, probablement pour s'assurer qu'il ne prenne pas toute la journée. Je suppose qu'on devrait garder une part ou deux pour eux.

— Cela semble sage, convins-je et je tendis la main pour caresser Pickle, qui avait sauté sur le canapé à côté de moi.

Le petit dragon tressaillit au mouvement de ma main. Ses ailes s'abaissèrent, mais son corps resta tendu lorsque je lui grattai l'épaule. Malgré le délice qui me remplissait l'estomac, un pincement de tristesse me traversait le cœur. Allait-il un jour se sentir de nouveau parfaitement à l'aise avec moi ?

— Tu es un peu tendue, Miss Blaze, dit l'incube. Voyons voir si nous ne pouvons pas te soulager.

Il changea de position pour poser ses pouces sur les muscles, certes tendus, de ma colonne vertébrale. Un massage en mangeant une pizza, y a-t-il quelque chose de plus paradisiaque ? Je ne savais pas trop ce que j'avais fait pour mériter cette attention, mais je n'allais pas dire non.

Snap observa cette évolution avec une lueur de consternation. Il caressa mon genou sous la table et désigna la tour de canettes de boissons gazeuses.

— Tu veux boire quelque chose ? Si rien ici ne te convient, il y avait un grand choix dans le magasin.

— Ça va, merci. Je lui donnai un coup de genou et je me laissai aller contre les mains de Ruse. Pourquoi cette attention, tout d'un coup ?

— Tu as travaillé dur, dit Ruse d'une voix espiègle. Ne mérites-tu pas d'être gâtée ? Nous pourrions en faire une compétition. Voir si le dévoreur peut tenir la route contre un incube.

Devant la lueur de détermination qui s'était allumée dans les yeux de Snap, je donnai un léger coup de pied à Ruse.

— Je ne suis pas sûre de survivre à cette compétition, même si c'était une façon spectaculaire de mourir. Vous avez été tellement bons ensemble, ce serait dommage de tout gâcher.

— Hmm. Je suppose que oui. Il se pencha pour déposer

un bref, mais tendre baiser au-dessus de mon oreille. Apparemment satisfait que sa dévotion ne soit pas remise en question, Snap retourna à son repas, laissant une main juste légèrement possessive sur ma cuisse.

Une tendresse équivalente me serra la gorge. Omen avait peut-être vu plus en moi que n'importe qui d'autre, mais mon trio originel de l'humanité de l'ombre avait été là pour moi, chacun à sa manière, depuis le tout début. C'est fou comme la chance en amour d'une personne peut changer rapidement. Il y a quelques mois, je n'étais pas sûre de pouvoir gérer ne serait-ce qu'un pacte d'amitié sans que cela ne dérape – et pas de la manière dont on espère finir par déraper en tant qu'avantage.

Maintenant, j'avais deux hommes magnifiquement monstrueux qui se disputaient la chance de me choyer, et un troisième qui patrouillait avec une détermination inébranlable pour assurer ma sécurité. Je devais avoir fait quelque chose de très, très bien dans une vie antérieure dont je ne me souvenais pas. Je penchai la tête pour offrir à Ruse un baiser par-dessus mon épaule, qu'il accepta avec plaisir, et j'accrochai ma cheville à celle de Snap pour leur montrer toute l'affection que je leur portais à tous les deux en retour.

Pendant que Ruse s'occupait toujours de mon dos, j'offris à Pickle un peu de bacon de l'une des pizzas, mais il n'était pas encore prêt à me pardonner. Le dragon me l'arracha des doigts avec un grognement haut perché – et se précipita aussitôt de l'autre côté de la table.

Avant que je ne puisse le gaver d'autres délices charnus, mon téléphone retentit. J'essuyai la sauce sur mes doigts et je le cherchai à tâtons. Ruse me relâcha, mais laissa sa main sur ma nuque.

C'était Klaus qui appelait.

— Sorsha, je suis content d'avoir pu te joindre, dit-il, sa voix habituellement grave, mais joviale étant plus hésitante que d'habitude. Il n'avait pas l'air particulièrement content.

Le pincement dans mes tripes se transforma en nœud.

— Qu'est-ce qu'il y a ? Tu as toujours l'intention de prendre l'avion pour San Francisco cet après-midi, n'est-ce pas ?

— Oh, oui, tout est prévu pour ça. Je suis prêt à partir. Le problème, c'est que le reste de mes collègues se désistent.

Les nœuds se multiplièrent comme des lapins.

— Quoi ? Je croyais qu'ils étaient d'accord – la plupart d'entre eux, en tout cas. Ils ont juste changé d'avis ?

Il soupira.

— Il semble qu'ils aient eu l'impression que tu te comportais un peu bizarrement à la fin de notre dernière rencontre... Monica a contacté ta branche d'origine du Fonds pour en apprendre un peu sur toi. Apparemment, les choses qu'ils lui ont racontées l'ont laissée plutôt troublée.

— Ah. Je déglutis bruyamment.

Huyen – ou peut-être même Ellen – avait laissé entendre à ces gens que j'étais une sorte de menace ? Ou tout simplement à côté de la plaque ? Ils ne connaissaient pas mes pouvoirs avec le feu... mais ils auraient pu partager beaucoup de choses sur la destruction qui m'avait suivie à travers la ville.

— Tout ce qui s'est passé chez nous, tu sais, nous n'avions pas vraiment le choix si nous voulions affronter la Compagnie de la Lumière. Ils sont bien trop vicieux pour qu'on s'assoie et qu'on négocie avec eux.

— J'imagine. Et je ne te juge pas. Je suis dans ce milieu

depuis plus longtemps que les autres, j'ai vu à quel point les mortels peuvent être horribles les uns envers les autres et envers les ombres. Il marqua une pause avec un bruissement comme s'il se frottait la barbe. Je ne sais pas exactement dans quoi tu t'es fourrée, Sorsha, mais je sais que ton père était quelqu'un de bien et je pense que tu mérites ta chance. Et je ne serais pas ici sans les hommes de l'ombre qui ont eu la gentillesse de s'arrêter et de nous aider lorsque ma femme et moi nous sommes perdus lors d'un voyage dans le désert il y a des années, alors je me dis qu'ils méritent aussi tout ce que je peux leur offrir.

— Merci, dis-je la gorge nouée. Je t'en remercie.

— J'aimerais pouvoir convaincre les autres, mais les jeunes aiment rejeter leurs aînés. Vous m'aurez au moins, et je ferai ce que je peux. Je pense que tes dirigeants du Fonds ont également contacté la branche de San Francisco, alors je ne suis pas sûr que vous puissiez espérer beaucoup d'aide de ce côté-là non plus, mais je pourrais peut-être me faufiler partout sans qu'ils se rendent compte que je travaille avec vous. J'ai dit à mes collègues que j'avais annulé mes projets pour qu'ils ne transmettent pas d'autres avertissements.

C'était déjà ça. Je mis dans ma voix toute la gratitude dont j'étais capable.

— Nous ferons de notre mieux. Merci encore, sincèrement.

— Bien sûr. Je te contacterai dès que j'aurai atterri sur la côte ouest.

Mes doigts se refermèrent sur le téléphone avant de l'avoir remis dans mon sac. Lorsque je ramenai ma main sur mes genoux, une gerbe d'étincelles jaillit de ma paume, piquant ma cuisse. Je serrai le poing pour étouffer les étincelles qui persistaient.

J'étais une menace, n'est-ce pas ? Les gens du Fonds ne savaient peut-être pas exactement pourquoi on devait se méfier de moi, mais ils n'avaient pas vraiment tort.

Omen allait être fou de joie lorsqu'il apprendrait cette nouvelle. J'entendais déjà le « je te l'avais bien dit » qui s'insinuerait dans sa voix.

Satanées Huyen et Ellen et les autres qui n'avaient même pas voulu essayer. C'est sur cela que la Compagnie comptait, n'est-ce pas ? Le fait que tous ceux qui auraient pu soutenir l'humanité de l'ombre qu'ils étaient déterminés à éradiquer étaient trop effrayés pour s'attaquer à des ennemis aussi grands et brutaux qu'eux-mêmes.

Snap m'observait, une part de pizza à moitié mangée pendait de sa main, scandaleusement oubliée.

— Qu'est-ce qui s'est passé ?

J'ouvris la bouche et Thorn se matérialisa près de la porte. Je m'attendais à ce que le chien de l'enfer le rejoigne, préparant mes mots pour révéler une autre défaillance des mortels. Mais Thorn s'avança seul.

— Où est Omen ? demandai-je.

Le guerrier fronça les sourcils.

— Il n'est pas là ? Il l'était quand je suis parti.

Ruse plissa le front.

— On pensait qu'il était parti avec toi. Je ne l'ai pas vu depuis que nous sommes arrivés ici.

— Pareil. Je jetai un coup d'œil à Snap et aux autres.

Le dévoreur secoua la tête, sa bouche de travers lui donnant un air inquiet qui paraissait faux sur son beau visage. Antic se leva d'un bond en s'écriant vivement :

— Je peux aller le chercher !

Thorn la dévisagea avec un scepticisme non dissimulé.

— Je pense que tu ferais mieux de rester ici et de me

laisser le chercher, ma petite. Il jeta un coup d'œil sur nous. Je suis sûr qu'il n'est pas allé bien loin. Il a peut-être découvert quelque chose dans les environs qui l'a intéressé.

Alors que Thorn disparaissait dans l'ombre, un frémissement inquiétant parcourut ma peau. Si mon estomac avait été noué auparavant, maintenant, il était tout simplement devenu un solide morceau de calcaire.

Ce n'était pas le genre d'Omen de se laisser distraire et il avait été déterminé à partir pour San Francisco aussi vite que possible. Même s'il s'était éloigné pour une raison bizarre, je me serais attendue à ce qu'il soit revenu maintenant, ne serait-ce que pour faire savoir au reste d'entre nous que quelque chose nécessitait notre attention.

La Compagnie avait-elle réussi à le capturer de nouveau ? Mais ce n'était pas leur genre de s'emparer furtivement d'un seul d'entre nous s'ils pouvaient facilement voir où se trouvait l'ensemble de la troupe. Je n'imaginais pas que le métamorphe soit capturé sans un combat important que l'un d'entre nous aurait sûrement remarqué.

Snap posa sa pizza, c'était la première fois que je le voyais perdre l'appétit. Il passa sa main sur la mienne, mais j'étais trop sur les nerfs pour trouver du réconfort dans ce geste ou dans la pression de Ruse sur mon épaule.

J'eus l'impression qu'il s'écoulait une éternité avant le retour de Thorn pour la deuxième fois, mais la part de pizza que je me forçais à grignoter n'était même pas encore froide lorsqu'il apparut, sans aucun glaçon d'Omen à ses côtés. Il avait l'air encore plus grave que lorsqu'il avait parlé de son incapacité à protéger son chef la première fois, avant que nous ne le sauvions.

— Je n'ai trouvé aucune trace de lui, dit-il. Je n'arrive pas à imaginer où il aurait pu aller.

Mon cœur se serra pour le guerrier, tandis qu'une sensation de torsion me traversait la poitrine. La seule chose que je pouvais tenir responsable de l'humeur d'Omen était notre intermède torride dans la chambre le matin même. Il avait semblé accepter ce qui s'était passé, même s'il n'était pas en train de se vanter d'avoir réussi d'avoir tapé dans le mille avec moi. Il m'avait taquinée à notre arrivée, comme je m'y attendais.

Mais qui savait vraiment ce qui se passait derrière ces yeux glacials et cette maîtrise de soi soigneusement construite ? S'était-il mis en colère contre moi pour l'avoir provoqué ? S'était-il mis en colère contre lui-même pour avoir cédé à sa convoitise ? Aurait-il vraiment compromis notre mission pour aller se calmer ?

Peut-être, s'il sentait qu'il craquait suffisamment pour le justifier.

Ruse pianotait sur son téléphone.

— Je n'obtiens aucune réponse de façon humaine. Il est peut-être dans l'ombre. Les téléphones ne fonctionnent pas là-bas.

— Il ne nous aurait pas abandonnés, dit Snap, mais il regarda ses compagnons pour qu'ils confirment que c'était un fait.

L'incube s'esclaffa.

— Et rater l'occasion de prendre les commandes pour le grand final de notre voyage ? Je ne peux pas l'imaginer. Mais le pli inquiet n'avait pas quitté son front.

Nous picorâmes les restes de pizzas jusqu'à ce que l'incube déclare un cessez-le-feu et range le reste dans le minuscule réfrigérateur du camping-car. À chaque minute qui passait, l'absence d'Omen pesait plus lourd. Finalement, Thorn se racla la gorge.

— Nous savons ce qu'Omen voulait qu'on fasse : continuer vers San Francisco aussi vite que ce véhicule peut nous le permettre. Il saura que si nous ne sommes pas ici, c'est là que nous devrions nous rendre. Et il est peut-être capable d'y arriver encore plus vite que nous en utilisant les failles du royaume des ombres. Je dis qu'il faut partir. Plus nous nous attardons ici, plus nous risquons d'attirer l'attention des mauvaises personnes.

C'était vrai. J'acquiesçai malgré la boule dans ma gorge, qui semblait avoir surgi de mon estomac.

Ruse se passa la main sur la bouche.

— Vous verrez. Nous arriverons aux limites de la ville, et il sera là, prêt à nous réprimander pour avoir pris autant de temps.

Son ton enjoué tomba à plat. Mon trio d'origine avait déjà continué sans son chef, mais ils avaient su ce qui lui était arrivé et avaient eu une idée de la façon de le récupérer. Aujourd'hui, nous ne savions pas du tout comment aider Omen, ni même s'il avait besoin d'aide.

Et après la façon dont j'avais perdu nos alliés de part et d'autre, je devais admettre que, quoi qu'il lui soit arrivé, il y avait des chances que je ne sois pas totalement irréprochable.

VINGT-TROIS

Thorn

À chaque minute qui passait depuis que nous avions laissé notre dernière étape derrière nous, la disparition d'Omen me rongeait de plus en plus. Je parcourus toute la longueur du camping-car, physiquement et à travers les ombres, puis je repris mon corps solide, mais je n'arrivais pas à dissiper le malaise qui me rongeait les nerfs.

J'avais suggéré de partir sans notre commandant. Je m'en tiendrai à cette suggestion sans le moindre doute. C'était ce qu'il aurait voulu, indépendamment de ce qui lui était arrivé. Qu'il soit avec nous ou non, la Compagnie de la Lumière devait toujours être anéantie.

Mais cela ne lui ressemblait pas du tout de nous abandonner sans un mot. Je n'imaginais pas comment nos ennemis avaient pu l'attaquer et s'emparer de lui sans que je trouve la moindre trace de cet incident au cours de mes patrouilles. Le mystère de cet incident m'envahissait d'une manière inquiétante.

Alors que l'incube nous conduisait vers la ville qui était la base d'opérations de la Compagnie de ce côté-ci de l'océan, ma faible conscience de la présence de l'autre ailé s'épaississait également. Elle ne me tiraillait pas et ne me rongeait pas, mais se répandait simplement dans ma poitrine, comme quand on reconnaît à peine un vieil ami en le voyant.

Celui qui habitait ici ne pouvait pas être un de mes vrais amis. Les frères dont j'avais été assez proche pour les considérer comme des amis et des camarades étaient tous tombés à la guerre. Celui-ci n'avait peut-être même pas combattu dans le même camp que moi… mais je n'étais pas certain de pouvoir distinguer qui avait appartenu à l'un ou l'autre après tous ces siècles.

Nous allions passer devant l'endroit où il devait habiter. La douleur arriva avec un vague sens de la direction – nord-ouest par rapport à notre position actuelle, se rapprochant du nord au fur et à mesure que nous avancions sur l'autoroute. Je marquai une pause pour regarder par la vitre, comme si je pouvais apercevoir des ailes battre au loin.

— Tu as pris la bonne décision, me dit Sorsha, observant mon air pensif sans en connaître l'origine. Omen sait où nous allons. Nous ne serons pas difficiles à trouver une fois en ville. Peut-être s'agit-il d'un autre de ses tests favoris.

Son sourire semblait crispé sur les bords, et elle ne semblait pas aussi détendue sur la situation que ses mots étaient censés le laisser entendre. Elle n'avait pas dit grand-chose depuis que nous nous étions éloignés de la station-service.

Et si Omen n'était pas en ville à notre arrivée ? Et s'il ne revenait jamais vers nous ? J'avais du mal à concevoir cette possibilité, mais nous devions être prêts. Je m'étais engagé pour cette cause, et je ne la laisserais pas s'effondrer alors que j'étais encore debout.

Mon regard se porta sur mes autres compagnons : Ruse qui fredonnait avec une gaieté déconcertante derrière le volant, Snap qui caressait les cheveux de Sorsha pour la réconforter, le diablotin qui dansait invisiblement dans l'air en tentant ridiculement de provoquer un sourire chez notre mortelle, et la présence abattue de l'elfe de nuit tapi dans l'ombre sous la table.

Pourrions-nous affronter le plus haut niveau de la Compagnie avec nos seuls alliés actuels ? S'attaquer à un chef moins puissant avait requis la présence d'un de nos équidés et plus d'une douzaine d'ombres d'un syndicat du crime local pour nous aider. Et nous avions Omen avec nous. Je regardai de nouveau par la vitre. Mon parent était presque droit au nord devant nous. Une autre route s'éloignait de l'autoroute, la poussière s'échappant des pneus d'une voiture lancée à toute allure dans cette direction.

Mes muscles se tendirent dans tout mon corps. Mais mes propres désagréments importaient bien moins que notre mission. Je voulais que nous sortions victorieux de cette guerre, quel qu'en soit le prix pour moi.

— On devrait faire une brève diversion, dis-je brusquement.

L'incube me jeta un coup d'œil.

— Tu ne te contentes pas de patrouiller dans le véhicule, mon guerrier trop pressé ? Je te promets que nous serons plus en sécurité en roulant en ligne droite à la plus grande vitesse possible.

— Ce n'est pas pour patrouiller. Il y a quelqu'un que je pense pouvoir persuader de rejoindre notre cause. Et il semble que maintenant plus que jamais nous devrions essayer de gagner tous les alliés possibles. Prends la prochaine route à droite.

Sorsha m'étudiait avec une lueur de compréhension dans les yeux. Je lui avais fait part de mon intérêt pour l'ailé tout proche. Elle était suffisamment respectueuse de ma préférence pour ne pas parler de ma nature secrète, cependant. Un frisson de gratitude me traversa alors même que je me préparais à mettre fin à ce secret moi-même.

Ruse s'engagea sur la route plus étroite et plus poussiéreuse, mais il ne fit pas aussi attention qu'elle à tenir sa langue.

— Et qu'est-ce qui te fait penser que cet allié potentiel aura un quelconque intérêt à se joindre à notre mission folle et sauvage ?

— Ce n'est pas un hasard. C'est l'un des miens. L'un des rares qui restent. Si quelqu'un peut lancer un appel qui aura du succès, c'est bien moi.

L'expression de Snap devint plus alerte à cette déclaration, et la curiosité lui fit pencher la tête. Le diablotin cessa ses interminables rebonds pour se solidifier au milieu de la table.

— Oooh, dit-elle en posant les mains sur ses hanches. Nous allons découvrir de quelle espèce est le grand et effrayant homme de l'ombre.

Ruse pivota sur lui-même pour me regarder, ce qui me rendit reconnaissant que la route devant lui soit si peu encombrée.

— Tu vas vraiment mettre fin au jeu des devinettes ? J'aurais dû commencer à parier.

— Tu n'es pas obligé de faire ça, dit doucement Sorsha. Si tu penses que cela en vaut la peine, je suis d'accord, mais nous nous débrouillerons avec l'aide que nous avons.

Ma tenace amante pouvait être si tendre quand elle le voulait. Le fait qu'elle accepte mes hésitations me rendait d'autant plus sûr qu'il était temps d'y mettre fin. Si je devais me dévoiler pour une raison quelconque, ce devait être pour m'assurer que j'avais fait tout ce que je pouvais pour qu'elle survive à la bataille qui s'annonçait.

— Nous nous débrouillerons mieux si nous sommes plus nombreux. Je ne sais pas comment ce membre de ma confrérie réagira à l'approche… Je devrais peut-être vous préparer. Il faudra que tu te ranges sur le bas-côté, incube, pour ne pas risquer d'avoir un accident avec notre moyen de transport.

— Tu as une haute idée du choc que pourrait susciter ton identité secrète, me taquina Ruse, mais il fit ce que je lui avais demandé.

Lorsque le véhicule fut garé, il descendit de son siège et s'appuya contre le mur, juste derrière, en m'observant avec impatience. Antic rebondissait sur ses orteils, tout excitée.

Soudain, l'acte me sembla trop important. Je n'avais pas l'intention d'en faire une annonce fracassante. Que penseraient-ils de moi lorsqu'ils verraient ce que j'étais ? Sorsha avait pris ma forme physique au sérieux, mais elle n'avait pas la même conscience de l'histoire que la plupart des hommes de l'ombre, et en plus, elle n'était pas un exemple typique de son espèce.

Mais en fait, aucun des êtres qui m'entouraient n'était tout à fait typique, n'est-ce pas ? Ils n'auraient pas participé à cette croisade s'ils avaient été des hommes de l'ombre ordinaires. Je devais supposer que toute la bonne volonté que j'avais recueillie grâce à mes contributions au cours des derniers mois résisterait à leurs sentiments à l'égard de mon espèce.

J'inspirai profondément et laissai remonter à la surface les énergies que j'avais l'habitude de contenir dans mon corps de mortel.

Mes membres et mon torse se dilatèrent. Mes yeux s'écarquillèrent sous l'effet de la chaleur des ténèbres, qui ne brouillait pas ma vision, mais l'aiguisait à chaque mouvement autour de moi. Mes ailes de plumes se déployèrent sous mes épaules, s'arquant aussi haut que le plafond de la Toutemobile et aussi largement que ses vitres le permettaient. Cet espace était trop étroit pour que je puisse montrer ma véritable forme d'ombre dans toute sa gloire, mais c'était peut-être mieux ainsi.

L'incube ne fit aucune remarque désobligeante. Ses lèvres s'étaient écartées en même temps que sa mâchoire se relâchait. Il se reprit avec un petit rire rauque, mais continua à me dévisager.

— Bon sang de bonsoir. J'aurais dû m'en douter. De tous les êtres maudits qui existent… Il secoua la tête, incrédule.

Le diablotin s'était recroquevillé dans le coin du canapé. Ce n'était pas la réaction que je voulais provoquer, mais elle n'était pas surprenante. Elle me jeta un coup d'œil à travers ses doigts.

— Je n'ai aucun intérêt à te faire du mal, lui dis-je, ma voix d'ailé résonnant dans mes poumons.

Un grattement attira mon attention derrière moi. Le petit dragon de Sorsha était sorti de la salle de bain où il avait construit son nid. À ma vue, il se raidit, laissant échapper un couinement avec un battement de narines. Puis il remua ses ailes comme pour dire : « Moi aussi, j'en ai des comme ça. »

Il ne s'enfuit pas, mais il ne s'approcha pas non plus. C'était peut-être la fin de mon amitié avec la petite créature.

L'un d'entre nous ne s'était pas laissé décontenancer. Le dévoreur me sourit, ses grands yeux n'exprimant que de l'admiration.

— Bien sûr que tu ne ferais de mal à aucun d'entre nous. Tu as été blessé tant de fois pour nous protéger. Ta forme est merveilleuse. Pourquoi ne pas nous l'avoir montrée plus tôt ?

Ruse laissa échapper un autre petit rire.

— Tu n'as jamais entendu parler des ailés, hein, dévoreur ? Ils ont une réputation… intéressante.

Son regard était devenu plus méfiant. Je pouvais l'accepter. Ce n'était pas comme si nous avions été les plus proches camarades auparavant. Il ne s'était pas enfui dans les collines et n'avait pas lancé de remarques blessantes à mon égard, ce que je pouvais considérer comme une victoire.

— Je préfère ne pas être jugé sur la base d'évènements passés, dis-je. Nous avons tous eu des moments douteux dans notre histoire, n'est-ce pas ?

— La plupart n'ont pas eu de moments qui impliquent une guerre entière qui a presque exterminé votre propre race – mais je t'en prie, concentrons-nous sur le présent. L'incube me fit un sourire qui ressemblait plus à son habituelle humeur enjouée, et pour une fois, j'étais content de voir ça.

— Depuis que je te connais, tu t'es contenté de frapper les bonnes personnes. J'espère que tu continueras à le faire.

Le diablotin avait baissé les mains. Snap jeta un coup d'œil par-dessus son épaule en direction de la vitre.

— Les hommes de l'ombre que nous allons voir sont des ailés comme toi ?

J'acquiesçai.

— Le seul avec qui j'ai été assez proche pour pouvoir le reconnaître après plus d'un siècle. Espérons que le temps l'ait adouci comme cela a été le cas pour moi.

Ruse étouffa de sa main ce qui aurait pu être un grognement de désaccord, mais il retourna son attention sur le volant.

— Donne-moi la direction, ô mon ange.

Voilà. C'était fait, et le monde ne s'était pas écroulé autour de moi. Le soulagement m'envahit si brusquement que je dus m'arrêter pour reprendre mon souffle. En y mettant toute ma volonté, je ramenai mes traits à l'intérieur pour ne laisser apparaître que mon apparence de mortel.

— Continue de rouler, dis-je. Je t'informerai lorsque nous devrons nous écarter de cette route.

La douleur dans ma poitrine s'intensifiait à chaque kilomètre qui passait sous les roues. Lorsqu'un chemin de terre encore plus désolé que celui que nous empruntions bifurqua sur la gauche, j'indiquai à Ruse de l'emprunter. Enfin, une cabane qui semblait avoir été construite à partir de planches de bois usées et élimées apparut au milieu d'une plaine qui n'était faite que de terre battue et de touffes d'herbe jaune.

Aucune route, ni même aucun sentier ne menaient de celle où nous nous trouvions à ce bâtiment. Ruse se gara et nous examinâmes la cabane à travers les vitres.

— Je pense que vous feriez mieux de rester ici… même si vous apprécieriez d'être spectateurs, dis-je, ajoutant le dernier mot lorsque Ruse fit mine d'ouvrir la bouche pour protester, me semblait-il. Personne ne vit aussi loin de la civilisation parce qu'il aime la compagnie.

— C'est juste, dit l'incube d'un air résigné. Mais je vais certainement regarder le spectacle autant que possible d'ici. Il s'installa à côté de Sorsha et s'empressa d'entremêler ses doigts aux siens.

Je croisai le regard de notre mortelle un bref instant, espérant pouvoir lui transmettre par le mien mes remerciements pour la foi qu'elle avait en moi – dans ce domaine comme dans tant d'autres. Puis je traversai les ombres pour rejoindre la plaine aride et me dirigeai vers la cabane.

Mon camarade ailé aurait pu sentir mon arrivée aussi bien que j'avais senti ce dont je m'approchais. Une petite part de moi craignait de trouver l'endroit abandonné et de sentir la présence s'éloigner de cette intrusion, mais notre espèce n'avait pas tendance à fuir. La sensation de sa présence resta constante jusqu'à ce que je ne sois plus qu'à quelques mètres de la porte de travers de la cabane. C'est alors qu'une silhouette se détacha de la zone d'ombre.

Comme on pouvait s'y attendre, l'ailé qui émergea devant moi était de la même taille que moi : grand et large, avec beaucoup de muscles qui remplissaient sa puissante carcasse. Ses jointures étaient également durcies, mais avec des arêtes d'une teinte rougeâtre qui ressemblait plus à du cuivre qu'à du cristal. Ses yeux brillaient de la même teinte métallique sous les cheveux gris qui tombaient sur ses épaules et ombrageaient son front.

— Qu'est-ce que vous faites ici ? demanda-t-il. Je n'ai aucun intérêt à retrouver ceux qui restent de notre espèce.

— Il n'y a qu'un seul survivant pour l'instant, répondis-je. Mes compagnons sont… d'autres espèces. Et il ne s'agit pas de retrouvailles. Je l'étudiai ainsi que la cabane. Tu as vécu longtemps dans cette partie du royaume des mortels.

— Pour ne pas être dérangé. Dans le vide, je peux méditer sur les faiblesses qui m'ont conduit à continuer d'exister.

Mes compagnons me reprochaient parfois ma sévérité, mais je ne pensais pas avoir jamais eu une attitude aussi sinistre. Si c'était le cas, il était étonnant qu'aucun d'entre eux ne m'ait repoussé à travers une faille. Je suppose que ma stature y était pour quelque chose.

Aussi sombre que soit le guerrier déshonoré, je comprenais au moins le sentiment qu'il exprimait. Ce n'était qu'une nuance plus sombre de la culpabilité et des regrets que j'avais récemment commencé à évacuer.

— Et si je pouvais t'offrir quelque chose de mieux que cela ? demandai-je.

Il me regarda d'un air renfrogné.

— Comment peux-tu penser que l'un d'entre nous mérite mieux…

Je levai la main pour l'arrêter.

— Pas de cette façon. Dans le sens où tu pourrais être en mesure de réparer les erreurs du passé en contribuant à une nouvelle lutte avec des enjeux encore plus importants. Nous avons un besoin urgent d'aide.

Mon camarade ne cessa pas de froncer les sourcils, mais il me sembla que ses yeux s'étaient légèrement illuminés. Il se dandina sur ses pieds et croisa ses bras volumineux sur sa poitrine.

— Comment peux-tu être sûr que nous n'allons pas simplement provoquer une catastrophe encore plus horrible ?

Cette question m'avait hanté depuis qu'Omen m'avait appelé pour la première fois. Je n'avais pas toujours été sûr d'avoir la bonne réponse. Mais ici, en pensant à son leadership même s'il n'était pas avec nous en chair et en os, à la compréhension plus profonde des capacités et des défauts que Sorsha avait fait ressortir en moi, et à la cause pour laquelle nous nous étions tous rassemblés, les mots me vinrent aux lèvres sans une once d'hésitation.

— On ne peut jamais être sûr. Mais j'en ai vu assez pour croire que dans ce conflit, je peux faire la différence pour le bien de toute l'humanité de l'ombre. Je peux sauver bien plus de vies que celles qui ont été perdues dans les guerres du passé. Et tu le peux aussi, si tu prêtes ton instinct et tes poings.

L'autre ailé resta silencieux un long moment, tout en m'observant. Puis il dit, d'un ton qui fit naître en moi une lueur d'espoir :

— Parle-moi de cette nouvelle guerre.

VINGT-QUATRE

Sorsha

Lorsque nous arrivâmes aux limites de la ville de San Francisco, je me retrouvai à l'avant de la Toutemobile pour regarder les immeubles défiler à travers le pare-brise. Leurs lumières et les lueurs des réverbères s'entrecroisaient dans l'obscurité grandissante. Mon regard s'accrochait à chaque silhouette que nous croisions.

Aucune d'entre elles n'était Omen. Je ne m'attendais pas vraiment à ce qu'il attende notre arrivée avec son regard impatient et son attitude autoritaire. Pourtant, je ne pouvais pas m'empêcher d'être un peu déçue qu'il ne soit pas là. J'aurais accepté un tas de critiques sur notre discipline et notre heure d'arrivée juste pour savoir où il était passé.

— Je suppose qu'on devrait trouver un coin confortable où nous installer pour la nuit, dit Ruse sur son ton désinvolte habituel, mais son expression semblait un peu lasse.

J'aurais parié que l'incube pouvait tenir des jours entre les draps sans perdre d'énergie – un pari que j'aurais pris volontiers dans un lit, juste pour confirmer – mais il n'était pas fait pour conduire des routes humaines pendant des heures.

— Où Omen penserait-il nous chercher ? demanda Snap en arrivant derrière moi. On devrait choisir un endroit où il lui serait facile de nous trouver.

— Mais où il est peu probable que la Compagnie remarque notre arrivée, ajouta Thorn.

— Oui. Je me mordillai la lèvre inférieure. On a généralement eu plus de chance en trouvant des zones sans grande activité mortelle à la périphérie des villes. Traversons la banlieue et voyons ce que nous trouverons.

Si ça ne marchait pas... on pourrait publier une annonce dans la section « Rendez-vous manqués » d'un journal ? Diffuser un bulletin d'urgence sur la télévision publique ? Louer un avion pour écrire un message dans le ciel ? Il serait le plus susceptible de voir cette dernière solution, mais il en serait de même pour tous les autres habitants de la ville, y compris les connards de la Compagnie.

Finalement, Ruse trouva un terrain vague entre deux entrepôts défraîchis et y gara le camping-car camouflé en camionnette. Thorn resta debout pour continuer à discuter de la situation avec son nouvel ami ailé, dont le nom – Flint[1] – correspondait mieux à son apparence que n'importe quel être de l'ombre que j'avais rencontré jusqu'à présent, et j'emmenai l'incube et le dévoreur dans la chambre avec moi.

Ils me suivirent sans se plaindre et s'installèrent de

chaque côté de moi. J'étais trop empêtrée dans l'histoire pour mener des expériences sur l'endurance pour le moment, mais avec Ruse qui effleurait mon dos de ses doigts pour me caresser et Snap qui posa le menton sur mon front pour m'envelopper de son odeur fraîche, je pus sombrer dans le sommeil plus vite que je ne l'aurais cru.

Mes deux amants étaient toujours là quand je me réveillai. Tandis que je me tendais, Snap déposa un baiser sur le sommet de mon crâne et Ruse laissa ses doigts effleurer ma taille.

— Y a-t-il quelque chose que nous puissions faire pour que ce matin soit plaisant pour toi, Miss Blaze ? murmura l'incube.

Je relevai la tête pour embrasser Snap sur les lèvres, puis je me retournai pour offrir la même chose à Ruse. Ses lèvres étaient si tendres sur ma bouche que mon pouls s'accéléra. J'aurais pu céder à la tentation de redécouvrir toutes les autres sensations qu'il pouvait éveiller par son toucher si l'absence de mon dernier amant n'avait pas pesé sur nous.

— Ce qui me rendrait heureuse, c'est que la Compagnie entière parte en fumée, dis-je. Et peut-être qu'on pourrait allumer quelques feux métaphoriques ici.

— J'accepterais volontiers de remettre ça à plus tard.

J'avais envie de transmettre un peu de cet amour à Thorn, mais quand nous sortîmes de la chambre, il n'était nulle part. Flint était assis à l'une des extrémités du canapé-lit et regardait une tasse devant lui, comme s'il ne savait pas s'il devait la boire ou l'écraser avec son poing en forme de rocher. Gloam se promenait dans le couloir en mode « Droopy ». Antic redevint visible quand elle me vit, en équilibre sur une main sur le bord du plan de travail, ses jambes grêles se balançant dans les airs.

J'esquissai un sourire, surtout pour qu'elle soit satisfaite d'avoir obtenu une réaction de ma part et qu'elle arrête de faire l'imbécile.

— Le premier gros bras est parti vérifier s'il n'y avait pas de méchants, dit-elle en se remettant sur ses pieds, anticipant ma question.

— Thorn a dit qu'il reviendrait bientôt, ajouta Flint. J'avais toujours pensé que la voix de Thorn était grave et grondante, mais comparée aux tons tonitruants de Flint, notre ailé originel était une soprano.

Je m'installai sur le canapé en face de lui et indiquai d'un signe de tête que le café refroidissait dans sa tasse.

— En général, ce genre de choses se déguste mieux chaud.

Il me jeta un coup d'œil sceptique.

— Je n'ai pas consommé de provisions mortelles depuis des siècles. J'hésite à commencer maintenant.

Antic se balança à côté de nous, comme si elle envisageait de s'emparer de la tasse, mais elle sembla décider que cela ne valait pas la peine de risquer d'énerver un être de l'ombre de la stature de Flint. Elle se contenta de verser un peu de la cafetière dans deux nouvelles tasses, éclaboussant sans vergogne le sol et le plan de travail du liquide noir et laissant tomber lourdement une d'entre elles devant moi.

— C'est quoi le plan ? demanda-t-elle d'un ton intrépide en buvant bruyamment une gorgée de son café.

Quel était le plan ? Nous avions prévu de le découvrir une fois arrivés ici, en supposant qu'Omen aurait beaucoup à apporter. Mais maintenant…

J'aurais pu suggérer qu'on attende de voir si la patrouille de Thorn retrouvait le chien de l'enfer, mais avant que je puisse parler, le guerrier sortit de l'ombre, la bouche tordue dans un angle douloureux. Mon cœur se serra. Pas de chance de ce côté-là, manifestement.

Nous devions donc avancer sans Omen. S'il n'aimait pas les plans que nous faisions en son absence, il n'avait qu'à pas s'absenter.

J'inspirai et regardai autour de la table. Tous mes compagnons de l'ombre m'observaient. D'une manière ou d'une autre, j'étais devenue le chef remplaçant en l'absence du chef habituel. Pas de pression surtout.

Mon regard se posa sur les yeux marron et métalliques de Flint et une pluie d'impressions s'abattit sur ma tête.

Je n'étais plus dans le camping-car, mais au milieu d'un champ de bataille parsemé de corps ensanglantés, d'autres silhouettes chargeant au-dessus d'eux, lames luisantes. La puanteur du sang m'inonda le nez, des bruits métalliques et des gémissements emplirent mes oreilles. Quelqu'un fonça sur moi, me faisant tomber sur le côté assez violemment pour que mon bras me fasse mal…

Et je me retrouvai sur le canapé, haletante et tremblante, l'esprit en ébullition.

— Sorsha ! Thorn m'agrippa l'épaule et fixa son camarade. L'autre ailé grimaça, en baissant les yeux.

— Mes excuses, mortelle, dit-il de sa voix grave. Mon talent particulier est de déclencher des visions d'horreur – en général, je ne l'applique qu'aux ennemis. Je l'ai utilisé si peu depuis bien longtemps. Je n'ai plus l'habitude de le modérer. Je n'avais pas l'intention de diriger ce souvenir vers toi.

Un souvenir. C'était donc un aperçu de la brutalité à laquelle Thorn et lui avaient réussi à survivre, à leur apparente déception. Je posai la main sur celle de mon guerrier, laissant son contact me stabiliser. Mon cœur battait toujours la chamade, mais la panique qui s'était installée en moi laissait place à une plus grande détermination.

Ce genre de brutalité n'était pas si différente de la façon dont nous avions abordé nos conflits avec la Compagnie jusqu'à présent. Se précipiter sur eux, les réduire en cendres ou leur arracher la tête, bref, tout ce qui convenait le mieux à nos compétences particulières. Mais nous avions trouvé un autre moyen de revenir à Chicago. Bien sûr, le plan que j'avais suggéré s'était terminé par une escarmouche, mais il y avait eu au moins un peu moins de morts et de destructions qu'avant. On pouvait m'accorder un peu de crédit pour une victoire partielle, n'est-ce pas ?

J'avais beau faire partie de l'humanité de l'ombre et accepter le fait que j'aimais me battre avec des monstres, cela ne signifiait pas que nous devions donner raison aux stéréotypes. Nous pouvions utiliser les mêmes tactiques qu'à Chicago, mais à plus grande échelle. Montrer à tous les crétins qui avaient trop peur pour nous aider que la Compagnie pouvait être décimée sans qu'une seule goutte de sang soit versée.

D'accord, c'était peut-être un peu trop optimiste. Nous pourrions probablement y arriver sans plus d'un seau de sang, cependant. Ce serait tout de même mieux que les torrents d'hémoglobine que l'humanité de l'ombre avait déchaînés lorsque nous avions pris d'assaut le manoir de Victor Bane.

Je ne pensais pas qu'Omen apprécierait ma résistance au carnage, mais il pouvait venir me voir à tout moment pour me le dire.

J'appuyai mes coudes sur la table.

— On doit découvrir qui dirige les opérations de la Compagnie en Amérique du Nord, d'accord ? Mais les détruire n'arrangera rien. Le vrai chef est quelque part en

Europe. Et si, au lieu d'essayer de tout brûler, on trouvait un moyen d'atteindre ce type et de l'utiliser pour arriver jusqu'à l'homme en charge à l'étranger ?

Ruse pencha la tête.

— Intéressant. Continue.

— Tu peux jouer de ton charme au téléphone, dis-je en faisant un geste vers lui. Tout ce que nous avons à faire, c'est de convaincre le responsable local de nous mettre en contact avec son patron, et ensuite tu pourras manipuler celui qui contrôle tout ce que fait la Compagnie. Imagine toutes les choses que tu pourrais lui faire faire.

Un sourire en coin ourla les lèvres de l'incube.

— Oh, il y a beaucoup, beaucoup de choses que j'aimerais lui faire faire. Mais commencer par lui faire détruire la Compagnie de l'intérieur me semble idéal.

Thorn fronça les sourcils, me toisant toujours.

— Cela fonctionnerait-il ? Est-ce que tu pourrais maintenir un contrôle suffisant sur lui pour l'obliger à causer ce niveau de destruction ?

— C'est ça le truc, dis-je. Le chef n'aurait pas besoin de détruire quoi que ce soit physiquement. Il doit avoir accès à toutes les données de la Compagnie – on peut lui demander de les effacer des réseaux. Nous pouvons lui demander de convoquer les dirigeants régionaux et de dissoudre les filiales. Peut-être devrons-nous le forcer à agir d'une manière folle pour convaincre ses partisans qu'il s'est trompé depuis le début, afin qu'ils ne recommencent pas. Je suis sûre qu'on pourra trouver les détails une fois qu'on aura mis la main sur lui.

Antic brandit ses petits poings en l'air.

— Ou on pourrait simplement traverser la mer et lui donner ce qu'il faut, comme le veut la tradition.

— Mais ça pourrait ne pas marcher, dit Snap, son

visage s'illuminant soudain. Nous continuons à détruire des membres de la Compagnie, et de plus en plus de ces gens les remplacent. Le fait que nous les détruisions les convainc qu'ils doivent continuer à nous combattre.

— Exactement dis-je en claquant des doigts. Si l'on élimine un chef, quelqu'un d'autre prendra sa place. Je pense qu'il est trop ambitieux de penser qu'on peut éradiquer les gens qui détestent l'humanité de l'ombre et tout le travail qu'ils ont accompli en les éliminant petit à petit, et nous ne pouvons pas nous attaquer à eux tous en même temps. Mais celui qui dirige le spectacle peut le faire. Et si nous jouons bien le jeu, il pourra régler tous les détails pour nous aussi.

Une à une, les têtes autour de la table acquiescèrent. Gloam fut le dernier, pris d'une hésitation découragée.

— Ça a l'air grandiose, mais je ne vois pas comment je pourrais y contribuer.

Une idée à ce sujet avait déjà commencé à se former dans ma tête. Je fis un geste rassurant vers l'elfe de la nuit.

— Oh, je suis pleine de ressources. Je trouverai un moyen pour que même toi tu puisses participer, ne t'inquiète pas.

Flint s'agita sur son siège.

— Ce plan semble valoir la peine d'être tenté. Par où commencer ?

Je tapotai mon sac à main.

— Le seul gars qui est de notre côté dans le Fonds a pu parler à quelques membres locaux la nuit dernière. Klaus n'a pas trouvé grand-chose, mais il a réussi à trouver un lieu de chasse probable où la Compagnie a collecté des ombres près de l'une des failles. Nous attraperons l'un de ces chasseurs de la Compagnie, puis nous suivrons la piste qu'il nous donnera jusqu'à ce que nous mettions la main sur quelqu'un qui peut nous mettre sur la piste du gros calibre.

— Bien sûr, nous ne savons pas à quelle fréquence ils surveillent cet endroit, fit remarquer Thorn.

Je lui souris.

— On devra donc faire quelques bêtises pour les attirer.

---

1. Silex

VINGT-CINQ

Pour une fois, la Compagnie de la Lumière joua en notre faveur. Moins d'une heure après qu'Antic a traversé le parc près de la brèche de manière invisible, faisant voler des pièces d'échecs au-dessus des tables en pierre et entraînant les gens dans une course effrénée après des chapeaux qui semblaient avoir une vie à eux, une camionnette blanche avec un logo de dératisation s'arrêta sur le terrain public. C'était tout à fait approprié.

Quatre hommes en sortirent, leur équipement de protection en fer et en argent caché sous d'épaisses combinaisons, qu'ils pouvaient faire passer pour une protection contre l'animal sauvage qu'ils étaient censés combattre. Tout mortel qui n'aurait pas été attentif à l'éclat du métal n'aurait pas vu les bords des casques et des vestes qui les recouvraient.

Ils se dirigèrent vers la zone proche de la faille où le

diablotin avait fait ses farces et appelèrent les clients à quitter les lieux pour leur propre sécurité. Lorsque tous les témoins se furent dispersés – à l'exception de mes alliés de l'humanité de l'ombre qui observaient la scène depuis diverses zones d'ombre et de moi-même, perchée sur le toit d'un cottage ancien qui avait vue sur la clairière – ils sortirent leurs filets et leurs fouets brillants et traversèrent la zone à grands pas.

Bien sûr, nous n'avions pas besoin d'eux – ou nous ne voulions pas qu'ils attrapent Antic ni aucun autre être de l'ombre d'ailleurs. Nous avions seulement besoin qu'ils viennent. Après une fouille minutieuse, ils attendirent de voir si l'homme de l'ombre émergerait s'ils ne bougeaient pas et procédèrent ensuite à une autre inspection de la zone. Ils finirent par se retirer dans leur camionnette, marmonnant à quel point ce monstre n'avait pas été coopératif.

Ils étaient loin de se douter que quelques-uns de ces monstres faisaient du stop dans les ombres de leur véhicule.

Je gardai mon téléphone à portée de main en attendant que la première étape de notre plan se réalise. Une demi-heure plus tard, un message de Ruse apparut sur l'écran.

Nous avons un solitaire. Il a enlevé le plus gros de son équipement, mais porte encore sa broche. Tu viens la dérober pour nous, ma belle voleuse ?

Avec plaisir, répondis-je, et je transmis l'adresse qu'il m'avait donnée à l'Uber que je hélai.

L'opération était assez simple. Je frappai à la porte de l'appartement du type comme si j'avais juste besoin d'emprunter un peu de farine. Dès qu'il ouvrit, Ruse sortit de l'ombre à côté de lui. Le type sursauta, tourna la tête brusquement, et avant même qu'il ne me voie bouger, je lui avais fait un croche-pied. Thorn et Flint surgirent pour le plaquer au sol, tandis que j'ouvrais sa chemise pour dévoiler l'insigne en fer et en argent qu'il avait fixé à son maillot de corps.

On m'empruntait mes trucs, ts, ts.

Dès que j'eus jeté les métaux toxiques, Ruse commença à parler sur son ton cajoleur.

— Bonjour, mon ami. Je suis vraiment désolé de cette intrusion soudaine. Si tu m'accordes un moment, je vais m'occuper de tout cela pour servir au mieux tes intérêts.

En quelques minutes, notre captif riait de ses plaisanteries et rayonnait déjà lorsque l'incube lui annonça que nous avions désespérément besoin de son aide.

— Je ne sais pas qui donne les ordres, dit-il. Mais je peux vous indiquer quelques endroits où nous avons travaillé. Peut-être que quelqu'un là-bas pourra vous en dire plus.

Ruse sourit.

— Parfait ! Nous sommes tellement reconnaissants de l'aide que tu peux apporter. Je ferai en sorte de dire à tes collègues comme tu as été un bon co-équipier.

Nous passâmes d'une piste à l'autre tout au long de l'après-midi et de la soirée. Les premières dupes de la Compagnie ne savaient pas du tout où le grand patron pouvait vivre, mais ils connaissaient tous quelqu'un d'autre lié à l'organisation. Finalement, notre jeu de saute-mouton nous conduisit à une femme qui avait travaillé à la sécurité de notre « VIP ». Après avoir discuté un peu avec Ruse, elle nous donna une adresse dans le quartier financier, ainsi que d'autres informations importantes.

— Je n'ai jamais su le nom du gars, dit-elle. Je ne l'ai même jamais vu. Il vit dans un penthouse, et je travaillais à la sécurité extérieure, pour patrouiller dans le quartier. Je n'ai jamais eu d'ennuis, mais je suppose qu'on n'est jamais trop prudent avec ces monstres, surtout quand il aide à maintenir l'ordre dans toute la Compagnie. Elle soupira. C'était un boulot facile, c'est sûr. Mais je me suis ennuyée et j'ai demandé à participer davantage à l'action. Je le regrette un peu maintenant.

— On connaît le bâtiment, dit Snap avec enthousiasme lorsque nous retournâmes au camping-car. Est-ce que ça veut dire qu'on peut exécuter la suite du plan de Sorsha maintenant ?

— On doit d'abord enquêter sur l'endroit et déterminer notre meilleur point d'accès, dit Thorn. Il ne semble pas qu'il soit facile d'approcher cet homme, même en sachant où il est.

J'adressai un sourire affectueux à l'incube, qui avait repris le volant.

— Il faut que Ruse mette la main sur l'un des responsables de la sécurité du grand patron. Ça devrait être notre ticket d'entrée.

Le quartier financier était une forêt de gratte-ciels, de façades en béton et de fenêtres étincelantes qui s'élevaient si haut qu'on aurait pu croire qu'ils pouvaient vraiment toucher les nuages. Ruse passa devant l'immeuble que notre contact avait indiqué. De l'extérieur, je n'avais pas l'impression d'avoir un visage aussi lisse. Mais cela n'avait pas d'importance puisque nous pouvions charmer un homme – ou une femme – de l'intérieur. Nous étions arrivés jusqu'ici, n'est-ce pas ?

— Chaque blâme que tu fais, entonnai-je alors que nous tournions le coin de la rue, chaque farfadet que tu tues, nous t'observons.[1]

Antic frémit, comme si elle pensait que je m'attendais à ce qu'il y ait des meurtres ce soir.

— Ne t'inquiète pas, lui dis-je. Si quelqu'un semble être en train de se faire tuer, nous ferons bien plus qu'observer.

— J'aimerais les tuer tous, marmonna-t-elle. De grosses brutes.

Nous nous garâmes à plusieurs pâtés de maisons du bâtiment, en pensant à la façon dont la Compagnie avait tendance à protéger ses membres les plus importants. Après avoir camouflé le camping-car en autobus d'excursion comme on en trouvait dans tous les parkings des entreprises du centre-ville, Ruse, Thorn et Snap allèrent inspecter l'appartement du grand patron, insistant tous les trois pour que Flint reste avec moi au cas où nous aurions à faire face à des attaquants de la Compagnie.

Je faisais les cent pas dans le hall étroit, essayant de ne pas trop remuer et évitant soigneusement de regarder directement dans les yeux de l'ailé. Antic alternait entre tordre mes chemises élimées dans des positions ridicules et bavarder avec Gloam, qui s'était débarrassé de son abattement avec le déclin du soleil.

Mon trio revint avec les mêmes têtes déconfites.

— Nous n'avons pas pu aller plus haut, rapporta Thorn. À l'étage le plus élevé, des panneaux d'argent et de fer ont été intégrés aux murs et au sol – peut-être aussi au plafond.

Snap acquiesça.

— Nous n'avons pas pu regarder de très près, car l'étage inférieur était totalement vide. Des lumières très vives tout autour du plafond pour être sûr qu'il n'y ait pas d'ombres pour qu'on puisse circuler dedans, et des caméras de sécurité contre les intrusions. Je n'ai pas recueilli de sensations utiles dans les zones que nous avons pu atteindre.

— L'ascenseur principal ne monte pas jusqu'à l'étage

supérieur, ajouta Ruse. Le seul accès qu'on ait pu identifier est celui d'un ascenseur secondaire situé sur cet étage tout brillant sous le penthouse. Il n'y a pas de gardiens à cet étage, mais cela pourrait causer plus de problèmes que cela n'en résoudrait. Nous ne savons pas qui travaille avec lui à la sécurité « interne ». D'après ce que nous a dit notre nouvel ami, les gens de l'extérieur ne savent pas grand-chose sur la façon d'approcher ce type.

J'expirai lentement.

— OK. Alors on attend et on observe. À moins que ce type n'ait toute sa sécurité avec lui vingt-quatre heures sur vingt-quatre, quelqu'un va bien finir par sortir de là. On voit qui c'est, on le suit jusqu'à ce qu'on puisse le voir seul, et on l'amadoue avec le charme de Ruse comme on l'a fait pour les autres. On est arrivés jusqu'ici. Il ne faut pas se précipiter, ou tout pourrait s'écrouler.

Thorn et Snap repartirent, Thorn pour surveiller l'étage tampon très éclairé et Snap pour tester les zones publiques du bâtiment à la recherche de sensations qui pourraient nous orienter dans la bonne direction. Je contactai Klaus, qui n'avait rien d'autre à signaler.

— Si vous voulez que je participe à autre chose qu'à la collecte d'informations, faites-moi savoir ce que je peux faire, dit-il.

Je grimaçai en regardant le plafond. Après tout ce que nous avions vécu avec le Fonds, j'étais mal à l'aise même s'il savait que nous étions à San Francisco. Je n'étais pas sûre de vouloir lui indiquer notre position exacte. Et s'il changeait d'avis lui aussi ?

— Nous sommes couverts pour l'instant, dis-je. La meilleure chose que tu puisses faire est de garder un œil sur le Fonds local et de nous faire savoir s'ils nous surveillent.

La nuit tomba sans qu'aucun des hommes du grand patron n'ait été aperçu. Finalement, je me recroquevillai sur mon lit pour dormir un peu. Je n'allais pas être d'une grande utilité à mes compagnons si j'étais zombifiée par l'épuisement au moment où ils auraient besoin de moi.

Ce fut Thorn qui me réveilla, mais pas comme j'aurais aimé qu'un de mes amants vienne dans mon lit aux petites heures du matin. Il se racla la gorge, ce qui me tira du sommeil en sursaut. Quand je levai les yeux vers lui, il faisait encore nuit, seule une petite lumière artificielle filtrait à travers la petite fenêtre pour s'accrocher à ses cheveux blonds.

— On a le gardien, dit-il. Je crois que c'est une excellente occasion de le préparer.

— OK, OK d'accord. Je m'extirpai de sous les couvertures, me coiffai avec les doigts, me fis une queue de cheval vite faite, et je me permis de tapoter l'impressionnant torse du guerrier. La prochaine fois que tu me réveilleras, j'aimerais que ce soit pour un bénéfice, pas du travail.

Ses yeux sombres brillèrent.

— On pourrait avoir le temps pour un bref « bénéfice » si cela te permet d'avoir le moral à la hauteur de la tâche.

— C'est la meilleure façon de voir les choses. Je saisis sa tunique et me dressai sur la pointe des pieds pour l'embrasser. Thorn me rendit mon baiser, ses lèvres si impatientes et si chaudes ne laissant aucun doute sur le fait qu'il y aurait beaucoup de *bénéfices* à venir quand le moment serait venu.

Ruse avait conduit la Toutemobile jusqu'à son nouveau poste pendant que je dormais. Je sortis dans le matin calme d'une rue résidentielle, des bungalows et des maisons à deux étages derrière de petites pelouses bien entretenues.

L'incube sortit de l'ombre près d'une des petites maisons du quartier et me fit signe en silence.

Lorsque je le rejoignis, il pencha la tête en indiquant la maison, sa voix se réduisant à un murmure.

— On espérait que tu puisses dormir en toute tranquillité, mais il porte son fichu casque au lit. Le patron a dû rendre ces laquais terriblement paranoïaques.

— Ouais. C'est clair qu'ils n'ont aucune raison de s'inquiéter de voir les ombres s'abattre sur eux au beau milieu de la nuit.

— Eh bien, pas avant maintenant. Tu veux mettre à profit tes talents de voleuse ?

Je n'avais pas mes crochets sur moi, mais je n'en avais pas besoin. La surveillance du gardien n'était pas aussi stricte. Je me faufilai dans les arrière-cours pour m'approcher discrètement, et Ruse se glissa dans l'ombre autour de la porte de derrière pour la déverrouiller de l'intérieur. Lorsqu'il l'eut ouverte, je me glissai devant lui. Il m'indiqua la porte qui menait à la chambre de notre cible.

En entrant, je commençai presque à me sentir mal pour ce type. Il devait avoir un côté plus doux en lui : ses murs étaient couverts de posters de poneys de dessins animés batifolant avec leurs amis magiques. Il y avait même la figurine en plastique d'un poney violet qui veillait sur lui sur sa table de chevet.

Cela dit, il restait un salaud qui détestait les ombres. Et maintenant, il allait pouvoir faire l'expérience d'une amitié vraiment magique.

Ruse n'avait pas menti : le type avait son casque de fer et d'argent bien enfoncé sur la tête, couvrant le front, les tempes et juste le dessus des oreilles. On aurait dit qu'il y avait ajouté des rembourrages, mais ça n'avait toujours pas l'air très confortable. Il était soit très dédié à la cause, soit épuisé.

Il avait aussi une broche épinglée à son pyjama, je la voyais juste dépasser du drap qui recouvrait son torse. Il serait assez facile de s'en occuper, merci les saintes grenades à main.

J'avançai à petits pas, la respiration courte et basse. Je retirai délicatement le drap, suffisamment assez pour pouvoir saisir l'insigne. Cette manœuvre exigeait plus de délicatesse que de rapidité. J'avais la chance de connaître les deux.

En quelques tours de main, le fermoir était détaché. Je posai l'insigne sur la table de chevet et fis signe à Ruse qui, je le supposais, observait la scène depuis l'embrasure de la porte, ne risquant pas de quitter notre cible des yeux. Au moment où j'attrapai son casque, le type émit un murmure et se retourna.

Très bien, je devais juste me pencher davantage sur le lit. Dès que je l'aurais enlevé, Ruse pourrait exercer sa magie. On pouvait oublier la délicatesse désormais.

Je posai les mains sur la surface métallique froide, je me préparai et je tirai aussi fort que je pus.

Le type poussa des cris et se débattit. Je reculai, emportant le casque avec moi, et Ruse arriva, avec sa voix douce et chocolatée flottant déjà sur ses lèvres.

— Bonjour, mon ami ! Il n'y a pas de quoi s'inquiéter. C'est le moment que tu attendais depuis si longtemps.

Il avait dû lire quelque chose dans les émotions du gardien qui lui avait suggéré un angle d'attaque solide pour son charme. Pendant qu'il parlait, je rangeai le casque dans le placard, fis un geste d'excuse aux poneys qui me regardaient bouche bée, et m'éloignai pour rejoindre Thorn, Snap et Flint, qui étaient sortis de l'ombre.

Ruse savait toujours quand son sujet lui mangeait dans la main. Il ne fallut pas longtemps pour que l'incube fasse un sourire hypocrite et dise :

— Tout ce dont nous avons besoin, c'est de savoir quand nous pouvons nous attendre à ce que ton patron quitte sa belle demeure.

— Oh. Le visage du laquais se décomposa sous l'effet d'une évidente détresse. Je ne pense pas pouvoir vous aider.

Après tout cela, nous n'avions toujours pas de réponse ? Je retins un gémissement.

— Pourquoi ? demanda l'incube.

— Eh bien, il… ne part jamais. Nous nous relayons pendant la journée, mais depuis un an que je travaille ici, je ne l'ai vu sortir que trois fois. Il a eu un rendez-vous essentiel il y a quelques semaines, alors je doute qu'il y en ait d'autres avant des mois, à moins que quelque chose de spécial ne se présente. Tout ce dont il a besoin, il le fait livrer.

— Si je pouvais lui parler au téléphone…

Le type secoua la tête.

— Il est souvent au téléphone, c'est sûr, mais je n'ai pas son numéro. Si je devais être en retard ou manquer une garde, je suis censé le dire au chef d'équipe, et ils enverraient quelqu'un d'autre.

Mon estomac se noua. Ce n'était pas que ce type n'avait pas de réponses à nous donner, c'était que les réponses qu'il avait étaient nulles. Si nous ne pouvions pas attirer son patron hors de son appartement avec sa carapace de métaux toxiques vers un endroit où Ruse pourrait accéder à son oreille, l'incube ne serait pas en mesure de charmer l'homme que nous avions le plus besoin d'atteindre.

Je me rapprochai encore.

— Tu ne vois pas quelque chose pour lequel il serait prêt à sortir ?

— Je suis désolé. J'aimerais pouvoir faire plus.

Je marquai une pause, sentant le poids de l'attention de mes compagnons sur moi. C'était mon plan, et maintenant je devais le sauver avant que tous nos efforts ne soient jetés à la poubelle.

Une lueur d'inspiration s'illumina dans ma tête. Ça ne marcherait peut-être pas, mais ça valait le coup d'essayer. L'histoire de ma vie...

Je m'appuyai contre la commode en souriant timidement.

— En fait, je pense qu'il y a autre chose que tu pourrais faire pour prouver ta loyauté à la cause. Écoute-moi bien.

---

1. Paroles déformées de « Every breath you take » de The Police

VINGT-SIX

Omen

Il y avait des moments où la lumière fréquente du soleil du monde des mortels devenait lassante, et où la pénombre constante du royaume des ombres me manquait. Le cycle des jours et des nuits avait cependant ses avantages. Par exemple, si j'avais eu autre chose que cette pénombre constante pendant ma longue attente pour que les Hauts m'accordent leur attention, j'aurais pu avoir une idée de la durée de cette attente.

Cela semblait durer depuis une éternité ou presque. Apparemment, la plus ancienne des ombres avait décidé que le DMV en aurait pour son argent. Ou peut-être que cela me paraissait des jours entiers parce que je n'avais pas grand-chose à penser, à part les ennuis que les membres de mon équipe pouvaient avoir en mon absence.

J'espérais qu'ils avaient au moins eu le bon sens de continuer à avancer et de se renseigner sur la situation à

San Francisco afin que nous puissions entrer en action dès mon retour. J'espérais aussi qu'ils n'avaient pas eu trop à faire pour se rendre compte de ladite situation. Peut-être était-ce trop demander que de souhaiter les deux plutôt que l'un ou l'autre, surtout avec notre pas-tout-à-fait-mortelle fougueuse dans l'équipe.

Mon esprit partait de temps à autre dans cette direction, de son propre chef. Vers ses cheveux écarlates et le défi dans ses yeux brillants… son goût enivrant sur ma langue et la sensation qu'elle répondait à ma chaleur, flamme contre flamme…

Je n'avais pas de présence physique ici, mais le souvenir parvenait tout de même à éveiller une poussée de désir.

Je n'avais pas l'intention de céder à cette tentation, mais c'était peut-être mieux ainsi. Le monde ne s'était pas écroulé parce que nous avions couché ensemble. J'avais aimé ça, et elle aussi, et elle était toujours cette grande gueule agaçante, mais séduisante, comme avant. Il ne s'agissait pas d'échanger des vœux ou de se marier. Libérer tout ce désir refoulé avait apaisé les tensions en moi d'une manière que j'appréciais réellement.

Ce ne serait peut-être pas une si mauvaise chose si nous recommencions. Avec modération.

Enfin, si je parvenais à déterminer si j'étais plus troublé ou plus satisfait par le fait de réaliser que même si j'avais vu clair en elle, je ne pouvais plus me défaire de l'impression qu'elle m'avait aussi percé à jour. Plus que je n'aurais voulu que quiconque dans tous les royaumes puisse le faire. Avec la tendresse de sa voix et ses yeux perçants, elle avait transpercé toutes mes meilleures intentions… J'aurais dû être furieux. Je l'avais bel et bien été, mais en même temps le fait qu'elle ait déclaré que je ne pouvais pas l'effrayer me procurait un étrange élancement de désir.

Bien sûr, tout cela n'aurait d'importance que si les Très Hauts décidaient de me garder sous la main jusqu'à la nuit des temps. Je changeai d'avis, cherchant le laquais qui m'avait demandé d'attendre ici. Si je lui arrachais la tête, les Très Hauts décideraient-ils qu'il était temps de tourner leur attention vers moi ? Le laquais ne semblait pas s'être attardé, pas plus que les êtres les plus féroces qui m'avaient surpris à la station-service et avaient insisté pour que je les accompagne immédiatement à la faille la plus proche.

J'aurais pu les abattre tous les quatre s'ils avaient été envoyés par quelqu'un d'autre. Maudits soient les Très Hauts et leurs putains de contrats.

L'appel arriva enfin, sans mot, mais avec insistance, comme une traction contraignante autour de mon cou. Je bondis en avant, voulant me débarrasser de cette sensation aussi vite que possible. Moins on me rappellerait mes liens avec ces salauds, mieux ce serait.

Le creux profond et sombre bouillonnait d'une énergie inquiétante que je n'avais jamais ressentie auparavant. Les Très Hauts étaient toujours aussi monumentaux, mais l'acuité de leur attention, maintenant qu'ils avaient daigné l'abaisser jusqu'à moi, me piquait jusqu'à l'âme.

— Chien de l'enfer, entonna l'un d'eux. Te voilà. Comme si je n'avais pas attendu sur le pas de leur porte depuis une dizaine d'années.

— Me voici, acquiesçai-je. Que voulez-vous, ô anciens ?

Le bruit plus épais qui résonna dans l'air suggéra que le sarcasme qui s'était glissé dans mon ton n'était pas passé inaperçu. Les Hauts laissèrent passer, ce qui aurait dû être tout l'avertissement dont j'avais besoin.

— Nous avons entendu parler de tes voyages, dit un autre, sa voix se répercutant dans chaque particule de mon être. Plus d'un être de l'ombre a affirmé que tu travaillais avec une humaine qui a des pouvoirs comme les ombres.

Et merde, pas encore cette plainte. Je savais que dès que l'équipe de Rex aurait un aperçu de Sorsha en action, la nouvelle commencerait à se répandre. Les Très Hauts allaient *adorer* l'idée que je puisse collaborer avec une sorcière. Ces mécréants mortels ne valaient guère mieux que les chasseurs et les collectionneurs, vu la façon dont ils utilisaient nos semblables.

Il semblait plus simple de contourner l'histoire complète et compliquée et de s'en tenir à une demi-vérité. Je secouai la tête, enfin, le peu que j'en avais dans cet espace, en feignant l'exaspération.

— Vous avez cru à cette histoire ? Je préférerais m'éventrer plutôt que de m'allier à une sorcière. Non, tous mes camarades sont des ombres. L'un d'entre eux a peut-être fait une blague à quelques êtres un peu bornés sur le fait d'être humain – l'humour a dû leur passer au-dessus de la tête.

Ils m'étudièrent avec encore plus d'intensité.

— Tu n'as jamais rencontré d'humains ou d'êtres se présentant parfois comme tels ?

Qu'est-ce que cette deuxième phrase était censée signifier ?

— Pas du tout, répondis-je. Il y a beaucoup de gens de notre espèce à qui je peux faire appel en cas de besoin. Ils n'étaient pas nombreux à avoir répondu à cet appel, mais les Très Hauts se fichaient éperdument du déroulement de ma mission, comme ils me l'avaient clairement fait comprendre lors de ma dernière visite.

La tension sur ma gorge se manifesta à nouveau, accompagnée d'une pointe de douleur. Je ne leur donnai pas la satisfaction de grimacer. Ils pouvaient tirer sur ma chaîne autant qu'ils le voulaient, mais leur emprise sur moi ne pouvait pas m'empêcher de mentir comme il le fallait. Il me restait au moins cette liberté.

— Les rapports étaient quelque peu décousus, admit l'un des Très Hauts au bout d'un moment. Les hommes de l'ombre les moins expérimentés ne sont pas toujours aussi astucieux qu'on le souhaiterait. Ce n'est pas grave. Nous avons un autre sujet à aborder avec toi.

Joie suprême !

— Je vous écoute.

Comme ça, je pourrai retourner à mon équipe et laisser ces salauds de géants derrière moi.

— Comme tu passes déjà beaucoup de temps du côté des mortels, et compte tenu de ta familiarité avec ce monde et de l'intérêt que tu y as porté, nous avons décidé de la dernière faveur que tu nous accorderas.

Mon esprit eut un sursaut d'exaltation que je n'aurais pu contenir si je l'avais voulu.

Ils pouvaient appeler cela une faveur tant qu'ils voulaient, mais cela revenait en fait à de l'esclavage. Dix tâches, tout ce qu'ils demandaient, c'est ce que j'avais accepté de faire pour eux en échange de ne pas finir en cadavre comme Tempest. Le service le plus généreux que mon ancienne partenaire en criminalité m'avait rendu était la leçon sur la façon dont les choses pouvaient mal tourner une fois que la colère des Très Hauts s'abattait sur vous si vous ne réfléchissiez pas assez vite.

Dix tâches, et j'avais déjà sauté neuf fois sur un claquement de leurs doigts, la dernière fois il y avait plus d'un siècle. Ils avaient pris un bon moment pour décider de la meilleure façon de m'utiliser cette dernière fois.

Dès que les conditions de mon accord avec eux seraient

remplies, je me débarrasserais de cette laisse et je serais libre, et ils pouvaient oublier avoir un jour une raison de me faire de nouveau courber l'échine devant eux.

— Je suis à votre service, dis-je. Cela risquait de perturber nos plans pour affronter la Compagnie dans l'immédiat, mais cela en valait la peine pour me débarrasser de mes entraves. De quoi avez-vous besoin ?

— Nous aimerions que tu trouves l'être nommé Ruby et que tu nous dises où elle se trouve.

Ah. La bonne nouvelle c'était que j'aurais aussi bien aimé trouver cet être, mais la moins bonne, que j'avais déjà bien essayé et je n'avais pas eu beaucoup de chance jusqu'à présent. Personne ne semblait savoir que Ruby avait existé, à part les Très Hauts eux-mêmes et les ombres qu'ils avaient informées. M'imposaient-ils une tâche impossible afin de me garder enchaîné pour toujours à leur volonté ?

Je résistai à l'envie de sortir mes crocs et inclinai la tête en signe de reconnaissance.

— Je serai heureux de le faire. Je pourrais accomplir cette tâche plus rapidement si vous pouviez m'indiquer sa dernière localisation connue et tout autre détail que vous avez sur son apparence et son comportement.

Les Très Hauts firent entendre un grognement entre eux, comme s'ils étaient offensés par ma demande. Mais ils voulaient manifestement cette Ruby plus qu'ils ne se souciaient de l'impudence qu'ils pensaient que j'exprimais.

— Elle nous a échappé il y a de nombreuses années, peu après que nous avons appris son existence. Nous n'avons pas eu d'autres informations depuis. C'est ta responsabilité. Pour le reste, tu dois savoir qu'elle est très dangereuse, même si elle n'en a pas l'air au premier abord.

Évite à tout prix tout contact direct. Dès que tu l'auras identifiée, viens directement nous voir.

Oh, vous gens de peu de foi ! Je soupirai.

— Ce n'est pas grand-chose pour démarrer. Si cette créature de l'ombre est si douée pour se cacher, elle n'a plus le même nom que celui que vous lui connaissez. Quel type d'être est-elle ? Quelle apparence mortelle prend-elle ? Quels sont ses pouvoirs secrets et terriblement dangereux ?

Il y eut d'autres grognements tandis que les Très Hauts semblaient se concerter. Avaient-ils vraiment cru pouvoir m'envoyer dans cette quête ridicule sans me donner le moindre indice sur l'identité de la personne que je cherchais ?

Probablement, oui.

Finalement, quelqu'un d'autre prit la parole.

— Nous pouvons t'en dire plus, mais si nous découvrons que tu as parlé de cette affaire à un autre être, notre marché sera rompu et tu seras à notre merci.

Oh, bon Dieu.

— Oui, oui, dis-je. C'est bon. Dites-le-moi, c'est tout.

Ce n'était pas comme si je n'avais pas caché beaucoup d'autres secrets à mes compagnons, comme le fait que les Très Hauts aient une quelconque emprise sur moi.

— Très bien. Celle qui s'appelle Ruby n'a pas l'air d'être une ombre. C'est en partie ce qui la rend si perfide. Lorsqu'une ombre s'abaisse au niveau d'un mortel, il lui est rarement possible de mettre au monde un enfant avec un mortel. Comme peu d'êtres s'abaissent de la sorte, nous ne connaissons que trois unions de ce type dans toute l'existence. Nous avons pu régler rapidement le cas des deux premières. Avec cette troisième, nos plans ont été déjoués jusqu'à présent.

Une vague nauséeuse commença à se développer dans mon estomac.

— Et cette Ruby… est la créature de l'ombre qui a produit cet enfant ?

Un ricanement sévère résonna dans l'espace.

— Non. Celle-ci et son partenaire mortel ont connu le sort qu'ils méritaient. Mais l'une de leurs complices s'est échappée avec l'enfant. Ruby est le nom qu'ils lui ont donné. Comme si elle était un joyau et non une menace pour l'existence !

J'essayai de trouver les mots, mais pendant un moment, j'eus du mal à penser, et encore moins à parler. Ils ne pouvaient pas vraiment vouloir dire… Sorsha ne m'avait jamais donné l'impression qu'elle pensait avoir eu un autre nom. C'était le genre de chose que l'on aurait trouvé en cherchant son histoire. Et d'après ce que j'avais vu, elle était plus dangereuse pour sa propre existence que pour celle des autres.

Avions-nous obtenu des informations erronées au cours de nos recherches ? Des fils mélangés qui avaient croisé son histoire avec cet hybride ombre-humaine ? Mais elle avait en effet des pouvoirs qu'aucun humain à part entière n'aurait dû pouvoir posséder.

— J'espère que vous pardonnerez ma confusion, réussis-je à me ressaisir. Mais une créature née d'une ombre mêlée à un humain ne serait-elle pas plus faible qu'une ombre pure, et non plus forte ?

— On aimerait qu'il en soit ainsi, mais ce n'est pas le cas. N'approche pas et surtout ne provoque pas cette créature lorsque tu la rencontreras. Le lien contre nature entre ses deux espèces crée une connexion avec les deux royaumes. Elle peut infliger aux deux royaumes tous les dommages que ses pouvoirs lui permettent d'infliger sans se faire de mal d'un côté ou de l'autre. Si nous avions pu étouffer cette alchimie lorsqu'elle n'était qu'une enfant… Maintenant, elle a eu le temps de grandir en elle. Tout ce qu'il faut, c'est un peu de carburant, et elle enverra notre royaume et les siens griller dans les plus ardentes flammes.

Les Très Hauts s'étaient trompés sur beaucoup de choses en leur temps. Leur compréhension du royaume des mortels était tout à fait secondaire, et ils avaient admis eux-mêmes que les deux seuls autres êtres hybrides qu'ils connaissaient avaient été massacrés dans leur enfance. Mais leurs paroles me rappelèrent la terreur momentanée que j'avais vue dans les yeux de Sorsha de temps à autre lorsque nous nous étions battus. Elle m'avait prévenu qu'elle pouvait me faire plus de mal que je ne l'imaginais.

Elle avait senti quelque chose en elle, quelque chose de plus que ce que j'avais pu voir. Je n'aurais peut-être pas dû dénigrer si rapidement ses craintes.

Mais tout de même, comment me faire à l'idée que la voleuse insolente qui n'aimait rien d'autre que de taquiner la bête en moi et de changer les paroles des chansons était une sorte de force destructrice à l'échelle mondiale ?

Je ne pouvais pas, pas encore. Peut-être que lorsque je l'aurais revue, sachant ce que les Très Hauts m'avaient dit…

Et puis quoi ? Ils avaient demandé leur dernière faveur. Je ne serais jamais libre tant que je ne l'aurais pas accomplie. Ils ne croiraient jamais que je l'avais fait tant qu'ils ne seraient pas sûrs que « Ruby » était morte. Même en parlant de ce que j'avais appris aujourd'hui, je risquais de connaître le même sort que Tempest après tout ce temps, malgré tout ce que j'avais sacrifié.

Je refoulai cette agitation intérieure. Je ne pouvais pas

prendre la décision maintenant, devant ces anciens goliaths – ça, j'en étais sûr.

— Je comprends, dis-je, même s'il y avait beaucoup de choses que je ne comprenais toujours pas, et c'est alors qu'une autre pensée me frappa, me transperçant de part en part. Je me ressaisis et me forçai à poser une autre question.

— Si cet hybride ombre-mortelle a eu le temps de grandir… n'aurait-elle pas conçu des enfants elle aussi ?

L'union torride dont je me souvenais avec tendresse pouvait-elle être un désastre encore plus grand en attente de se produire ?

— Nous ne savons même pas si cette monstruosité sera fertile. Si elle s'est accouplée avec un autre humain, c'est peut-être possible, mais leur progéniture n'aurait pas le même équilibre de pouvoirs qui lui confère une telle puissance. Tu pourrais les détruire sans te mettre en danger.

— Et si elle s'est accouplée avec un autre être de l'ombre ?

Le Très Haut qui avait parlé laissa échapper un son qui ressemblait à un soupir.

— Cela nécessiterait la même cérémonie d'humiliation que celle de sa mère. Nous pensons que c'est très peu probable, et même si c'était le cas, l'équilibre serait de nouveau faussé. Ruby elle-même doit être ta première préoccupation.

Et c'est ce qu'elle était. Je devais supposer que cette cérémonie ne se résumait pas à s'autoriser à mélanger ses organes génitaux avec ceux d'un mortel, sinon il y aurait eu beaucoup plus d'hybrides de ma souche, sans parler des nombreux incubes et succubes de toute l'histoire de l'humanité. Pour l'instant, j'étais à l'abri des petits chiens de l'enfer, apparemment. Cela ne résolvait guère mon problème principal.

Je fis un geste de déférence.

— Toute trace que je découvrirai d'elle, je vous la transmettrai dès que j'en aurai connaissance.

— Nous attendrons, dit un autre des Très Hauts d'un ton qui ressemblait plus à une menace qu'à une promesse, et je sentis qu'ils me renvoyaient avec le relâchement du lien invisible autour de mon cou.

Alors que je me frayais un chemin dans les ombres, mes pensées tourbillonnaient, mais je n'essayai pas d'en retenir une seule. Une traction insistante m'attira vers l'avant, non pas vers l'une des failles qui auraient pu se déverser dans la région de San Francisco, mais une autre qui me fit retourner à Austin.

Je franchis la frontière entre l'ombre et le royaume des mortels avec l'électricité frémissante que la transition provoquait toujours. Passant d'une ombre à l'autre, je me dirigeai vers le bureau où se trouvaient les archives de la ville. Celui où Sorsha avait tenté en vain de trouver des preuves de sa naissance.

Si je ne trouvais rien non plus, cela ne signifierait pas grand-chose. Ses parents ne l'avaient peut-être jamais déclarée, vu leur situation. Mais si je trouvais quelque chose…

Le bureau était fermé pour la nuit. Je me glissai sous la porte et je trouvai un ordinateur qui démarra sans action particulière.

Nous avions fêté son anniversaire il y a un peu plus d'une semaine. Je savais à quelle date c'était censé être.

Les noms défilaient, aucun ne m'était familier. Puis une sensation de chatouillement passa sur mes yeux. Je marquai une pause, étudiant l'écran.

Un brouillage magique était intégré aux données, tout comme il l'avait été dans les souvenirs de Sorsha.

L'estomac serré, je lançai un éclair de mon pouvoir sur le cache. La magie crépita et disparut. Et là, brillant devant mes yeux, se trouvaient les mots accablants.

Vingt-huit ans auparavant, le 4 septembre, Philip Woodsen avait déclaré la naissance de sa fille, Ruby.

VINGT-SEPT

Sorsha

Le butin que notre gardien nous remit après son service dans le penthouse n'avait pas l'air d'une grande générosité. Il avait rassemblé le tout dans un sac à provisions pour que son corps ne ternisse pas les impressions sur les objets avec ses propres pensées et sentiments, et il ne contenait qu'une serviette en papier froissée et tachée de ketchup, un stylo desséché dont l'extrémité était légèrement rongée, et l'emballage en plastique sectionné d'un… ensemble de bols tibétains ?

Je suppose que nous pouvions espérer que le grand patron ait médité sur ses péchés.

— Désolé, dit le jeune homme toujours sous le charme. C'est tout ce qu'il avait dans la poubelle à la fin de mon service. J'ai dû renverser sa carafe de vin juste pour remplir la poubelle afin d'avoir une excuse pour la vider.

— Ce n'est pas grave, dis-je en ramassant habilement

quelques éclats de verre qui s'accrochaient à l'emballage. Nous lui avions expressément demandé de s'en tenir à la poubelle afin qu'aucun vol ne vienne alerter son patron de notre manigance. Si nous ne parvenons pas à tirer quelque chose de tout ça, nous essaierons à nouveau. Il n'a pas eu l'air de se méfier de l'accident ?

Le gardien secoua la tête.

— Il avait vraiment laissé la carafe trop près du bord du plan de travail. Je me suis assuré qu'il regardait pour qu'il voie que je n'avais fait que passer à côté.

Ruse lui tapota l'épaule.

— Tu as fait un excellent travail. Je veillerai à ce que tu sois récompensé comme il se doit lorsque tout cela sera terminé.

Snap nous attendait dans le camping-car. Il se redressa sur le canapé à la vue du sac.

— Ce sont les affaires du chef ?

L'incube jeta le sac sur la table.

— Ouais. Mûres pour être goûtées. Voyons ce que ta langue peut en retirer.

Alors que Snap ouvrait le sac, nos autres compagnons sortirent de l'ombre pour nous observer de plus près. L'espace de vie de la Toutemobile devenait de plus en plus étroit, surtout avec le deuxième ailé de taille imposante… même sans la présence d'Omen.

Cette pensée me fendit le cœur. Repoussant le malaise que m'inspirait l'absence prolongée de notre propre chef, je me faufilai jusqu'au canapé et m'y installai. Pickle passa sous la table, sauta à côté de moi, et pour la première fois depuis des jours, grimpa sur mes genoux. Mon appréhension se dissipa un peu lorsque je lui chatouillai le menton.

Si mon dragon pouvait se remettre de mes défaillances

et revenir à moi, alors tout le reste pouvait certainement s'arranger.

— C'est le stylo qui pourrait fournir le plus d'informations, suggéra Thorn en regardant la petite collection d'objets. Les autres objets ont sans doute été utilisés beaucoup plus temporairement, n'est-ce pas ?

Antic se balança sur la pointe des pieds, ne distinguant la surface de la table que lorsque ses talons quittaient le sol.

— Oui, le stylo d'abord. Avec son dernier rebond, elle sauta directement sur le bord de la table, mais continua à se balancer, portée par des vagues d'excitation.

Snap prit le stylo dans ses mains délicates et le porta à son visage. Sa langue fourchue se déploya, parcourant l'air juste au-dessus de la surface du stylo.

Je l'avais vu à maintes reprises exercer sa magie plus subtile de dévoreur, mais son air absent alors qu'il triait les impressions qu'il avait glanées dans le passé me donnait encore un petit frisson. Pouvoir en savoir autant sur quelqu'un en goûtant ce qu'il avait touché… vous pouvez dire ce que vous voulez sur son pouvoir d'engloutissement des âmes, celui-ci était quelque chose d'incroyable.

Il tira encore la langue plusieurs fois, mais le stylo n'avait pas beaucoup de surface à tester. Lorsque ses yeux se fixèrent de nouveau sur nous, sa bouche se figea et il fronça les sourcils.

— Je ne suis pas sûr que ce que j'ai senti puisse nous indiquer une stratégie pour encourager le patron à sortir de chez lui. La principale impression que je retire de son utilisation du stylo est l'ennui. Il l'a utilisé pour écrire des chiffres dans des cases comme une sorte de jeu ? Et aussi des mots dans d'autres cases pour un autre jeu. Rien qui ne lui tienne à cœur.

Oui, je ne pensais pas que le Sudoku ou les mots croisés allaient nous permettre d'attirer le patron hors de ses murs protecteurs pour que Ruse puisse exercer son vaudou.

— Ce n'est pas grave. Et ceux-là ? J'inclinai la tête vers les deux autres objets, sans grand espoir. Peut-être que nous attendrions pour lancer notre grand plan que notre gardien sous le charme puisse sortir une autre poubelle.

Avec précaution, Snap prit la serviette tachée de ketchup et la testa tout autour. Un sourire se dessina sur ses lèvres, mais pas pour les raisons que nous aurions souhaitées.

— Il a pris un repas délicieux, rapporta le dévoreur. Un de ces hamburgers au jambon, très juteux, avec des graines sur le pain. Il marqua une pause. Et il s'est senti frustré à cause d'un appel qui a interrompu son repas. Mais il a posé la serviette en répondant. Je ne sais pas de quoi il s'agissait.

Au moins, Snap avait pu profiter d'un plaisir d'occasion. Je retins un soupir lorsqu'il ramassa l'emballage déchiré.

C'était le plus gros des articles, il fallut donc plusieurs minutes avant que le dévoreur n'ait fini de le tester intégralement. Il s'attarda sur un coin, sa langue pointant ici et là autour d'un angle. Un éclair fluo traversa ses yeux.

Je me redressai en l'observant. Quelque chose avait attiré son attention, et d'une manière différente de celle du burger.

— C'était il y a longtemps, dit Snap, lentement et doucement. Mais il s'en souvient parfois à des moments étranges. Il n'avait pas réalisé à quel point cet ensemble ressemblerait à celui qu'elle lui avait montré…

— Qui lui a montré quoi ? demanda Antic, faisant pratiquement des claquettes sur la table dans son impatience.

Je la fis taire. Snap goûta à nouveau les impressions attachées à l'emballage.

— Une jeune femme à laquelle il tenait beaucoup. Il lui avait demandé de relier sa vie à la sienne – il lui a offert une bague. Il me jeta un coup d'œil.

— Les humains échangent des bagues lorsqu'ils se fiancent pour ensuite se marier, dis-je. C'est la forme la plus élevée d'engagement qu'une personne puisse offrir à une autre.

— Hmm, c'est ça, fit le dévoreur. Mais il y a beaucoup de tristesse quand il pense à elle. Je pense que cela remonte à très longtemps, des années et des années, mais cela lui fait encore très mal. Et il y a aussi de la colère. Quelque chose de sombre et de grand avec des dents horribles… du sang… il fronça les sourcils. Je pense qu'elle a peut-être été tuée par un être de l'ombre. C'est peut-être pour cela qu'il veut nous tuer, n'est-ce pas ?

— Je ne pense pas qu'un meurtre excuse une tentative de génocide, mais oui, ça pourrait le faire. Je me frottai la bouche. Si ce type pensait encore autant à sa fiancée perdue depuis longtemps, elle pourrait nous aider à empêcher ce génocide. Tu as perçu autre chose sur elle ? Ce à quoi elle ressemblait, son nom… ?

— Oui. Oui, il y avait… Sa langue surgit d'entre ses lèvres. Carmen. C'était son nom. Sa voix est très douce dans sa mémoire… elle l'appelle Isaac.

Les pièces commençaient à s'imbriquer dans ma tête

pour former un tableau plutôt impressionnant, si je puis dire. Ruse se pencha et tira sur ma queue de cheval.

— J'aime bien ce regard espiègle, Miss Blaze.

Snap me regarda avec espoir.

— Tu peux utiliser quelque chose ?

— Ça pourrait être parfait. La bague que tu as vue... L'impression était-elle assez claire pour que, si tu allais dans un magasin avec beaucoup de bagues, tu puisses reconnaître celle qui lui ressemble le plus ?

La lueur fluo revint dans les yeux de Snap.

— Je pense que oui.

— Y a-t-il autre chose dont tu aurais besoin, Milady ? demanda Thorn.

— Une perruque, dis-je. Puisqu'il a probablement été averti qu'une rousse courait avec les monstres depuis le temps. Avec ça et une bague, nous pouvons faire en sorte que cela se produise ce soir.

* * *

La perruque n'était pas la chose la plus confortable que j'aie jamais portée. Mes compagnons de l'ombre – qui devenaient aussi habiles que moi en tant que voleurs, avec l'avantage supplémentaire de pouvoir se faufiler dans à peu près n'importe quel bâtiment sans avoir besoin d'outils – m'en avaient trouvé une de bonne qualité, avec d'épaisses ondulations noires qui semblaient naturelles une fois que mes vrais cheveux étaient cachés dessous. Mais les bords me démangeaient toujours. Je ne voulais pas la fixer complètement avant d'y aller.

Je jetai un dernier coup d'œil à mon image transformée dans le miroir, puis j'enlevai la perruque. Nous devions partir un peu plus d'une heure plus tard. Nous voulions être sûrs que la journée de travail avait commencé en Europe avant d'attraper le patron d'ici, car nous ne pouvions pas compter garder la main sur lui très longtemps une fois que nous l'aurions. Entrer là-dedans, l'attirer, puis son propre patron, sous le charme de Ruse, et mettre fin à la Compagnie pour de bon, aussi vite que possible.

Toute notre course et tous nos combats pourraient être terminés ce soir. Dommage qu'Omen ne soit pas là pour le voir. Bien sûr, il aurait peut-être contesté chaque détail de mon plan.

J'avais trouvé un rôle pour chacun d'entre nous. Antic avait amené notre premier laquais de la Compagnie ; Snap avait trouvé le ticket d'entrée du patron. Le reste d'entre nous s'attaquerait à ce patron ce soir. Nos compétences combinées, bien que très différentes, allaient nous permettre de faire avancer les choses… tant que je n'avais pas fait d'erreur de calcul.

Pourvu que toutes ces pièces s'alignent parfaitement au moment le plus important. Et tant que les pouvoirs qui se cachaient en moi n'agissaient pas au mauvais moment et de la mauvaise manière.

J'inspirai lentement, me rappelant les techniques de refroidissement intérieur dont Omen m'avait parlé, et quelqu'un frappa à la porte de la chambre. Je sus que c'était Ruse, d'après le rythme enjoué, avant même qu'il ne prenne la parole.

— J'espère que cette monstruosité noire ne t'a pas avalée tout entière, Miss Blaze.

J'ouvris la porte.

— Je ne dirais pas que c'est une monstruosité. En fait, elle n'a pas l'air si mal. Peut-être que je vais la garder quand tout cela sera terminé.

Ruse pouffa et enroula une mèche rousse autour de ses doigts, me caressant la mâchoire de son souffle.

— Tu ne peux pas être Miss Blaze sans ça.

— Le feu qui peut jaillir de mon corps ne suffit pas à justifier ce surnom ?

— Je suppose que je pourrais faire une exception temporaire. Il me caressa de nouveau la joue, une bouffée de son parfum musqué sucré atteignant mon nez. La douceur du geste réveilla mon cœur dans ma poitrine, en même temps que la chaleur qui accompagnait toujours son contact. Tu ne devrais pas dormir un peu avant le grand jeu ?

Je grimaçai.

— J'ai essayé et j'ai réussi à dormir un peu. Je ne pense pas que je pourrai me détendre totalement tant que ce n'est pas fini.

— Ça devrait être assez simple, n'est-ce pas ? Tu amènes le responsable dans l'ascenseur, et dès que tu es à l'étage inférieur, nous sortons pour le distraire pendant que tu lui enlèves toutes les protections qu'il a apportées avec lui. Ensuite, il me mangera dans la main. L'incube sourit. Peut-être littéralement, si nous avons le temps pour cela.

— D'accord. C'est du gâteau.

Mais je l'avais déjà pensé à maintes reprises par le passé, et depuis que ces ombres étaient entrées dans ma vie, ma capacité de jugement n'avait pas été aussi aiguë qu'auparavant.

Trop de chaos dans le mélange.

J'appuyai la joue contre sa main, puis posai la mienne sur son torse, juste sous le col de sa chemise élégante.

— Mais ce plan fait peser une grande partie du fardeau sur toi.

— Tu m'entends me plaindre ? L'incube fit glisser le bout de ses doigts le long de ma mâchoire pour relever mon menton, son regard tendre et noisette soutenant le mien. Je ne m'attendais pas à être la pierre angulaire des opérations que nous menons ici, Sorsha. J'avais pensé que je serais un outil pratique pour faciliter les projets plus vastes. Il s'avère que je suis bon pour davantage que cela, après tout, et je suis flatté que tu l'aies cru avant que cela ne me vienne à l'esprit.

Je ne pus m'empêcher de lui rendre son sourire en tirant sur son col de façon taquine.

— J'ai un talent pour repérer les objets de valeur. C'est très pratique dans mon travail habituel. Ma bonne humeur s'estompa lorsque je considérai le point d'incertitude sur lequel reposait tout notre plan. On ne sait pas quel genre de protections personnelles il peut porter. Ce ne sera pas forcément aussi simple que de l'attirer et de lui arracher sa broche. Si vous lui sautez tous dessus trop tôt…

— Nous déciderons ensuite d'un signal que tu nous donneras.

— Ça ne marchera pas si j'ai besoin que vous sortiez à la seconde où l'ascenseur s'ouvre. Et même si je ne le fais pas, tout ce que je dirai ou ferai de bizarre pourrait lui mettre la puce à l'oreille. Il sera déjà sur les nerfs.

Je fronçai les sourcils et baissai les yeux. Si nous avions pu utiliser un équipement radio, j'aurais peut-être pu émettre un signal plus subtil, mais l'électronique ne fonctionnait pas dans l'ombre. Si seulement il y avait eu un moyen de faire passer le message de manière invisible…

J'hésitai, ma paume s'immobilisa contre Ruse. Il y avait bien un moyen, n'est-ce pas ? Cette pensée me fit paniquer sur l'instant, mais cela s'éteignit aussi vite que c'était apparu. Je fixai de nouveau le visage de l'incube et la réponse me parut claire comme de l'eau de roche.

J'avais vu qui il était. J'avais confiance en lui. Cet homme monstrueux m'avait soutenue et défendue à bien des égards, et je n'avais plus la moindre crainte qu'il ait un jour l'intention de me faire du mal.

— Oui ? dit Ruse, croisant mon regard, un sourcil arqué.

— Je sais comment nous pouvons faire en sorte que le patron de la Compagnie n'en ait pas la moindre idée.

Je tendis la main pour détacher ma broche en fer et en argent et je la posai sur la commode. Elle cliqueta. Ces derniers temps, je la portais plus par habitude que par nécessité.

— Dès que nous serons sortis de son appartement, tu pourras regarder dans ma tête et savoir comment je me sens – si je suis confiante et prête à y aller ou si je suis encore en train de chercher la meilleure approche. Si tu te fies à cela, nous serons les rois du pétrole.

Ruse me dévisagea, la nonchalance que j'étais habituée à voir sur son visage de voyou était anéantie par la surprise.

— Juste pour être clair, tu me donnes la permission de…

— Je te demande de lire mes émotions, dis-je. C'est la meilleure option possible. Et quand j'avais établi les règles avant, je ne te connaissais pas vraiment. Maintenant, je te connais. Et je sais que tu n'utiliseras jamais cette possibilité contre moi. Je ne crois pas seulement en tes compétences. Je crois en toi.

L'incube cligna des yeux, puis il m'attira à lui, marquant ma bouche d'un baiser si ardent et enivrant que je faillis fondre sur pieds. J'eus à peine le temps de lui rendre son baiser qu'il s'écarta d'un centimètre, son souffle picotant les lèvres qu'il avait laissées sensibles dans son étreinte.

— Je t'aime, dit-il d'une voix à la fois crispée et sincère. Je réalise – de la part d'un incube, ce n'est peut-être pas le cas – et bien sûr, je ne m'attends pas à ce que…

Mon cœur se gonfla d'une affection si grande que j'en perdis le souffle. Je touchai sa joue, ravalant la boule qui était montée dans ma gorge. Je n'aurais pas été capable de le laisser entrer dans ma tête autant que je le lui proposais si cela n'avait pas été vrai. C'était plus facile de le dire la deuxième fois.

— Je t'aime aussi.

Ruse émit un son rauque et ramena ma bouche sur la sienne. Cette fois, le baiser se prolongea, provocant des picotements dans tout mon corps et enflammant ma peau. Sans l'interrompre, il glissa les mains le long de mes flancs et saisit mes hanches pour me hisser sur le bord de la commode. La chaleur m'envahit tandis que nos corps se rapprochaient encore plus l'un de l'autre.

Il écarta ses lèvres des miennes pour tracer un chemin brûlant le long de ma mâchoire et de mon cou.

— Je veux te jeter sur ce lit et te donner du plaisir jusqu'à ce que tu jouisses un million de fois, murmura-t-il contre ma peau, chaque effleurement de ses lèvres déclenchant de nouveaux délices. Mais nous avons un caïd à renverser, alors cela devra attendre. Mais pas question que je ne te prenne pas au moins une fois tout de suite. Cela fait trop longtemps que je ne n'ai pas été en toi.

Il n'y avait pas à discuter. J'enroulai mes jambes autour de ses cuisses, l'attirant encore plus près.

— Je suis toute à toi. Voyons ce que tu peux faire avec moi, petit amoureux.

Il rit, d'une façon pleine de promesses et s'empara de ma bouche. Tout en soutirant chaque once de plaisir de mes lèvres, il sortit mon chemisier de ma jupe. Avec une rapidité qui semblait magique, il le fit passer par-dessus ma tête, dégrafa mon soutien-gorge et prit mes seins dans ses mains.

Ses pouces habiles roulèrent simultanément sur mes deux mamelons, et la montée de plaisir me fit gémir contre sa bouche. Il sourit pendant notre baiser suivant, me couvrant de caresses habiles jusqu'à ce que je meure d'envie.

Je mordillai sa lèvre et l'embrassai plus fort. Je me cambrai contre lui, brûlant d'en avoir plus.

— Donne-moi l'incube, dis-je, sachant qu'il comprendrait ce que je voulais dire.

Ruse sourit largement, ne protestant pas sur ma capacité à le supporter sous sa forme d'homme de l'ombre. Et apparemment, pendant qu'il apprenait quelques tours à Snap, il en avait appris un du dévoreur. Lorsqu'il ferma les yeux, ses vêtements disparurent, me donnant une vue instantanée de sa transformation.

Sa peau brillait d'un éclat doré. Ses cornes s'enroulaient plus loin que ses cheveux. Et en bas, son membre déjà rigide se recourbait vers le haut à cet angle dont je savais qu'il pouvait me faire monter en flèche en quelques secondes, son pubis juste assez saillant pour stimuler mon clitoris en même temps.

Dans tous les sens du terme, il était fait pour l'amour et faisait de cet acte intime un foutu miracle.

Lorsque ses yeux se posèrent à nouveau sur les miens, ils brillèrent d'un éclat aussi doré que le reste de son corps. Il captura ma bouche dans un baiser encore plus fougueux, et ses mains remontèrent le long de mes cuisses.

Jamais je n'avais été aussi heureuse de porter une jupe. Je l'avais choisie pour le patron de la Compagnie, pensant qu'un look féminin jouerait en ma faveur, mais elle m'était parfaitement bénéfique en ce moment. D'un geste souple, Ruse remonta le tissu jusqu'à mes hanches et d'un autre me débarrassa de ma culotte. Dans tout sa gloire, son érection se pressa contre mon sexe.

Je réussis à garder assez de bon sens pour me rappeler la prudence qui était venue à mon esprit avec Snap – et à quel point je n'avais pas envie d'ajouter un bébé à ce mélange.

— Préservatif, soufflai-je en cherchant mon sac à main, m'attendant à ce que Ruse se mette à rire.

Mais il ne faisait aucun doute que l'incube avait reçu la même demande de la part d'un grand nombre de ses conquêtes au cours des dernières décennies. Il fouilla dans mon sac pour en sortir un, comme s'il n'avait jamais eu l'idée de ne pas le faire.

À la seconde où il s'enfonça en moi, comme si son membre n'était censé être nulle part ailleurs, toute pensée du ridicule des rapports protégés avec un incube s'envola de mon esprit sous l'effet de la félicité. Je suivis les mouvements de bassin de Ruse, la commode se mit à trembler sous mes fesses. Sa lueur s'infiltrait par tous les pores de mon corps. Partout où elle se posait, le désir augmentait.

Son gland pulsait contre le point sensible en moi. Il le toucha encore et encore, effleurant mon clitoris en même temps, sa bouche sur mes lèvres, puis mon cou, puis mon épaule, ses mains semblant être partout. J'enroulai un bras autour de lui pour garder l'équilibre et je laissai l'autre remonter dans ses cheveux pour saisir une de ses cornes.

Ruse gémit et plongea en moi encore plus fort. Le

plaisir me traversa, brouillant ma vision. Je jouis, haletant et gémissant, profondément heureuse que le pouvoir insonorisant de son incube empêche mes cris d'extase d'alerter la Toutemobile entière sur ce que nous avions fait.

Je marmonnai de nouveau « Je t'aime », voulant le dire sans y être invitée, et ces trois mots firent basculer Ruse après moi. Il jouit en soulevant les hanches et en produisant un son guttural qui résonna en moi comme une explosion de lumière.

Je m'accrochai à lui lorsqu'il ralentit le rythme et que son corps reposa contre moi, absorbant chaque parcelle de cette lueur autant que je le pouvais.

J'avais peut-être perdu l'un de mes amants, mais il me restait les trois qui s'étaient consacrés à moi depuis le début. Oui, d'accord, on pouvait les appeler des monstres, mais ils avaient veillé sur moi et m'avaient soutenue plus que n'importe quel humain de mon entourage n'avait jamais réussi à le faire. Ils avaient accepté ma mortalité et ma monstruosité sans hésitation.

S'ils croyaient en moi, qui serais-je pour ne pas le faire en retour ?

VINGT-HUIT

Sorsha

J'approchai le Big Bad Boss de la même façon que les livreurs, comme nous l'avait indiqué notre gardien sous le charme de Ruse – et on aurait pu dire que je lui livrais quelque chose. Le chaos ? De la magie ? Une rétribution ? Un peu des trois, en fait.

Bien sûr, j'imagine que ses livraisons habituelles n'arrivaient pas à cinq heures du matin, mais cela aurait pu jouer en ma faveur. Lorsque je brandis l'enveloppe sur laquelle j'avais collé plusieurs autocollants *Urgent* pour bien insister, le gars de la sécurité du hall me jeta un regard un peu glacé avant de me faire signe d'entrer dans l'ascenseur. Il ne restait plus qu'à appuyer sur le bouton de l'étage supérieur auquel le principal donnait accès.

Alors que la cabine s'élançait vers le haut, je glissai l'enveloppe vide dans mon sac à main et je mis dans ma main la bague que Snap s'était procurée – monture ronde, diamant d'un carat, or blanc. Avec quelque chose d'aussi simple, j'espérais que la mémoire du grand patron ne serait pas assez précise pour remarquer la moindre différence. Doux sandwichs d'été, pourvu qu'il n'ait pas fait graver l'original.

La perruque ne me démangeait plus maintenant que je l'avais fixée correctement, mais je ne pouvais me défaire de la sensation de son poids sur ma tête. Je résistai à l'envie de tirer dessus et à la place je me dandinai en chantant un petit air pour garder mon énergie. « Si je souffle, il y aura des décombres ; si je tue, il y aura le double. Alors, viens, mon petit ennemi. »

L'ascenseur émit un *ding*, me laissant sortir à l'étage inférieur. L'éclat de la lumière provenant des panneaux éblouissants disposés tout le long du plafond me fit monter les larmes aux yeux. Des bandes de lumière fluorescente supplémentaires longeaient les plinthes, et le sol sans joint était poli comme un miroir pour refléter tout cela. Qu'est-ce qu'un livreur ordinaire pouvait bien faire de ce hall de baraque de foire ?

C'était une bonne chose que nous ayons été préparés à l'avance. Mes alliés de l'ombre qui s'étaient faufilés avec moi dans l'ascenseur sans être vus n'auraient eu ici aucune chance de se dissimuler dans l'obscurité – si ce n'était grâce au don que possédait notre elfe de nuit et dont Omen s'était moqué.

Gloam pouvait produire ses propres ténèbres. Alors que j'avançais dans le couloir jusqu'à l'ascenseur privé situé à l'autre bout, une traînée d'ombre s'étira le long du sol, suffisamment longue pour accueillir tous mes alliés, mais si fine que je pouvais à peine la voir à moins de regarder attentivement. J'espérais que cela signifiait qu'elle n'apparaîtrait pas sur les caméras de sécurité installées à intervalles réguliers le long du plafond.

L'une de ces caméras était braquée sur l'ascenseur privé qui ne circulait qu'entre cet étage et le penthouse du dessus. Notre nouvel ami nous avait dit que l'un des deux gardiens toujours en service garderait un œil sur ces vidéos à tout moment.

Pour attirer l'attention de ce type, je fis un grand geste, le visage crispé. Puis comme si je voulais absolument faire passer mon message, je sortis un papier de mon sac à main et je fis semblant de griffonner un message que j'avais en fait écrit à l'avance. Je le tendis des deux mains vers la caméra avec un regard suppliant.

JE DOIS PARLER À ISAAC. IL S'AGIT DE CARMEN. S'IL VOUS PLAÎT !!!!!

C'était très important d'avoir ajouté les multiples points d'exclamation. Chacun pouvait servir à me culpabiliser un peu sur mon désespoir apparent.

Je retins mon souffle. Si l'étrangeté de mon arrivée et du message n'avait pas suffi à inciter le gardien à réveiller son chef pour lui demander conseil, et qu'au lieu de cela le type descendait pour me chasser sans vérifier, la situation allait devenir dix fois plus compliquée. Mais notre ami sous le charme avait dit que son patron n'aimait pas qu'ils prennent leurs propres initiatives, et cette fois-ci, cela joua contre le chef plutôt qu'en sa faveur.

J'attendis là, en tenant la pancarte et en l'agitant de temps en temps, suffisamment longtemps pour que mes épaules commencent à m'élancer à force de les maintenir en position. M. Big Bad aurait de quoi réfléchir, face à mon message. Comment avait-on pu faire le lien entre son vrai prénom et l'appartement où il ne laissait même pas ses employés directs l'identifier autrement que comme

« Boss » ? Comment avais-je découvert qui était sa fiancée d'il y a longtemps ? Qu'est-ce que je pouvais bien savoir d'elle pour me retrouver sur le pas de sa porte ?

Il se pourrait qu'il soit méfiant, mais nous comptions sur le fait qu'il soit trop rongé par les questions pour pouvoir les ignorer. Il n'avait aucune raison de soupçonner que cette intrusion puisse avoir un rapport avec les monstres assoiffés de sang et de feu qui avaient saccagé divers laboratoires appartenant à la Compagnie dans des villes éloignées.

Enfin, un bruit sourd traversa le mur. J'abaissai le panneau, les muscles tendus.

La porte s'ouvrit et laissa apparaître non pas le type aux cheveux argentés et à la mâchoire carrée que notre gardien sous le charme avait décrit comme étant son patron, mais une femme musclée qui semblait à peine plus âgée que moi. Elle pointa son arme sur moi, son autre main sur un fouet qui pendait en spirale à sa ceinture, et agita la tête en direction de la cabine d'ascenseur brillante dans laquelle elle se tenait.

— Monte. Le patron va te recevoir. Pas de trucs bizarres – les mains au corps, évite les mouvements brusques. Compris ?

J'acquiesçai docilement. Nous nous attendions à ce que la protection du patron se déroule de la sorte. J'avais peut-être piqué sa curiosité, mais il voulait l'assouvir dans le confort de sa maison bien protégée. Le véritable défi allait être de le convaincre que j'avais une cause suffisamment légitime pour le faire sortir de sa maison et le rendre suffisamment vulnérable pour que nous puissions agir.

Laissant mes alliés de l'ombre derrière moi, j'entrai dans l'ascenseur. Ils ne pouvaient pas me suivre dans ce royaume d'argent et de fer sans que cela ne brise leurs camouflages et leur force. Quelle que soit la part de monstre que j'avais en moi, je n'en restais pas moins humaine.

Lorsque la porte se referma, la femme me fouilla des épaules aux pieds. Elle fouilla aussi dans mon sac à main, mais je l'avais vidé de tout ce qui était inhabituel. Enfin, elle me fit signe d'ouvrir la bouche et jeta un coup d'œil à l'intérieur. Satisfaite que je ne porte aucune arme sur moi, elle s'essuya les mains et pressa le bouton de l'ascenseur.

Une légère vibration parcourut le sol poli tandis que la cabine nous emmenait vers le haut. Les portes s'écartèrent en chuchotant et je me retrouvai face à face avec Isaac, nom de famille inconnu, grand maître de la Compagnie de la Lumière nord-américaine.

D'après la description du garde, je m'attendais à ce que sa mâchoire soit un peu plus carrée et sa coupe de cheveux un peu plus sévère. L'homme d'une cinquantaine d'années qui me fixait d'un air un peu sombre aurait pu passer plus facilement pour un professeur d'université que pour le général militaire que j'avais imaginé. La chemise et le pantalon, visiblement enfilés à la hâte, froissés là où il avait fourré la première dans la ceinture du second, n'aidaient pas.

Mais alors qu'il me regardait de haut en bas en serrant la mâchoire, je perçus une vibration d'acier qui m'ôta tout doute sur la prétention d'autorité de ce gars.

L'une des choses les plus importantes qu'il avait surveillées était la façon dont je réagissais en entrant dans son appartement. Les plaques d'argent et de fer dont je savais qu'elles étaient intégrées à ses murs ne m'affectaient pas du tout, comme il pouvait sans doute le constater.

Je mis mes bras autour de mon torse, comme si j'étais nerveuse, telle la plus normale des humaines, serrant toujours ma pancarte. Le regard d'Isaac se posa dessus, et ses épaules devinrent encore plus rigides. Il avait fait beaucoup d'efforts pour cacher à ses employés tant de choses personnelles. Cela jouait maintenant aussi en notre faveur. Que voulait-il protéger le plus : son identité et les détails de son passé, ou sa présence actuelle contre toute menace qu'il pensait qu'une inconnue tremblante pouvait représenter ?

— Tu l'as fouillée ? demanda Isaac à la femme qui se tenait à côté de moi. Un autre employé, un homme d'âge moyen, se tenait derrière son patron dans le hall d'entrée.

La femme fit un signe de tête énergique.

— Je ne l'aurais pas laissée monter si j'avais trouvé quoi que ce soit d'inquiétant.

— Très bien. Retirez-vous dans la salle de surveillance, tous les deux. Si elle s'approche de moi ou si je quitte le hall sans vous avoir donné le signal, intervenez. Sinon, laissez-nous tranquilles.

L'homme eut l'air surpris.

— Mais, Monsieur ?

— Vous m'avez entendu. C'est une affaire dont je dois m'occuper seul. Un soupçon de rictus ourla ses lèvres tandis qu'il me regardait à nouveau. Et je pense que je n'aurai aucun mal à m'occuper d'elle.

Ah bon ? Pour l'instant il avait de la chance de ne pas rencontrer le rat d'hôtel et la pyromane en moi.

Les gardiens partirent sans un mot de plus. Du genre obéissant, évidemment. Sans doute les avait-il choisis en fonction de ce critère. Un choix de plus qui ne jouerait plus en sa faveur.

Il avait mordu à l'hameçon. Il ne restait plus qu'à le remonter.

Le patron attendit quelques secondes après la

disparition de ses laquais pour leur laisser le temps de se mettre hors de portée de voix. Puis il dit, à voix basse et sèchement :

— Qui es-tu ?

— Une amie de Carmen, répondis-je.

Un muscle de sa joue se contracta.

— C'est impossible.

Je laissai les mots s'écouler comme dans un élan d'anxiété.

— Vous pensiez qu'elle était morte. C'est ce qu'elles voulaient, ces horribles créatures. Certaines d'entre elles peuvent provoquer des illusions, vous le savez, n'est-ce pas ? Des illusions qui peuvent tromper toutes sortes de gens pendant des siècles. Ça n'était pas autre chose.

— Et comment sais-tu cela ? Comment as-tu su que tu devais venir ici ? Qu'est-ce que tu veux ?

Je le regardai par dessous mes fausses boucles noires, les yeux écarquillés.

— Ils m'ont prise, moi aussi. Elle m'a tout raconté. Combien elle souhaitait retrouver son chemin vers toi. Le lien qu'elle ressentait encore a dû se mêler à leur magie d'une manière ou d'une autre – elle a commencé à avoir des visions ; elle a vu ce bâtiment. Nous avons réussi à nous libérer et à venir ici, mais elle est malade. J'ai peur d'essayer de la faire venir, alors je lui ai dit que je viendrais vous chercher.

— Alors elle est ici ? Elle attend… Il se secoua et son ton se durcit à nouveau. Non. Ce n'est pas possible. Je l'ai enterrée.

— Vous avez enterré une illusion. Je le jure. Elle a besoin de vous, tout de suite. Je tendis la main, lui montrant la bague. Elle me l'a donnée pour que vous sachiez que c'est bien elle.

Isaac se figea. Puis il tendit la main et me prit la bague pour la placer sous la lumière. Sa gorge se noua.

— Elle a vraiment… Elle a réussi à la garder tout ce temps ?

— Rien ne comptait plus pour elle, dis-je doucement.

— Et ces monstres… Sa voix tremblait de toute la fureur qu'elle pouvait contenir.

Une colère réciproque s'enflamma en moi. Qu'en était-il de tous les monstres qu'il avait ordonné de torturer et de massacrer et qui n'avaient jamais fait de mal à un seul mortel ? Leur vie ne comptait-elle pas alors qu'il se vengeait du sauvage qui lui avait arraché sa fiancée ?

La chaleur me piqua la poitrine et je la contins avec un souffle que je ne pus cacher. Des vagues fraîches, une brise salée, le chuintement rythmique de l'océan. Concentre-toi là-dessus. Me concentrer sur ça et garder mon feu en moi, ou bien d'autres monstres mourraient sous les ordres de cet homme parce que j'avais gâché notre seule chance de l'arrêter.

Mes émotions s'apaisèrent et mon cœur se serra. Je pouvais le faire. Je pouvais garder le contrôle. Du moins tant que je n'aurais pas besoin de faire feu de tout bois et que je pourrais garder tout ce que j'avais à l'intérieur.

Le grand patron m'observa à nouveau.

— Tu vas bien ? dit-il avec précaution.

— Je ne vais pas très bien non plus, dis-je comme si j'étais gênée de l'admettre. Mais c'est Carmen qui m'a fait tenir tout ce temps, je devais faire ça pour elle. Voulez-vous venir la voir ? Elle n'est pas loin, ça ne prendra que cinq minutes. Je ne veux pas la laisser trop longtemps. Si elle voit quelqu'un d'autre que vous, je pense qu'elle pourrait s'enfuir.

Donc, n'appelez pas quelqu'un d'autre pour régler ce

problème. Vous n'avez pas vraiment envie de le faire de toute façon, dans la mesure où cela montrerait tant de la vie que vous avez essayé de garder à l'abri des regards de tous vos collègues.

La détermination brilla dans ses yeux. Quelque chose que j'avais dit ou fait l'avait atteint. Il tourna les talons et cria à ses gardes.

— Y a-t-il quelqu'un dans le hall inférieur ou des problèmes signalés dans le hall d'entrée ?

Un interphone grésilla.

— Non, monsieur, répondit la femme. Tout a été calme toute la nuit, à part votre invitée.

Il vacilla, mais seulement une seconde cette fois. Puis il hocha la tête, fit un geste vers la caméra et s'éloigna. Il revint quelques instants plus tard en enfilant une veste de costume dans la poche de laquelle il glissa un téléphone. Quelque chose dans la façon dont elle tombait me fit comprendre ce qui se passait.

— C'est une bonne veste, dis-je en regardant la veste avec une approbation feinte. Il y a des bandes d'argent et de fer cousues dessus ? J'ai connu une dame qui s'était fait faire une robe comme ça. Je tapotai le revers de la veste, du bout des doigts, pour lui prouver que je n'avais pas peur de ces métaux. Et pour me faire une idée du tissu. Tôt ou tard, je devrais lui arracher ce truc.

— Je pense qu'il faut toujours prendre toutes les précautions, déclara-t-il. Allons-y. Carmen et toi serez à l'abri des monstres ici. Je peux faire venir des médecins et tout ce dont vous avez besoin.

Il ouvrit la porte de l'ascenseur, laissant ses gardes derrière lui. Il les laissa regarder les écrans de surveillance. Une nouvelle tension me parcourut le corps alors que je le suivais à l'intérieur.

Nous avions pensé qu'il amènerait ses laquais avec lui,

de sorte que Thorn et Flint devraient tout de suite arracher leurs têtes casquées lorsque nous émergerions dans le hall. Il semblait que nous ne pourrions pas tendre d'embuscade à cet endroit, après tout. Si nous n'attaquions que lui, les gardes le verraient et accourraient à sa rescousse.

Les autres devraient attendre que nous soyons sortis de la salle. En fait, il valait mieux que nous ne soyons même pas dans le bâtiment, car je savais qu'il avait son téléphone. Nous ne pouvions pas compter sur le fait que la sécurité de l'immeuble ne s'en apercevrait pas et n'interviendrait pas.

Ruse devait se fier à sa lecture de mes émotions pour leur dire tout cela. Je me concentrai sur l'inquiétude qu'ils agissent trop tôt, sur mon désir d'être quelque part hors de la vue des caméras. *Pas encore. Pas encore.* Et j'espérais qu'il comprendrait.

La porte de l'ascenseur s'ouvrit sur le hall lumineux. Aucun être de l'ombre ne surgit de sa parcelle d'obscurité. Et comme il serait catastrophique qu'ils le fassent tout de suite ! Je laissai cette horreur m'envahir jusqu'au deuxième ascenseur, tout en étudiant Isaac du coin de l'œil. Pour lui enlever sa veste le plus vite possible, il fallait que je me tienne… oui, juste comme ça, ça serait parfait.

Personne n'avait utilisé l'ascenseur principal depuis que j'en étais descendue. La porte s'ouvrit dès qu'il appuya sur le bouton. Nous montâmes dedans et la même anxiété courait toujours dans mes veines. *Oh, vivement qu'on soit à l'air libre, à l'abri des regards indiscrets.*

Nous descendîmes sans interruption. Je traversai le hall avec une longueur d'avance sur le grand patron, à la fois pour maintenir ma version selon laquelle j'étais inquiète au sujet de ladite Carmen et pour poursuivre la partie du plan qui ne reposait pas entièrement sur moi.

— Par ici, dis-je une fois sur le trottoir, en passant rapidement devant quelques immeubles, puis en esquivant des réverbères pour emprunter une allée actuellement fermée par une épaisse chaîne. Une odeur de goudron flottait dans l'air obscur.

Lorsque je fis une pause, Isaac s'approcha de moi. Il tourna la tête.

— C'est ici qu'elle était ? Il faut qu'on…

Pendant qu'il parlait, je me postai contre son flanc droit, m'arc-boutai et laissai le soulagement et l'urgence m'envahir. *Nous sommes à l'abri. C'est parti !*

Mes sentiments durent s'exprimer haut et clair. Ruse, Snap, Thorn et Flint surgirent autour de nous.

Le patron poussa un cri d'effroi et je saisis sa veste par le col. D'un coup sec, je la retirai jusqu'à mi-bras, mais c'est alors qu'il me frappa le front avec l'un de ses coudes.

L'impact irradia mon crâne, faisant vaciller mon attention. Je m'accrochai, mais il se retourna pour porter un autre coup, et tant qu'il avait la veste sur lui, mes alliés pouvaient à peine le toucher…

Je pouvais utiliser mon feu. Je pouvais le contrôler suffisamment pour qu'il exécute mes ordres à la lettre. *Je pouvais.*

À travers une houle d'images océaniques, je dirigeai mes flammes pour les faire pénétrer dans le tissu de la veste d'Isaac.

Il laissa échapper un sifflement de surprise. La laine se réduisit en cendres, les bandes de métal affaissées tombèrent sur le trottoir – et il était là, sans protections, le tissu de sa chemise n'ayant été que faiblement brûlé.

L'émotion qui m'envahit à ce moment-là n'était rien de moins que de l'exaltation. J'aurais pu serrer dans mes bras le type que je venais de traumatiser parce qu'il ne s'était pas changé en chips, s'il n'avait pas essayé de me frapper à nouveau.

Ruse me fit un clin d'œil rapide, parlant déjà avec toute la force de son pouvoir.

— Nous sommes ravis que tu te joignes à nous, mon ami. Nous avons les solutions pour détruire les monstres que tu souhaites exterminer. Malheureusement, tu les as aidés au lieu de les entraver. À cause de toi, de nombreuses jeunes femmes comme ta fiancée sont tombées entre leurs mains.

Le grand patron porta les mains à sa tête.

— Qu'est-ce que vous racontez ? Je... Ce n'est pas possible.

— Oh, que si. Nous avons observé, et nous avons vu. Ce que tu ne sais pas, ce que tes chefs ne savent pas, c'est que toute la Compagnie de la Lumière est une ruse imaginée par les monstres eux-mêmes. Ils ont mis tout cela en marche, ils ont fait en sorte que les premiers croisés se sentent obligés de s'unir pour riposter. Mais la vérité, c'est qu'ils ont besoin de votre colère et de votre peur pour continuer à s'infiltrer dans ce monde. Chaque preuve que vous enregistrez dans vos ordinateurs, chaque ordre que vous donnez de les capturer ou de les tuer, permet aux voies de communication entre les royaumes de rester fortes.

— Je peux te montrer, dit Flint d'une voix qui ressemblait à un coup de tonnerre. Il fixa son regard sur celui d'Isaac. Une lumière étrange s'alluma au fond de ses yeux, et le visage de notre cible se vida de ses couleurs.

Nous n'étions pas sûrs que même le charme de Ruse parviendrait à convaincre le patron. Mais Flint... Flint pouvait lui montrer de façon très vivante les horreurs supposées dont la Compagnie de la Lumière était capable, comme s'il se tenait au milieu des pires événements. Nous avions déterminé que sa capacité pouvait fonctionner sur de grandes distances tant qu'il pouvait regarder l'autre personne dans les yeux. Dès que nous aurions le grand patron au téléphone, Ruse le persuaderait de passer en appel vidéo.

Le temps que la vision suscitée par le deuxième ailé s'estompe, Isaac tremblait. Il se passa la main sur la bouche, semblant sur le point de vomir.

— Je n'avais jamais réalisé – je n'avais aucune idée…

— Ni aucun d'entre vous, dit Ruse faussement compatissant. Le pire, c'est que vous êtes les seuls à comprendre que les monstres existent. Si vous arrêtiez toutes vos activités autour d'eux, si vous effaciez toutes les données que vous avez recueillies sur eux, leurs voies d'accès à ce monde se refermeraient et ils ne menaceraient plus jamais un autre mortel.

La clé, avait dit Ruse une fois, était de donner à la personne que vous charmiez ce qu'elle avait voulu au départ. Ces idées faisaient leur chemin comme rien d'autre. Et ce qu'Isaac voulait plus que tout, c'était débarrasser ce royaume des monstres.

— Bon Dieu ! Il faut que nous… Je ferai tout ce que je peux, mais je n'ai pas le contrôle sur tout. Je vais commencer par essayer de joindre…

— D'abord, dit Ruse avec douceur, nous devrions parler à l'homme qui te donne tes ordres. Sinon, il risque de ne pas comprendre et même de te mettre des bâtons dans les roues pendant que tu essaies d'arranger les choses. Tu as les moyens de le contacter, n'est-ce pas ?

Le patron respira à pleins poumons.

— Oui. J'ai un moyen de lui indiquer que j'ai besoin

qu'il m'appelle. Il voudra immédiatement savoir pourquoi.

Alors qu'Isaac cherchait son téléphone à tâtons, Ruse capta mon regard par-dessus son épaule. Le coin de sa bouche esquissa un début de sourire, ses yeux brillaient, triomphants. Je ne pus m'empêcher de lui sourire en retour.

Nous tenions la Compagnie par la gorge et, dans quelques minutes, nous allions lui briser la nuque si fort qu'aucun morceau ne s'en relèverait jamais.

VINGT-NEUF

Sorsha

Si vous n'avez jamais fait la fête avec les ombres, je vous recommande vivement de trouver une occasion de le faire.

Je n'avais eu que trois heures de sommeil, mais l'élan de notre victoire et l'énergie que dégageaient les êtres qui n'avaient pas besoin de dormir dans le camping-car me remirent d'aplomb sans problème. Ruse et Snap avaient « libéré » une grande quantité d'aliments à grignoter et du très bon champagne de quelques magasins du centre-ville. Maintenant, nous étions tous remplis d'alcool mousseux et nos rires bouillonnaient de remarques jubilatoires.

Ruse avait réussi à trouver une station des années 80 sur la radio du camping-car, qui envoyait des notes rebondissantes à travers l'espace étroit. Il me fit tourner sur moi-même et me fit voler dans les bras de Snap, qui lui me vola un baiser tout en dansant avec sa grâce ondulante habituelle. Thorn et Flint se portèrent un toast l'un à l'autre – avec un peu de prudence, car leurs tentatives précédentes s'étaient soldées par plusieurs verres fêlés. Pickle sautillait sur la table avec énergie, réussissant à faire sourire Gloam qui avait sombré dans son habituel abattement diurne.

— La tête de ce mortel lorsque je lui ai montré une vision de la destruction que sa Compagnie allait provoquer ! dit Flint, sa voix tonitruante semblant presque joviale, et il laissa échapper un gloussement qui vibra dans la pièce.

Ruse sourit.

— Il n'aurait pas pu démolir son propre travail plus vite. Et nous avons accompli tout cela à des milliers de kilomètres de distance. J'apprécie la technologie moderne des mortels.

— Il y aura toujours des chasseurs et des collectionneurs indépendants, fit remarquer Thorn, même s'il souriait lui aussi.

Je balayai cette inquiétude d'un revers de main.

— Nous pouvons nous occuper d'eux comme nous l'avons toujours fait. Il n'y a pas de problème. Et avec les dernières informations que Ruse a mises dans la tête des grands patrons, ils vont faire en sorte que la Compagnie s'en prenne à tous ceux qui font commerce des ombres à partir de maintenant. Après tout, qui d'autres devront-ils blâmer si les hommes de l'ombre ne disparaissent pas complètement après le démantèlement de la Compagnie ?

Je me tus pour boire une nouvelle gorgée de champagne et deux silhouettes sortirent de l'ombre si brusquement que je faillis m'étouffer.

L'arrivée d'Antic n'était pas une surprise. Elle avait insisté pour aller chercher d'autres rafraîchissements, après être restée en retrait si longtemps suite à sa première contribution à notre plan, elle était impatiente d'agir. Mais à côté d'elle, dans toute sa splendeur, mâchoire serrée et regard glacial, se tenait notre chien de l'enfer disparu.

Je posai mon verre en toussant, mes lèvres s'étirant déjà en un sourire accueillant. Mon cœur avait sauté un battement à la fois effrayé et extatique. Mais en voyant la bouche sévère d'Omen et la façon dont il me regardait, comme si j'avais créé une nouvelle catastrophe encore pire que celles dont il m'avait accusée auparavant, mon pouls s'emballa de nouveau d'une façon bien moins agréable. Je me surpris à jeter un coup d'œil autour de moi pour m'assurer que je n'avais pas réduit en cendres la Toutemobile sans m'en apercevoir.

Tous les autres étaient devenus momentanément silencieux. Ruse retrouva sa langue en premier.

— Omen ! Comme c'était pratique de ta part de partir pendant que nous faisions tout le travail et de ne revenir que pour fêter la victoire !

Le regard du métamorphe glissa de moi à l'incube.

— Le diablotin m'a parlé de ton stratagème et, miracle de tous les miracles, tu as réussi. Vous avez donc réussi à renverser la Compagnie sans moi. Pas mal comme journée de travail.

Je croisai les bras sur ma poitrine.

— Tu n'as pas l'air très content. Était-il contrarié que nous n'ayons pas attendu qu'il se montre pour agir, alors que nous avions accompli plus qu'il n'avait espéré ?

— Oh, je suis très content qu'on ait retiré cette épine de notre pied. Ravi même, je n'ai simplement pas encore eu le temps de réaliser. Et j'ai d'autres soucis pressants à l'esprit.

— Plus pressant qu'anéantir une grosse organisation destinée à exterminer toutes les créatures de l'ombre ?

— Ils auraient pu être ignorés pendant quelques jours sans que ce soit une véritable catastrophe. Ce n'est pas le cas de ce souci-là. Il jeta un coup d'œil autour de lui, remarquant le second ailé parmi nous avec seulement une petite lueur de surprise. Dehors ! Vous tous, sauf la mortelle. Tout de suite !

Antic poussa un petit cri et s'enfuit dans les ombres. Gloam resta bouche bée, mais une seconde plus tard, il la suivait.

Flint se tenait debout, son visage solennel atteignant un niveau de dureté auquel Thorn ne pouvait qu'aspirer.

— S'il y a un problème avec…

— Je n'ai pas *problèmes*, grogna le métamorphe. Je veux juste que vous sortiez tous. Je suppose que vous savez suivre un ordre ?

Le guerrier grimaça et disparut. Omen pivota pour observer les trois ombres restantes qui s'étaient rapprochées de moi au lieu de partir.

— Qu'est-ce qui se passe, Omen ? demanda Ruse.

Thorn inclina la tête.

— Je préférerais rester pour entendre les nouvelles que tu as apportées, si j'en avais la possibilité.

Omen les regarda d'un air mauvais.

— Je n'ai pas donné d'options. Quand j'ai dit « vous tous, sauf la mortelle », je voulais dire vous trois aussi. Filez !

— Hé, l'interrompis-je, tu devrais savoir maintenant que je ne saute pas juste parce que tu le dis. Si tu les fais décoller, je pars aussi. Quoi qu'il se passe, ils méritent de savoir. Et je voulais qu'ils soient là, surtout quand Omen me regardait comme ça.

Ses yeux froids percèrent les miens et ne les lâchèrent

pas. Je le regardai bien en face, toute mon allégresse s'estompant derrière mon défi.

— Bien, marmonna-t-il. De toute façon, ils finiront par le découvrir bien assez tôt. Il fit un geste brusque. Miss Catastrophe, tu as parlé d'une lettre que tes parents t'avaient écrite. Veux-tu bien me permettre d'y jeter un coup d'œil ?

Snap le regarda, les yeux écarquillés.

— Tu ne vas pas d'abord nous dire où tu as été ?

— Les Très Hauts m'ont convoqué pour un entretien que je ne pouvais pas refuser, dit Omen sans ambages. Ils n'ont pas été très rapides dans leur invitation. Il haussa les sourcils en me regardant. Alors ?

— Oui, bien sûr, je vais la chercher. Je pivotai, légèrement étourdie à la fois par le champagne et par le changement soudain d'atmosphère, et je me précipitai dans la chambre pour attraper la boîte à bibelots nacrée.

Avait-il découvert quelque chose d'autre sur mes parents – de la part des Très Hauts ou dans un autre endroit sur le chemin du retour ? Qu'y avait-il de si urgent au sujet de personnes mortes ? Et pourquoi n'aurait-il pas voulu que les autres ombres en entendent parler ?

Lorsque je revins avec la boîte, Ruse et Snap s'étaient assis sur le canapé-lit. Omen était adossé à la table, le même masque sévère que depuis son arrivée. Thorn se posta à mes côtés quand je m'approchai, comme pour me protéger. Je me serais sentie plus à l'aise si j'avais eu une quelconque idée de ce dont il me protégeait. Je ne pensais pas qu'il le sache encore.

Omen ouvrit le couvercle de la boîte et en retira le papier plié. Ses lèvres formèrent un sourire de travers.

— C'est bien ce que je pensais.

— Quoi ? demandai-je en me rapprochant et en

ignorant la chaleur qui montait entre nos corps lorsque nos bras se touchèrent presque.

La note me semblait identique à ce qu'elle avait toujours été, avec ses quelques lignes disant à quel point mes parents m'avaient aimée et à quel point ils étaient désolés de ne pas être avec moi maintenant. Mais Omen fit glisser ses doigts vers mon nom griffonné en haut de la page.

— Et alors ? demandai-je… Et l'encre bougea sous mes yeux. Les lettres vacillaient et se reformaient. Je tendis le dos et tous les autres mots que j'aurais pu prononcer moururent dans ma gorge.

Il y avait eu un charme sur la lettre, tout comme ceux que Luna avait fixés dans mes souvenirs. Elle avait aussi modifié cette partie de mon passé. Omen venait de le rompre et le nom que j'avais cru être le mien avait disparu.

À sa place, les lignes courbes de l'encre en formaient un nouveau que je n'arrivais pas à comprendre : *Ruby*.

Ma bouche s'ouvrit, se ferma et s'ouvrit à nouveau.

— Je… Mais… La lettre n'était pas pour moi ?

Omen me lança un regard pénétrant.

— Bien sûr que si. Tes parents ne t'ont pas appelée Sorsha. Tu t'appelles Ruby. J'imagine que ta tutrice *fae* a dû fabriquer un camouflage terriblement complexe pour réprimer tout souvenir de ce nom dans ton esprit, et tissé dans tes pensées de manière si complète il y a si longtemps que je n'en ai pas pu percevoir la magie.

Thorn se balança d'un pied sur l'autre derrière moi.

— Comment c'est possible ? Jusqu'à récemment, Sorsha n'était pas consciente de ses pouvoirs. La dernière fois qu'elle est venue à Austin, elle n'était qu'une enfant. Comment a-t-elle pu faire quelque chose pour provoquer une telle chasse au plus haut niveau ?

Très bonnes questions, et j'étais contente qu'il les ait posées, car j'avais encore du mal à formuler des phrases complètes.

Omen grimaça.

— Les Très Hauts ne voulaient pas que les gens sachent ce qu'ils cherchaient exactement, ni pourquoi. Ruby n'avait rien fait d'autre que de venir au monde et d'échapper à leur tentative de mettre fin à cette existence.

Il marqua une pause et croisa de nouveau mon regard. Il y avait peut-être quelque chose d'un peu triste derrière la glace maintenant.

— Ce ne sont pas les chasseurs qui ont tué tes parents. C'était l'humanité de l'ombre. Les Très Hauts ont envoyé leurs guerriers pour vous massacrer tous les trois. La femme *fae* t'a sortie de là et a été assez intelligente pour s'assurer qu'ils n'aient plus jamais vent de ton existence.

Mes parents… avaient été tués par des hommes de l'ombre ? Des hommes de l'ombre qui avaient l'intention de me tuer moi aussi, à l'âge de trois ans ? Alors que je pensais commencer à comprendre ses révélations, une autre me fit perdre la tête.

J'accrochai mes doigts au bord de la table pour me stabiliser.

— Pourquoi ? Je sais qu'un mortel et une ombre qui réussissent à avoir un enfant, c'est du jamais vu, mais est-ce que c'est vraiment une chose si horrible pour qu'ils veuillent nous voir tous morts ?

— Pour autant que je sache, c'est la chose la plus horrible que les Très Hauts puissent concevoir.

— Et pourquoi ça ? dit Snap d'une manière inhabituellement agressive. Si c'est ce que les parents de Sorsha voulaient, aucun mal n'en est résulté…

— C'est là que tu te trompes, dit Omen, la voix tendue.

Les Hauts croient qu'une union entre un mortel et un être de l'ombre crée un être d'une puissance incroyablement destructrice – assez pour détruire ce monde et le nôtre. Il m'étudia. Tu l'as senti. Je ne t'ai pas cru quand tu me l'as dit, mais il semble que tu aies eu raison de te méfier de ce qui se cache en toi.

Le feu que j'avais réussi à contrôler si bien il y avait quelques heures à peine ? Il se mit à flamboyer dans ma poitrine, avec des picotements brûlants et mobiles, mais je le refoulai, déglutissant difficilement.

— J'ai juste besoin de m'entraîner davantage, de maîtriser totalement la situation, comme tu l'as toujours dit. Je n'ai rien fait d'horrible avec.

— Pas encore. Ils pensent que tu le feras si on te laisse vivre assez longtemps. Il rangea le papier dans la boîte à bibelots et la posa sur la table. Quoi que tu sois, les êtres les plus anciens et les plus puissants de l'humanité de l'ombre sont absolument terrifiés par toi.

L'absurdité de cette déclaration me laissa de nouveau sans voix. Pickle s'approcha et me caressa la main, mais son geste de solidarité face à cette découverte ne me réconforta guère. Toute la joie de la célébration s'était évanouie en moi.

Les Très Hauts de l'ombre voulaient me tuer. J'étais peut-être porteuse d'un pouvoir qui allait bouleverser le monde. Comment devais-je réagir à cela ? Qu'allions-nous faire ?

J'aurais pu poser l'une de ces questions, ou les deux, mais avant de pouvoir retrouver ma voix, le téléphone d'Omen sonna.

Il baissa brusquement la tête et il fronça les sourcils en regardant sa poche une seconde avant de tendre la main pour répondre. Visiblement il n'attendait pas d'appel. Est-ce que les créatures de l'ombre devaient supporter les spams et les démarchages téléphoniques comme nous ? Celui-ci ne pouvait pas tomber plus mal.

Le froncement de sourcils d'Omen s'accentua tandis qu'il regardait l'écran. Je me tenais assez près de lui pour voir qu'aucun numéro ou nom n'apparaissait sur l'écran, pas même une notification de numéro inconnu – c'était totalement vide. Mais sa sonnerie retentit à nouveau.

Prudemment, il appuya sur le bouton vert et prit l'appel.

— Allô ? Qui est-ce ?

Un rire aigu sortit du haut-parleur, si fort que le chien de l'enfer éloigna le téléphone de son oreille.

— Omen, dit une voix féminine tout aussi aiguë, aussi clairement que s'il l'avait mise sur haut-parleur. Je savais que je t'aurais.

La posture d'Omen se figea. Il fixa le téléphone comme s'il avait soudain réalisé qu'il tenait une vipère.

— Qui est-ce ? demanda-t-il à nouveau, mais avec une légère hésitation qui suggérait qu'il se préparait à une réponse qu'il attendait déjà.

— Seigneur ! Je reconnais ta voix après tout ce temps. Tu ne reconnais vraiment pas ton associée préférée pour tout ce qui concerne le chaos ? Je suis profondément blessée.

Un frisson me parcourut l'échine, oubliant brièvement mes propres problèmes. Quel était le nom de cette redoutable créature de l'ombre avec qui Omen nous avait dit avoir harcelé les mortels il y avait bien longtemps ?

Il le prononça d'une voix rauque, ses jointures blanchissant là où il tenait le téléphone.

— Tempest. Tu… J'ai vu une escouade d'ailés t'assassiner.

— Tu les as vus *tenter* de m'assassiner. J'ai dû faire une démonstration très convaincante de mon assassinat. C'était nécessaire, tu sais, pour me débarrasser de ces moulins à paroles collet monté qui se font appeler les Très Hauts, et une fois que j'ai eu la liberté d'être supposée morte, je n'ai pas vraiment eu envie de l'abandonner. Je suis désolée si tu as été endeuillé à cause de moi pendant tout ce temps.

D'après la position des lèvres d'Omen, je soupçonnais qu'il était plutôt en train de pleurer son retour.

— Tu devais faire ce que tu devais faire, dit-il en reprenant son ton strict habituel. Pourquoi me fais-tu l'honneur de m'en confier le secret maintenant ?

Le sphinx tiqua.

— Il semble que tu aies fait des bêtises pour le mauvais camp. Tu as failli gâcher tout mon travail assidu. Heureusement, j'ai compris et j'ai fait sortir les illusions de la tête de mon bon ami avant qu'il ne fasse exploser toute la Compagnie de la Lumière.

Je n'aurais pas cru pouvoir être plus abasourdie, mais ce commentaire me laissa sans voix et me fit sortir de mes gonds.

— Vous travaillez pour la Compagnie de la Lumière ?

— Une de tes nouvelles amies, Omen ? Elle comprend vite. Mais je ne travaille pas tant pour eux qu'ils ne travaillent pour moi. Tempest le sphinx ne s'incline devant personne.

— Si je peux intervenir, dit Ruse, l'air aussi décontenancé que je l'étais. Je ne sais pas qui vous êtes, mais vous êtes manifestement de l'ombre. Mais enfin, pourquoi diable dirigez-vous une « Compagnie » qui a pour but de nous détruire tous ?

— Oh, tu n'as pas raconté les histoires de nos jours de

gloire, Omen ? Tempest soupira avec une exagération dramatique. Ce n'est pas grave. Je peux t'assurer que les mortels ne parviendront pas à nous anéantir, quoi qu'ils fassent – du moins, pas ceux d'entre nous qui sont assez intelligents pour mériter cette vie. Si tu souhaites discuter plus longuement de ce sujet, tu n'auras pas de mal à me trouver. Tu te souviens de mon rêve architectural ? Je dois le réaliser.

Omen se figea, puis émit un petit rire incrédule.

— Tu n'as pas…

— Oh, que si. Le roi n'était que trop heureux de m'obéir quand je l'ai poussé dans toutes les bonnes directions. Je suppose que je te verrai là-bas bientôt. J'apprécierais que tu laisses mes flagorneurs tranquilles d'ici là. Tu m'as déjà causé suffisamment de maux de tête.

La communication s'interrompit aussi brusquement que sa voix avait retenti. Pendant plusieurs secondes, nous regardâmes tous Omen, qui essayait vaillamment de ne pas regarder son téléphone sans y parvenir.

Une nouvelle vague de chaleur monta en moi.

— Un être de l'ombre convainc des gens de torturer et de tuer les autres ? Nous avions fait cette déclaration aux grands patrons il y a quelques heures à peine, mais rien de ce que j'avais entendu de la part de mes compagnons n'indiquait que c'était vrai. Et les dégâts causés par la Compagnie à un nombre incalculable d'hommes de l'ombre n'étaient certainement pas de la poudre aux yeux.

— Elle s'est toujours souciée davantage de semer le chaos pour sa propre satisfaction que n'importe quoi ou n'importe qui d'autre, dit Omen d'un air choqué.

Une flamme se matérialisa sur mon avant-bras avant d'avoir pu réprimer un élan de colère et de trahison. Je la plaquai contre mon flanc, mais le regard du métamorphe s'était posé sur elle.

Il se secoua, comme s'il se débarrassait de toute la perplexité des dernières minutes, et s'écarta de la table. Lorsque ses yeux rencontrèrent les miens, quelque chose dans ces derniers fit chavirer mon estomac.

— Nous devrons attendre plus tard pour nous occuper d'elle. Nous devons d'abord nous occuper de toi. Je suis désolé.

Mon cœur s'emballa.

— Omen…

Il ne me laissa pas le temps de plaider ma cause ou de protester. Tandis que son nom s'échappait de mes lèvres il se jeta sur moi, son bras partant plus vite que je ne pus le suivre.

Son poing s'écrasa sur ma tempe et mon esprit sombra dans les ténèbres.

À PROPOS DE L'AUTEUR

Eva Chase est une autrice dans le top 100 des best-sellers Amazon dans les catégories de romance fantaisie et paranormale. Elle a grandi avec une bonne dose de magie, de chaos et de cette angoisse romantique, trois éléments que l'on retrouve dans ses histoires. Mais il n'y a pas besoin d'avoir peur des triangles amoureux ! Les héroïnes d'Eva n'ont jamais à choisir. Vous pouvez visiter son site web au www.evachase.com.

9 781998 752669